魔法書生

마법서생

장담 퓨전 新무협 판타지 소설 마연[魔緣]

Fusion Fantastic Story

청람

목차

작가의 말

하나의 화두를 안고 이 글을 썼습니다.

어떻게 하면 재미있는 글을 쓸 수 있을까?
무협을 좋아하는 사람, 판타지를 좋아하는 사람.
모두가 부담없이 재미있게 읽을 수 있는 글을 쓰고 싶다.
어느 한쪽만 좋아하시는 분도 큰 거부감 없이 읽을 수 있는
글을.

그리고 마침내 여러분 앞에 미욱한 글이나마 선을 보이게 되었
습니다.
독자 제현 여러분.
즐거운 시간이 되시길.

출판에 많은 도움을 주신 청어람의 관계자 여러분에게 감사를
드립니다.
한국대중문학작가협회의 금강 회장님과 문피아의 식구 분들에
게도 행복이 충만하시길.
장담.

번쩍! 우르르릉!

암울한 기운 가득한 회색빛 하늘!

수백 줄기 번갯불이 뇌성을 토하고 갈가리 찢긴 하늘에선 악마의 호곡성이 울린다.

선(善)은 존재할 수 없는 곳.

정(情)조차 거부당한 곳.

오직 탁한 회색빛만이 암울하게 존재하는 곳, 마계(魔界)!

번— 쩌저적!!

시퍼런 번갯불이 마계에서도 가장 험하고, 가장 높은 곳에 우뚝 선 마왕의 대지 대마전을 푸르스름하게 물들였다!

순간 대마전의 일백팔 개 기둥 아래 머리에서 발끝까지 온몸을 검은 장포로 가린 백팔 인의 마계인이 숨죽인 채 엎드려 있는 것이 보였다.

그들은 대마전의 가장 높은 단상에 놓여 있는 칠흑처럼 검은빛이 나는 석관과 그 옆에 서 있는 마왕을 초조한 눈빛으로 바라보며 고대하던 일이 벌어지기만을 기다리고 있었다.

어느 순간, 마왕이 피처럼 붉은 빛을 뿜어내는 석판 하나를 품에서 꺼내 들었다. 그는 꺼내 든 석판을 천천히 석관 안에 집어넣더니 엄숙한 어조로 외쳤다.

"마령석에 봉.인.하.라!"

꽝량한 외침이 대마전을 뒤흔들었다.

백팔 개의 거대한 기둥 아래서 장엄한 외침이 일었다.

"마왕의 뜻에 따라! 봉.인!"

화르르륵!

일순간, 석관 안에서 붉은 빛이 뿜어져 하늘로 치솟았다.

치솟은 붉은 빛이 점차 하나의 형상을 갖춰간다.

마계인들은 그걸 바라보며 희열에 몸을 떨었다.

봉인(封印)!

누군가의 정신이 마령석이라는 붉은 석관에 봉인되고 있는 것이다.

잠시 후, 마왕은 얼굴이 양각된 붉은 석판을 관 속에서 꺼내 들었다.

붉은 석판이 하늘 높이 쳐들렸다. 마왕이 소리쳤다.

"대전사의 영혼이 봉인되었다! 봉인석을 삼천삼백 년간 영겁뢰에 가두어라! 감금!"

"마계의 율법에 따라! 감! 금!"

마왕의 마지막 명이 떨어지자 백팔 명의 마계인이 일제히 일어났다. 그들은 희열하며 환호했다.

일천 년 전 마왕에 반기를 들고 마계를 피의 구렁텅이로 몰아넣었던 대전사 휼탄 이후 천 년 만에 치러진 봉인식이었다. 그것은 모두의 마음을 들뜨게 만들기에 충분했다.

이 시간이 지나면 축제가 열리리라!

"와아아아!!"

"드디어! 그를 가두었다!"

"오오! 마침내 마계에 평화가!"

마계의 누군가가 봉인되어 영겁뢰에 갇힌 그날, 회색빛 어둠이 짙어질 무렵이었다. 마계와 인간계를 가르는 차원의 경계선을 검은 장포를 뒤집어쓴 누군가가 미끄러지듯이 날고 있었다.

마왕! 번갯불에 비친 그는 분명 마계의 절대자, 마왕이었다.

쏟아지는 번개 사이를 뚫고 얼마나 날았을까, 환하게 갈라진 차원의 틈바구니 앞에 멈춰 선 그는 무심한 표정으로 좌우를 훑어보더니 품속에서 하나의 시커먼 상자를 꺼내 들었다.

"크흐흐……. 영겁뢰에 삼천삼백 년간 갇혀 있는 것조차 안심할 수가 없다. 비록 이로써 나와 너의 인연이 끝날지라도……. 잘 가라, 아들아! 그리고 혹시라도 깨어날 희망은 갖지 않는 것이 좋을 것이다. 내가 너를 인간이 없는 곳에 버릴 테니까 말이다. 크하하하!"

무슨 소린가? 아들이라니?

그는 꺼낸 상자를 서슴없이 틈바구니에 밀어 넣으며 말했다.

"솔직히 네가 깨어날 때까지 삼천삼백 년간을 불안 속에서 살 수야 없지 않겠느냐?"

그리고 너무도 깊어 검게까지 보이는 호수로 떨어져 내리는 상자를 한참을 쳐다보다가 광소를 터뜨렸다.

"말썽꾸러기를 돌아올 수 없는 곳으로 보내고 나니 이제야 안심이 되는군. 우리도 조용히 살아보자. 제발 다시는 돌아오지 마라! 크카카카카카!"

한데 그때였다.

무엇 때문인지 차원의 경계가 갑작스럽게 출렁거리더니, 또 하나의 경계가 틈을 벌렸다.

동시에 떨어져 내리던 상자가 방향을 바꿔 새롭게 열린 차원의 틈바구니 쪽으로 미끄러지며 찰나 간에 사라져 버렸다.

신형을 돌리려던 마왕은 그 모습에 고개를 갸웃거렸다.

"흉탄의 봉인석을 버렸을 때와 같은 세계로 떨어지는 건가?"

하지만 그는 곧 씨익 웃으며 시원한 표정으로 돌아섰다.

"하긴, 그러면 어때라. 그곳도 인간이 없기는 마찬가진데. 게다가 봉인이 풀린다 해도 마계로 올 힘을 얻지는 못할걸? 그곳은 대자연의 기가 이곳의 반의반도 안 되는 곳이니까. 흐흐흐……."

얼마 후, 인간계에서 신산(神山)이라 불리는 서장(西藏) 강인파제봉(岡仁波齊峰)의 얼음으로 뒤덮인 꼭대기에서 한 인간의 처절한 울부짖음이 하늘을 뒤흔들며 울려 퍼졌다.

"이럴 수가! 이럴 수는 없어! 나의 백 년 염원이 무너지다니! 마침내 고향으로 돌아갈 수 있는 차원의 문이 열리기 시작했거늘! 오오오, 하늘이시여! 천신 가이아시여! 진정 이 제나를 버리시나이까! 으아아아!!"

한때 제롬 대륙 제일의 마법사였던 제나 온 마르셍은 목이 쉴 때까지 절규했다.

그는 더 이상 눈물조차 나오지 않자 고개를 들고 핏발 선 눈으로 앞을 바라보았다.

거기에 그것이 있었다, 자신이 고향으로 가기 위해 펼친 마법진의 중심점인 역삼각형 금강석을 쪼개 버린 시커먼 함이.

붉은 석판을 뱉어내고서 활짝 열린 채로!

그는 비틀거리며 일어서더니 시커먼 함에서 튀어나온 붉은 석판을 직시했다.

"헉! 이것은?"

그는 괴이한 얼굴이 양각된 붉은 석판을 들고는 놀라 소리쳤다.

"이것은 마계의 봉인석이 아닌가?! 이게 어떻게 된 일이지? 아무리 봐도 어린 마족 같은데, 봉인이 되어 인간계에 떨어지다니!"

잠시 생각에 잠겨 있던 그는 이를 부드득 갈며 고개를 끄덕였다.

"오라! 이놈들이 인간계를 혼란케 하려고……! 흥! 하나 네놈들은 몰랐을 것이다, 이 물건을 아는 사람이 이 땅에도 존재한다는 것을!"

제나는 주워 든 봉인석을 다시 함에 집어넣고는 손등에 힘줄이 돋도록 세차게 움켜쥐고서 산을 내려갔다.

"두고 봐라! 적어도 몇천 년, 아니, 누만 년이 흘러도 봉인은 풀리지 않을 것이다. 내가 이놈을 아예 사람의 손길이 닿지 않는 동굴 속에 처박아 버릴 테니까. 성자 가르시아가 말하길, 마계의 봉인은 처음으로 흡수한 피가 동정(童貞)의 순혈(純血)이어야만이 풀린다고 했으니……."

2

　서장(西藏)의 신산 강인파제봉에서 울부짖음이 울려 퍼진 지 사천여 년이 지난 어느 날이었다.

　그 지방을 지나던 떠돌이 상인 하나가 산중턱에서 소나기를 만났다. 그는 소나기를 피하기 위해 동굴을 찾던 중 벼락에 맞았는지 반으로 쩍 갈라진 커다란 바위틈 안이 시커멓게 보이자 황급히 그 안으로 기어들어 갔다.

　들어가 보니 갈라진 바위 안쪽은 제법 넓은 동굴이었다. 벼락의 충격 때문인지 동굴의 벽은 여기저기 무너져 있었다. 그는 그 동굴 끝의 무너진 벽에서 삭아 부서지기 직전의 낡은 상자 하나를 발견했다.

　상자 안에는 쓸모도 없어 보이는 거무튀튀한 지팡이 하나와 도저히 알아볼 수 없는 글로 쓰인 몇 권의 책자와 동판 몇개, 그리고 오랜 세월이 지났음에도 조금도 삭지 않은 작은 상자가 하나 들어 있었다.

　그는 그 이상한 물건들이 정확히 무엇인지 알 수가 없었다. 다만 오랜 옛날, 현자의 종족이라 불리던 고대인이 남긴 물건이 아닐까 짐작할 뿐이었다.

　그는 그 물건들을 모조리 보따리에 구겨 넣고 납살로 가져가 골동품상에 금 열 냥을 받고 팔아넘겼다.

삼 년이 지난 후, 납살을 지나던 중원의 한 상인이 그 골동품상에 들렀다가 그 상자를 발견했다. 그는 상자 속에 든 물건이 범상치 않음을 알고 상자 안에 들어 있었던 모든 물건을 금 백 냥에 구입해서 중원으로 돌아갔다.

그 후 상인은 그 물건의 비밀을 풀려고 수십 년을 노력했으나 결국 아무것도 풀지 못한 채 후손에게 숙제만 남겨주고 죽음을 맞이했다.

그러나 그 상인의 후손들은 그 일에 별다른 관심이 없었다. 오히려 풀지도 못할 수수께끼를 붙잡고 씨름하느니 차라리 한 푼이라도 더 버는 것이 가문에 이득이 된다고 생각했다.

결국 그 물건에 쌓이는 먼지는 세월이 갈수록 두터워졌다. 그래도 조상이 물려준 것이라는 이유로 차마 팔지는 않았다.

백 년 후, 상인의 사 대째 후손에게 그 물건이 넘어갔다.

그 후손은 비록 상업의 길이 아닌 학문의 길을 택했지만, 그마저도 그 물건의 신비는 도저히 풀 재간이 없었다. 아니, 솔직히 말해 풀리지도 않는 것을 푼답시고 인생을 낭비하고 싶지가 않았다.

그래서 그는 고대 문자를 연구하고 있는 자신의 절친한 친구에게 아예 그에 관련된 모든 물건을 통째로 줘버렸다.

하나도 빠짐없이, 공짜로!

"자네가 갖게. 나는 이런 물건으로 인해 나와 내 후손이 고민하는 것을 더 이상 바라지 않네."

第一章

마연(魔緣)의 서(序)

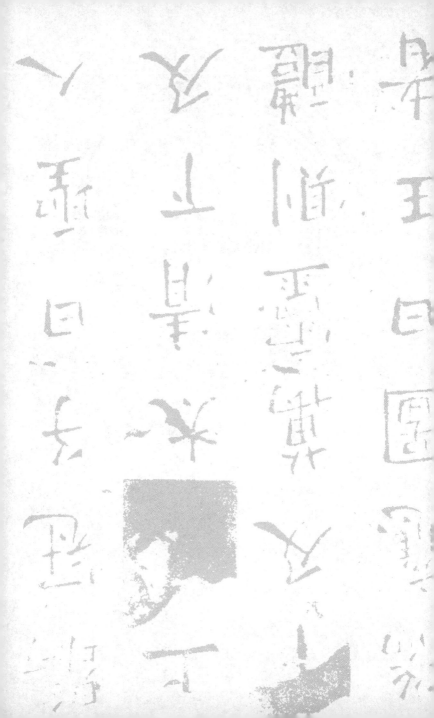

1

고중헌은 서른다섯의 젊은 나이지만, 대명에서 손가락에 꼽히는 고대 문자의 전문가 중 한 사람이었다.

하지만 일곱 살 된 그의 아들 진용이는 그것이 싫었다.

아버지는 매일처럼 지하 서고에 틀어박혀 냄새 나는 책들과 씨름만 할 뿐 사흘에 한 번 얼굴 마주 보기도 힘들었으니까. 그러다 보니 진용이가 아버지와 함께 논다는 것은 꿈도 못 꿀 일이었다.

그렇다고 어머니가 놀아주는 것도 아니었다. 어린 진용이에게는 어머니가 없었다. 유모의 말에 의하면, 어머니는 진용이를 낳은 지 얼마 되지 않아 돌아가셨다고 한다.

어머니는 본래 무가의 제자였다고 하는데, 항주 부근을 지나던 아버지가 부상을 입고 쓰러져 있는 어머니를 구해주신 게 인연이 되어 두 분은 함께 사시게 되었다고 한다.

　그때 입은 부상 때문이라고 했다, 어머니가 진용이를 낳으며 산고를 견디지 못하신 것은.

　그래선지 진용이가 어린 마음에 어머니 이야기를 꺼낼 때마다 아버지는 술을 마시고 진용이를 멍하니 바라보곤 했다.

　그래도 진용이는 아버지의 그런 행동이 싫지가 않았다. 술 냄새가 조금 나기는 했지만, 그나마도 그때가 부자간에 가장 오래 마주하는 때였기 때문이다.

　오늘도 아버지는 오랜만에 지하 서고에서 나와 술을 한잔 하셨다. 그리고 항상 그러듯이 진용이를 물끄러미 바라보다 가슴에 끌어안았다.

　"용아야, 엄마 보고 싶지?"

　"음… 조금요. 헤헤, 그래도 아버지가 계시니까 괜찮아요. 옆집 왕호네도 그렇고, 호진이네도 그렇고 아버지를 전쟁터에서 잃은 애들이 얼마나 많은데요."

　"그… 래?"

　비록 말은 그렇게 했어도 솔직히 엄마가 보고 싶었다, 얼굴도 모르지만.

　그러나 아버지의 눈물을 보고 싶지 않은 진용이로선 그리 말할 수밖에 없었다.

‘유모 말로는 엄마가 무지 예뻤다고 했는데……. 치이…
왜 그렇게 일찍 돌아가신 거야. 좀 오래 사시지…….’

진용이는 아버지의 가슴에 눈을 문질렀다, 눈물을 들키기
싫어서.

그렇게 또 하루가 간다.

어느덧 달구어진 가마솥 같던 여름이 지나가고 낙엽이 울
긋불긋 옷을 갈아입는 가을이 찾아왔다.

진용이는 요즘 기분이 너무 좋았다. 사흘에 한 번 보기도
힘든 아버지의 얼굴을 이틀에 한 번씩은 볼 수가 있었기 때문
이다.

고중헌이 지하 서고에서 자주 나오는 까닭은 단 하나였다.
진용이가 보는 책의 수준이 점점 높아지자 수준에 맞는 책을
조달해 주기 위해서였다.

빨간 단풍잎이 마당에 가득했던 그날도 아버지는 책을 들
고 지하 서고에서 나왔다. 다시 지하 서고로 들어가려는 아버
지에게 진용이가 물었다.

“아버지, 언제 일이 끝나나요?”

“음, 우리 용아도 알다시피 아버지는 한 가지 일 때문에 매
우 바쁘단다. 하지만 조금만 지나면 용아와 많은 시간을 지낼
수 있을 거야. 그러니 서운한 것이 있어도 조금만 참고 기다
려 다오. 기다릴 수 있지?”

뭐 서운한 것이 어디 한두 가진가? 바쁘다고 한 지가 벌써 육 년이나 됐는데.

그런데…… 대체 뭘 하시는데 육 년을 하고도 결실을 보지 못한 것일까?

진용이는 요즘 들어 그 이유가 은근히 궁금해졌다. 하지만 묻지는 않았다. 물어봐야 알려주지 않을 것이 뻔했으니까.

그래서 그냥 순순히 대답했다.

"알았어요. 대신 빨리 끝내서야 해요?"

대신 자신이 직접 알아보기로 했다.

직접……. 언젠가는…….

진용이가 하늘이 쪽빛으로 물든 일곱 살 가을날에 한 결심이었다.

2

십이월, 동장군이 기승을 부리더니 온 세상을 꽁꽁 얼려 버렸다.

이불로 무릎을 덮은 진용이가 책을 읽고 있을 때였다. 누군가가 문을 두드리며 불러댔다.

탕! 탕!

"유모! 용아야!"

추위 때문에 떨린 음성이었지만, 많이 들어본 목소리였다.

'숙부님 목소리 같은데……?

"뉘시우?"

유모가 되물으며 나간 지 얼마 되지 않아 유모의 반가워하는 목소리가 들려왔다.

"아이고, 종 어르신. 어째 오랜만에 오셨네요?"

'아! 종 숙부님이다!

진용이는 후다닥 책을 덮고 일어섰다.

"하하하! 유모도 잘 있었소? 진용이는?"

"도련님이야 방에 있구만요."

"허! 이놈이 숙부가 왔는데……."

진용이가 나갈 틈도 없이 진용이의 방문이 활짝 열렸다.

문 쪽으로 가려던 진용이는 어정쩡한 자세로 환하게 웃었다.

문을 연 사람은 단 두 명 있는 아버지의 친구 중 한 분인 종상현이었다. 황궁의 내각학사 직을 맡고 있어 항상 바쁜 종숙부가 웬일로 오신 걸까?

이유야 어쨌든 진용이는 오랜만에 본 숙부가 반갑기만 했다.

"종 숙부님!"

"어이구! 우리 용아, 책 읽고 있었구나?"

"오랜만에 오셨네요? 그간 집안에 별고없으셨죠? 숙모님 건강은 좀 어떠셔요?"

"어휴! 용아야, 일곱 살짜리가 그렇게 물으면 이 숙부가 뭐라 대답해야 한단 말이냐?"

"에이…… 일곱 살이면 알 것 다 아는 나인데요, 뭐."

"그러냐? 우리 송아가 너 반만 따라가도……. 아니다, 반의 반만 따라가도 걱정이 없으련만……. 쯧. 무슨 계집아이가 막대기 들고 동네 꼬마들만 패고 다니니 원."

혀를 차던 종상현이 유모를 바라보고 물었다.

"고 형은 지금도 서고에 있소?"

"예, 나리. 제가 가서 말씀드리겠습니다. 잠시만 기다리세요."

"음, 그래 주시겠소? 아참! 요즘 형편은 어떻소?"

"예? 그야…… 어려워도 나리의 친우 분들 덕분에……."

"나원, 도대체 친구라고 하나 있는 사람이 어째……. 쯔쯔쯔."

방 안에 가득 흐르는 향기는 방의 주인이 유일하게 호사하는 서호용정의 다향이었다. 그나마도 황실에 납품되는 것 중 품질이 떨어져 반품되는 것을 종상현이 가끔씩 구입해 주어 누릴 수 있는 호사였다.

은은한 다향이 방 안에 가득 퍼질 즈음, 차를 한 모금 들이킨 고중헌이 조용한 음성으로 입을 열었다.

"그래서, 나더러 그 금판에서 탁본한 고문자(古文字)를 해석하라, 이 말인가?"

"그렇다네. 사실 내각학사들 중에서도 고문을 아는 사람이 없는 것은 아니네만, 금판의 글이 워낙 희귀한 것인지라……."

씁쓸한 웃음을 머금은 종상현의 말에 고중헌은 미간을 찌푸리며 입을 열었다.

"나는 지금 내가 하고 있는 일도 제대로 하지 못해서 정신이 없다네."

"내 어찌 모르겠나? 자네가 몇 년째 집안일에 신경도 쓰지 않고 고문 연구만 하고 있다는걸."

"잘 아는구만."

"뭐 어쨌든, 내가 이리 부탁하는 것은 금판이 단 석 장에 불과하기 때문이네. 자네의 실력이라면 며칠이면 될 듯하네만."

종상현은 고중헌의 이마가 다시 찌푸려지자 재빨리 말을 이었다.

"게다가 이 일은 대학사께서 특별히 내리신 일이네. 그리고……."

고중헌의 귀에 바짝 입을 갖다 댄 종상현이 나직이 말했다.

"삼왕 전하께서도 매우 관심을 가지고 계시네. 자네에겐 더 없는 기회일세."

종상현의 말에 고중헌이 쓴웃음을 지었다.

"자네도 원, 내가 관직에 관심이 없다는 것을 잘 알면서 그러나."

"누가 자네를 걱정해서 그러는 건가? 용아는? 용아도 자네처럼 살기를 바라는가?"

"용아는······."

고중헌의 표정이 흐릿해지자 종상현이 이때라는 듯 강하게 말했다.

"자네의 판단이 용아의 앞날에 얼마나 영향을 끼칠지 모르는 것은 아닐 텐데."

"후우······. 그래도 내키지 않네. 용아야 제 앞가림은 할 수 있을 거라 생각하고······."

"거참! 알다가도 모르겠네. 그렇게 관직에 오르기 위해 젊은 시절 열심이던 자네가 아니던가? 그런 자네가 갑자기 고문(古文)에 빠져서 천하를 떠돌아다니고, 혼인조차 늦게 하더니 이젠 인생마저 걸 줄이야 누가 알았을까?"

"······."

'자네가 모르면 누가 알까? 내 운명을 송두리째 변하게 만든 사연이 바로 자네로부터 시작되었다는 것을······. 그런데도 그에 대해 자세히 말할 수 없으니······.'

"어쨌든, 자네가 내 친구라면 이번 일은 승낙해 주게. 내 굳이 자네에게 관직에 나가란 말은 않겠네. 하나, 먹고살 돈은 있어야 하지 않겠는가? 아마 적지 않은 금전이 하사될 것이니 몇 년간 끼니 걱정 안 해도 될 걸세."

"허허허, 아직 굶을 정도는……."

탕! 손바닥으로 다탁을 두드린 종상현이 손가락을 세워 고중헌의 코밑으로 들이밀었다.

"내가 모를 줄 아나? 유모에게 다 물어봤네!!"

"그런……가? 음, 정말 그 세 장의 금판탁본만 해석하면 끝나는 건가?"

"물론이네. 해줄 거지?"

'하는 수 없나?'

사실 종상현에게 그동안 도움을 받은 것을 생각하면, 석 장이 아니라 삼십 장이라도 해줄 수 있었다. 다만 하루하루 시간이 아깝게 느껴져 거절하려 했던 것일 뿐.

하나 이토록 원한다면, 친구의 앞날에 도움이 된다면 며칠의 시간 정도는 친구를 위해 써야 할 듯했다.

"알겠네, 며칠이면 지금 하는 일 중 하나가 마무리되니 그때부터 함세."

"하하하! 고맙네. 이제야 한시름 덜었군."

사흘 후, 고중헌은 황궁으로 들어가기 전 진용이를 불러 앉혔다.

"용아야, 아버지는 종 숙부의 부탁으로 잠시 황궁에서 지내야 할 것 같구나. 내 생각으로는 사나흘이면 될 것 같은데,

어쩌면 하루 이틀 더 걸릴지도 모르겠다. 그동안 유모 말 잘 듣고 지내야 한다."

"예, 아버지. 걱정 말고 다녀오세요. 이제 용아도 어린아이 가 아닌걸요?"

"녀석, 네가 어린아이가 아니면 누가 어린아이겠느냐?"

"피이……. 저두 이제 며칠만 있으면 여덟 살이라구요."

그렇게 고중헌은 진용이가 여덟 살이 되기 열흘 전에 고가 장을 떠나갔다.

며칠간의 헤어짐만을 생각하며, 별일이야 없겠지 생각하 고.

3

고중헌이 황궁으로 들어간 지 이틀이 지났다.

진용이는 하루 종일 멍하니 창밖만 바라보았다.

책을 읽으려 해도 읽을 수가 없었다. 마당 앞을 나가 봐도 아무런 재미가 없었다. 유모가 가져온 밥도 깨작이다가 수저 를 놓기가 일쑤였다. 그러다 보니 유모의 걱정이 이만저만이 아니었다.

생각해 보니 처음이었다.

아버지가 며칠씩 집을 비운 적은 단 한 번도 없었다. 아버 지가 지하 서고에 들어가 며칠씩 안 보일 때는 몰랐는데, 막상 집에 없다는 생각이 들자 아무 생각도 나지 않았다.

겨우 이틀이 지났을 뿐인데, 오직 아버지의 얼굴만이 떠오를 뿐이다.

"아버지… 보고 싶어……."

사흘째 아침이 밝아오자 진용이는 벌떡 일어나 아버지의 방으로 달려갔다.

덜컥! 방문을 열자 텅 빈 방 안 구석에 쌓인 책만이 진용이를 반겼다.

"쳇! 삼 일이나 지났는데 아직도 안 오셨네."

행여나 잠이 들었을 때 오셨을까 했는데, 역시나 안 오셨다.

힘없이 어깨를 늘어뜨린 진용이는 돌아서려다 멈칫, 고개를 돌려 아버지의 침상 옆을 바라보았다. 벽에 걸린 산수화가 보인다.

'가만? 분명히 지하 서고에 들어가지 말라는 말씀은 없으셨지? 그럼 들어가 봐도 된다는 말씀 아니겠어?

유혹이 밀려온다.

'까짓거 봄에 한 결심을 실행해?

안 되는데, 아버지에게 혼나는데…….

하지만 혼난다는 생각보다는 유혹의 힘이 훨씬 거셌다.

자신은 아니라 부인을 하지만, 진용이는 아직 어린아이임에 분명했던 것이다.

'에라, 모르겠다!'

산수화를 젖히자 다섯 개의 고리가 보였다. 지하 서고로 들어가는 입구를 여는 열쇠인 오행의 고리가.

막 뛰어다니기 시작하던 세 살 무렵, 단 한 번 아버지와 함께 지하 서고에 들어갔었다. 어찌나 신기하던지 진용이는 그날의 일을 잊을 수가 없었다.

고리를 잡아당기는 것도 그때 물어봤었다. 아버지야 세 살짜리가 뭘 알까 생각했을지 모르지만.

진용이는 그날의 기억을 되살리며 다섯 개의 고리를 오행의 순서에 따라 잡아당겼다.

금, 목, 수, 화, 토.

드르륵……

기음이 일더니 침상이 옆으로 비켜났다. 그리고 어두컴컴한 지하 서고가 무저에 사는 이무기의 입처럼 입을 쩍 벌리고 진용이를 맞이했다.

"헤헤……. 좀 무섭긴 하네. 그래도… 남잔데……. 흐…….'

터벅! 터벅!

발걸음 소리가 지하 계단을 울린다.

진용이는 뒤를 슬그머니 돌아다보았다. 꼭 누군가가 뒤에서 옷깃을 잡아당기는 것만 같다. 괜히 다리가 후들거린다.

"쳇! 나는 남자라구! 남자… 남자…… . 으…… . 남자는 남자는데, 되게 무섭네…… ."

탁! 탁!

부싯돌을 튕겨 계단 중간쯤에 있는 등잔에 불을 밝혔다.

등잔불은 커다란 통에 담긴 기름이 반 각에 한 방울씩 떨어지게끔 만들어져 있었다. 그러니 기름통의 구멍을 막기 전에는 기름이 떨어져 불이 꺼질 거라는 걱정은 하지 않아도 되었다.

진용이는 입구의 문을 닫고 눈이 약한 불빛에 익숙해지기를 기다려 나머지 계단을 내려갔다. 그리고 서고의 바닥에 내려서자마자 한쪽에 있는 또 다른 등잔에 불을 붙였다. 불꽃이 커져 가며 서서히 어둠이 밀려간다.

천천히 주위를 둘러보았다.

벽면의 서가에는 수많은 고서들이 즐비하게 꽂혀 있었다. 하지만 진용이의 관심은 일반 고서에 있지 않았다. 아버지가 수년간 몰두하고 있는 그 무엇! 오직 그것이 무엇인지에만 신경이 쓰일 뿐이었다.

제자리에 서서 가만히 고개를 돌리던 진용이의 눈이 한군데에서 멎었다.

구석진 곳에 놓인 가로세로 두 자 크기에 높이가 한 자 반정도 되는, 손때가 묻어 반질거리는 상자였다.

'저거다!'

상자에 다가간 진용이는 크게 심호흡을 한 번 하고는 상자를 넓은 곳으로 끌어냈다. 생각보다 그리 무겁지는 않았다.

"이게 맞을 거야."

분명 세 살 때 본 상자였다.

진용이는 잠시 망설이다가 상자의 고리를 조심스럽게 잡아당겼다.

덜컹!

상자의 뚜껑이 젖혀지는 소리에 서고가 울린다.

그리 큰 소리는 아니었지만 진용이는 가슴이 철렁했다.

"후우……. 아버지가 큰 도둑질은 능력이 있어야 하고, 작은 도둑질은 간덩이가 커야 한다고 했는데, 나는 작은 도둑질도 못할 사람인가 보네. 휴유……."

고개를 내밀고 안을 들여다봤다.

거무튀튀한 지팡이 하나, 몇 권의 책자, 동판, 그리고 묵빛으로 빛나는 자그마한 함이 하나 들어 있었다.

지팡이를 치우고 조심스럽게 책자를 꺼내어 겉장을 바라보았다.

알 수 없는 글자가 잔뜩 쓰여 있었다. 그래도 아버지에게 고대 문자를 적지 않게 배웠다 생각했는데…… 이건 한 글자도 알아볼 수가 없다.

"치이…… 처음부터 막히는군."

책자를 조심스럽게 내려놓고 동판을 들어냈다.

"응? 동판이잖아? 깨끗하네? 녹도 안 슬고? 동은 녹이 빨리 슨다고 했는데, 그럼 아닌가?"

금도 아니고 동도 아니지만, 일단 진용이는 속 편하게 동판이라 생각하기로 했다. 하긴 재질이 무슨 상관일까.

동판은 모두 아홉 장이었다.

각 장마다 그림이 새겨져 있었다. 아니, 그림이 아니라 글자인가? 아주 오래전에 쓰였다는 고대 문자?

"갑골문도 아니고 과두문도 아니고, 뭐지?"

한참을 들여다봤지만 도무지 글자인지, 그림인지, 무엇인지조차 알아볼 수가 없다.

그런 한편으로는 삐뚤거리면서도 어떠한 격식이 느껴진다.

"어휴, 내가 이렇게 멍청했다니……."

동판을 내려놓고 자그마한 묵빛 함을 끄집어냈다.

크기에 비해 제법 묵직하게 느껴진다.

묵함을 내려놓고 자세히 살펴보자 함의 중간에 뾰족한 고리가 튀어나와 있는 것이 보였다.

진용이는 고리를 살짝 당겨봤다. 천천히……. 꿈쩍도 않는다.

잠시 바라보다 이리저리 돌려봤다. 아! 돌아간다.

딸깍!

뚜껑이 열렸다. 이것만은 자신의 생각대로 되자 진용이는 흐뭇한 마음으로 뚜껑을 열었다.

"헤헤…… 내가 누군데……."

하지만 안을 들여다보던 진용이는 자신도 모르게 숨을 삼켜야만 했다.

"흡!"

함 속에는 단 하나의 물건이 있었다, 피보다 더 붉어 섬뜩하게 느껴지는 팔각패가.

한데 팔각패의 겉면에 조각이 양각으로 새겨져 있다. 마치 가면을 붙여 놓은 것처럼. 아니, 얼굴을 떼어내 붙여놓은 것인가?

삐죽한 이빨, 뾰족하니 솟은 귀, 그나마 통통한 볼 때문에 무시무시한 인상이 조금은 덜 무섭게 느껴진다.

귀신의 모습일까?

지옥의 악마 얼굴을 새겨놓은 것일까?

게다가 조각상의 두 눈알은 진녹으로 빛나고 있다. 팔각패의 핏빛 색깔과는 정반대로, 혼을 빨아들일 듯 괴기스럽게!

진용이는 눈을 뗄 수가 없었다. 무언가 알 수 없는 힘이 눈을 뗄 수 없게 만들고 있었다.

'싫어! 보기 싫어!'

왠지 무섭다. 처음에는 그리 무서운 것 같지 않았는데, 진녹색 눈을 보면 볼수록 가슴이 두근거린다.

'아, 안 되겠어. 더는 못 보겠어.'

황급히 고개를 돌리며 뚜껑을 닫기 위해 손을 내뻗었다.

그때였다! 서두르는 바람에 진용이의 손가락이 함을 여닫는 뾰족한 고리에 걸려 버렸다. 순간 엄지손가락에서 따끔한 통증이 느껴졌다.

"아야!"

느닷없는 고통에 손을 들고 잠깐 멈춘 사이.

뚝뚝!

서너 방울의 피가 함 안으로 떨어졌다.

급히 손가락을 입에 문 진용이는 다시 상자를 닫으려다 인상을 찌푸렸다.

상자 안의 팔각패에 자신이 흘린 피가 몇 방울 떨어져 있는 것이 보였다.

진녹색의 눈동자 위에 붉은 핏방울!

아버지가 보면 분명 누군가가 들어온 것을 알 것이다, 그 사람이 나란 것도.

아마 단단히 화를 내실 것이다. 아버지는 허락받지 않은 일을 맘대로 하는 것을 싫어하시니까.

'칫! 괜히 들어왔잖아!'

진용이는 핏방울을 닦아내기 위해 자그마한 손가락을 함에 넣었다. 팔각패를 꺼내 닦을 수도 있었지만, 왠지 께름칙한 패를 꺼내기가 싫었다.

그런데 그때였다! 괴이한 일이 벌어졌다!

핏방울이, 진용이가 흘린 핏방울이 팔각패의 진녹색 눈동자 안으로 빨려 들어가고 있었다.

스르르……

"어어어?"

진용이의 눈이 휘둥그레졌다.

순식간에 일어난 일이었다. 미처 닦을 사이도 없이, 핏방울은 흔적조차 남기지 않고 사라져 버렸다. 그리고…….

화아아악!

진녹색 눈동자에서 밝은 녹광이 쏟아져 나왔다.

"헉! 뭐야?!"

주춤, 뒤로 한 걸음 물러선 진용이는 깜짝 놀라서 눈을 크게 떴다.

녹색 광채가 어찌나 밝은지 눈이 아플 지경이다.

그런데 눈을 떼려 해도 뗄 수가 없다.

감으려 해도 감을 수가 없다.

고개조차 돌아가지가 않는다. 마치 녹색 광채와 자신의 눈이 하나로 연결된 것만 같다.

시간이 지나자 머리가 깨질 듯이 아파온다. 일곱 살 진용이로서는 견디기가 어려울 정도의 고통.

"아악! 머리가 너무 아파! 아버지!"

고사리 같은 두 손으로 머리를 감쌌다. 그래도 고통은 줄어들지를 않는다. 눈도 여전히 감기지가 않는다.

도대체 무슨 일인지 알 수가 없다. 무섭기만 하다.

제발 악몽 같은 시간이 빨리 지나갔으면, 하는 생각뿐이다.

그러나 고통은 멈출 줄을 모르고, 시간이 갈수록 극렬한 고통에 정신이 혼미해졌다.

얼마나 지났을까. 한참 동안이나 진용이의 눈을 파고들던 녹색 광채가 어느 순간 거짓말처럼 사라져 버렸다.

그토록 지독하던 고통도 녹색 광채가 사라짐과 동시에 가라앉았다. 그제야 진용이는 정신을 차리고 몸을 일으켰다.

"대체 무슨 일이 있었던 거지?"

머릿속이 흐릿하니 안개 속을 헤매는 것만 같다.

한참을 멍하니 앉아 있던 진용은 떨리는 눈을 돌려 함 안을 살펴보았다.

다행히 핏방울은 사라져 있었다. 팔각패의 녹색 눈동자에서 뿜어지던 광채만이 조금 약해진 것같이 보일 뿐, 다른 것은 크게 달라진 게 없는 듯했다.

눈을 비벼보았다.

아프지 않을까 했던 눈도 별다른 이상은 없는 듯했다.

"휴우…… 다행이다."

안도의 한숨이 절로 나온다. 다행히 별일은 없는 듯하다. 그래도 무서운 건 어쩔 수 없었다.

"나가야겠다. 무서워……."

쾅!

진용이는 빨리 나가고 싶은 마음에 다급히 함을 닫고 돌아섰다. 하지만 걸음을 옮기지는 못했다.

"응?"

묘한 느낌이 들었다. 마치 누군가가 속삭이는 느낌.

진용이는 급히 주위를 둘러보았다. 아무도 보이지 않았다. 그때 문득 드는 생각. 진용이의 눈이 동그랗게 커졌다.

"서, 설마……?"

머릿속? 머릿속에서 들리는 말소리?

'뭐지?'

자신도 모르게 함 안의 팔각패를 바라보았다.

'내가 미친 건가?'

'$#*&#'

'누가 말하는 거지? 이상하네?'

'#$$%$#!'

'기분이 나빠, 말하면 안 될 것 같아.'

한데…….

"아악!"

갑자기 머리가 또 아파온다.

조금 전에 비해 결코 못하지 않은 고통.

연속된 고통에 견디지 못한 진용이 앞으로 꼬꾸라지려 할 때다. 머릿속에 녹광이 번쩍이는 두 개의 눈동자가 보이더니, 갑자기 기이한 울림이 전해졌다.

'네 아르시스 네스 마(너의 영혼을 나에게 다오)!'

"싫어! 싫어! 뭐야? 나가! 나가란 말이야!"

진용이는 녹색의 눈동자가 무서웠다. 조금 전에 봤던 눈동자다.

쫓아내고 싶었다. 하지만 방법이 없다. 진용이는 일단 소리를 지르며 세차게 고개를 내저었다. 절대적인 거부 의사였다.

'다스 그데아나 리(그럼 몸이라도)……'

집요하게 뭐라고 한다. 무슨 뜻인지는 알고 싶지도 않았다.

진용이는 더욱 빠르게 도리질 쳤다. 미친 듯이!

"아악! 아버지!"

'다스 그데 아르시슈 아 네스 마 그랑데(그럼 몸도 영혼도, 내 마음대로 할 수 있는 것은 아무것도 없단 말이냐)?'

"몰라, 몰라! 다 싫어!"

바늘로 쑤시는 듯한 지독한 고통이 물밀 듯이 밀려온다.

하지만 진용은 무의식중에서도 굴복하지 않았다. 입술을 깨물고 더욱 세게 고개만 저어댔다.

"싫단 말이야! 나가! 제발 나가!"

밀려오던 고통이 조금씩 수그러든다.

'으으음… 하르지 언(지독한 놈)! 지스가르당, 네 수그리데 사라 앙뤼. 사마루? 네스 하리야 무(하는 수 없군. 네 허락이 있

기 전에는 조용히 있지. 됐나? 나도 더 이상은 양보 못해)!'

"아버지!!"

'자쉬(젠장)!'

이해할 수 없는 한마디와 함께 고통이 완전히 수그러들었다

그 즈음이었다. 갑자기 머리가 묵직해졌다.

누군가가 머릿속을 헤집는 것만 같다!

대체 내 머릿속에서 무슨 일이 일어나고 있는 걸까? 조금 전에 들렸던 소리는 뭐였을까? 그 녹색 눈동자는 함 안에 있던 그 귀신의 눈이었을까?

수많은 의문이 한꺼번에 밀려온다.

하지만 의문을 푸는 것은 나중 일이다. 더 이상 이곳에 있기가 싫었다. 무서웠다.

"빨리 나가야겠어!"

진용이가 벌떡 일어섰을 때다. 머리의 묵직함이 사라지는가 싶더니……

'…이름이 뭐냐?'

"흡!!"

'나 세르탄의 잠을 깨운 그대, 이름을 말하라!'

"뭐, 뭐야?! 누가 말하는 거지?! 싫어! 말하지 않을 거야!"

'순수한 피의 영혼으로 연결된 자여, 이름을 말하라니까!'

이제 머릿속에서도 보이지는 않지만 그 녹색 눈동자가 분

명했다.

"나, 나는…… 싫…… 으으……. 흑! 말하지 않는다니까!"

'시르……? 네 이름이 시르인가? 여긴 어디지, 시르?'

"……."

'너의 머릿속을 살펴봤다, 네가 하는 말을 이해하기 위해서. 그런데 희한한 언어군, 시르.'

진용이는 두려움 속에서도 자신의 이름이 이상하게 불리는 것이 싫었다.

"난…… 시르가 아냐!"

'시르가 아니라고? 그래도 어쩔 수 없다. 한 번 각인된 이름은 지워지지 않으니까. 그러니 너는 나에게 시르다.'

"아니라니까!!"

진용이는 빽 소리를 내지르고는 있는 힘을 다해 뚜껑을 닫아버렸다.

쾅!

그리고 멍하니 함을 바라보았다. 이마는 물론이고 등까지 식은땀에 젖어 찬기운이 스며들었다.

부르르…….

"아버지 몰래 보는 게 아닌데……."

무섭다.

귀신이 들린 것 같다.

유모 말에 의하면 귀신이 들리면 헛것이 보이고 헛소리가 들린다고 했는데, 아무래도 귀신이 들린 것 같다.

'아버지……. 흑흑…… 죄송해요.'

그때.

'아버지? 시르, 네 아버지는 누구지?'

"헉!"

지하 서고에서 나온 지 한 시진이 지났다. 그동안 진용이는 넋이 반쯤 나간 것처럼 아무런 생각도 할 수 없었다.

세상에, 머릿속에 귀신이 들어오다니.

벌을 받은 것 같다. 그러지 않고서야 왜 귀신이 머릿속에 들어온단 말인가.

'나는 귀신이 아냐, 시르! 나는 마계의 대전사다!'

아무리 아니라고 떠들어도 진용에게 세르탄은 귀신이었다. 줘도 안 먹을 대전사 따위는 아무런 의미도 없었다.

'대전사고, 귀신이고, 다 싫어!'

굳이 입을 벌리고 말하지 않아도 귀신이 자기의 말을 알아듣는다는 것을 안 것은 조금 전이었다. 생각만으로 '이제 제발 나가줘!' 했는데, 머릿속에서 공명이 울리며 말이 전해진 것이다.

'나도 나가고 싶은데, 당장은 방법이 없어! 나도 답답하단 말이다, 시르!'

그 이후로는 머릿속에 대고 생각하듯이 소리쳤다.

'들어올 줄 알면 나갈 줄도 알아야 할 것 아냐?!'

'그걸 알면 내가 왜 너 같은 꼬맹이의 머릿속에 들어 있겠냐! 벌써 나갔지!'

'바보같이, 나갈 줄도 모르면서 들어오기는 왜 들어와!'

'바, 바보! 가, 감히!'

'시끄러!'

환장할 일이다. 아무래도 만만치가 않은 꼬맹이다.

세르탄은 왠지 불안한 마음이 들었다.

'크윽! 대체 여긴 어디야? 왜 이렇게 인간이 기가 센 거야? 이러다 영영 못 나가는 거 아냐?'

종일 진용이가 잔뜩 이마를 찌푸린 채 끙끙대자, 유모는 걱정스런 눈으로 진용이를 바라보며 말했다.

"에구… 우리 도련님, 어디가 안 좋은가 보네? 어디가 아파서 그런 거유?"

"별거 아니야, 유모. 좀 쉬면 낫겠지 뭐. 너무 걱정 마."

"그래, 오늘은 책 너무 읽지 말고 좀 쉬어요."

유모가 쉬란 말을 하고 방을 나가자, 머릿속에서 다시 속삭이는 소리가 울려 퍼졌다.

세르탄이 다시 떠들기 시작한 것이다.

'시르, 여긴 어디지?'

'시르, 이곳의 공기는 내가 살던 곳과는 다르군.'

'시르, 이곳에는 정령이 없나?'

'시르, 저 여자는 왜 저렇게 너에게 굽실대지? 너의 종인가?'

'시르, 중얼중얼……. 시르, 궁시랑궁시랑…….'

더 이상 참지 못한 진용이 속으로 소리쳤다.

'조용해! 최루탄!'

'내 이름은 최루탄이 아니고 세르탄이다! 위대한 마계의 대전사 세.르.탄!!'

문득 한 가지 생각이 진용의 머리를 번개처럼 스쳤다.

'한 번 내 머릿속에 새겨진 이름은 변하지 않아, 최루탄!'

'크아아! 아니라고 했지!!'

'더 떠들면 최루탄이 아니라 떠버리라고 부를 거야! 그러니 조용해!'

'……'

왠지는 모르지만, 지하 서고를 나온 이후로 잠시도 쉬지 않고 이것저것 물어보던 세르탄이 그 말 이후로 입을 닫았다. 그래 봐야 딱 한 시진 동안이었지만.

한 시진 후 세르탄이 물었다.

'어떻게 알았지?'

'뭘?!'

'…내 별명 말이다. 마계에서 불리던 내 별명을 어떻게 알았냔 말이다.'

'떠버리가 별명? 어쩐지……'

고개를 끄덕이던 진용이는 문득 드는 생각에 고개를 갸웃거렸다.

시간이 지나자 두려움도 많이 가셔졌다. 어린 마음에 호기심이 슬며시 고개를 내민다.

용기를 내어 살짝 물어봤다.

'근데, 마계가 어디지?'

진용이가 묻자 이때라는 듯 세르탄의 목소리가 빠르게 들려왔다.

'마계는 인간계와 선계의 사이에 있다. 사실 인간계는 맨 나중에 생겨났지. 따지고 보면 생기지 않아야 할 세계가 생긴 것이지. 인간계가 어떻게 해서 생겼냐 하면……'

끝없이 세르탄의 설명이 이어졌다. 마치 물 만난 고기처럼 신나게 떠들어댄다.

역시…… 떠버리였다.

처음에는 괜히 말을 시켰다고 생각했다. 하지만 시간이 흐를수록 난생처음 듣는 이야기가 신기하기만 했다. 그러다 보니 언제 세르탄을 무서워했냐는 듯, 진용이는 턱까지 괴고서 시간이 흐르는 것도 잊은 채 귀를, 아니, 머리를 기울였다.

'그러니까… 선계와 마계가 자신들이 벌인 이념 전쟁을 대리시킬 목적으로 인간계를 만들었단 말이야?'

'그렇지! 똑똑하군, 시르.'

'최루탄 말을 어떻게 믿어?'

'최루탄 아니라니까!'

'나도 시르 아니야.'

'발음을 좀 똑바로 하면 안 되니?'

'잘 안 되는 걸 어떡해!'

그때 문득 든 생각에 진용이는 웃음을 참고 물었다.

'근데, 최루탄(催淚歎)이라는 말을 그대로 풀이하면 뭔 뜻이 되는 줄이나 알아?'

'뭔데?'

'눈물을 주룩주룩 흘리며 노래를 한다는 뜻이야. 크 큭……'

'……'

진용이의 놀림에 속이 상했는지 세르탄이 조용해졌다.

그리고 다시 한 시진이 지나 진용이가 잠을 자려 할 때였다.

'그건 또 어떻게 알았지, 시르?'

'또 뭘?! 잠 좀 자게 조용히 해!'

'잠이 문제야? 나는 능력을 익힐 때 백 년 동안 잠을 자지 않은 적도 있었어. 그러니 빨리 대답부터 해!'

'백.년?! 그런 거짓말하면 못 써!'

'정말이야! 마계의 대전사는 거짓말을 못해!!'

'흥! 믿을 걸 믿으라고 해야지! 사람이 어떻게…… 응? 사

람이 아닌가?'

'그래! 나는 마계의……'

'대전사라 이거지? 좋아 좌우간 그렇다고 치고……. 대체 뭘 대답하란 거야?!'

'진짜 대전사라니까!'

'나 잔다?'

'아, 알았어, 말하지.'

세르탄은 잠시 뜸을 들이더니 조심스럽게 말했다.

'어떻게 내 능력에 대해서 알았냐, 이 말이다.'

'능력? 무슨 능력?'

'음으로 상대의 감정을 마음대로 조절하는 절대음(絶對音)의 능력 말이야! 그중에 눈물을 끝없이 흘리며 울다 미치게 하는 방법이 있는데, 그걸 네가 어떻게 아냔 말이다!'

'절대음의 능력? 상대를 슬픔에 빠뜨려서 울다가 미치게 만든다고?'

'그래! 바로 그거!!'

'그럼 이름이 최루탄 맞나 보네, 뭐.'

'……'

'이제 잘 테니까 조용해. 최.루.탄!'

4

고중헌은 황궁에 간 지 닷새 만에 돌아왔다.

그런데 돌아온 날 이후로 고중헌의 표정에는 알 수 없는 그늘이 져 있었다.

진용이는 행여나 지하 서고에 들어간 것이 탄로나는 게 아닌가 가슴을 졸여야 했다. 눈만 마주쳐도 가슴이 뜨끔거릴 지경이었다.

'씨이…… 괜히 가슴이 떨리잖아.'

'시르, 저 인간이 네 아버지인가?'

'조용해! 말하지 마!'

더구나 시도 때도 없이 머릿속에서 울리는 소리 때문에 미처 다른 것에 정신을 집중하기가 쉽지 않았다.

그 바람에 진용이는 아버지의 눈에 서린 그늘을 알아볼 수가 없었다.

머릿속에 들어 있는 세르탄에 대해서도 언제 말씀을 드려야겠다는 생각은 하고 있었지만, 워낙 아버지의 표정이 심각하다 보니 그만 때를 놓친 채 시간만 흘러갔다.

고중헌은 황궁에서 돌아온 날 이후, 지하 서고에서 거의 살다시피 했다. 그는 황궁에 가기 전보다 더욱 미친 듯이 연구에 몰두했다. 원단(元旦)조차 지하 서고에서 보낼 정도였다.

그렇게 시간이 흘러 한 달이 되었을 때였다. 종상현이 다시 찾아왔다.

다음날 아침, 고중헌은 진용이를 앉혀놓고 조용히 말했다.

"진용아, 아버지는 다시 황궁에 들어갔다 와야 할 것 같다. 유모하고 잘 지낼 수 있겠지?"

"예, 아버지. 저…… 그런데……."

진용이가 머릿속의 세르탄에 대해서 이야기를 할까 말까 망설일 때였다. 미처 말하지 못한 것이라도 생각난 것처럼 고중헌이 큰 소리로 말했다.

"참! 혹시라도 아버지 소식에 대해 궁금한 것이 있거든 종숙부에게 물어보거라. 아마 일이 끝날 때까지 상현, 그 친구가 가끔씩 찾아올 게다. 허허허, 건강해야 한다, 용아야."

진용이는 왠지 아버지의 웃음에 힘이 없다고 느껴졌다.

"아버지, 힘드시면 가지 마세요."

"허허허. 녀석, 걱정 말라니까 그러는구나."

5

"흠, 그가 왔느냐?"

"예, 삼왕 전하."

"그가 석판의 글도 해석할 수 있다고 보느냐?"

"충분히 능력을 갖춘 자이옵니다."

"금판의 글 내용에 대해 그가 알아챘을 확률은?"

"천하제일의 천재라 해도 그 빠른 시일 내에 금판의 고대 문자를 해석하고 그걸 완벽히 정리할 수는 없사옵니다, 전하.

게다가 탁본을 떠서 몇 개로 분리시킨 글이옵니다. 너무 심려 마소서."

"그래도 그가 집 안에 옮겨 적었을 수도 있지 않느냐? 차라리 지금이라도 죽이는 것이 낫지 않겠느냐?"

"어차피 이 일에 관련된 자들은 지금까지처럼 모두 사라질 것이옵니다."

"사라진다? 흠, 하긴……."

"또한 석판의 해석이 남은 데다 황태자의 눈이 항상 전하를 주시하고 있는 만큼, 북경에서의 살인은 자칫 모든 것을 물거품으로 만들 수 있습니다. 하오니 조금만 기다려 주시옵소서."

"좋다! 그렇다면 조금 더 기다리지. 그럼 이제는 네가 할 일만 남았구나, 소궁."

"삼왕 전하께오선 그를 위해 한 번의 호통과 한 방울의 눈물만 흘리시면 됩니다."

"후후후, 그 정도 수고는 해야겠지. 본좌를 천하의 주인으로 만들어줄지도 모르는 자이니 말이다."

*　　　*　　　*

고중헌은 눈앞에 놓인 열두 장의 종이를 바라보았다. 석판의 글을 탁본으로 뜬 다음 뒤섞어놓은 것이었다.

평상시의 고중헌이라면 콧노래를 부르며 즐거운 마음으로 석판의 글을 해석했을 것이다. 하지만 지금의 고중헌은 결코 즐거운 마음을 가질 수가 없었다.

그는 알고 있었던 것이다. 자신을 향해 죄어오는 불길한 손길, 그 불길함의 정체가 무엇인지.

고중헌의 그런 마음을 알 리 없는 종상현이 이마를 찌푸린 채 탁본을 바라보며 물었다.

"얼마나 걸릴 것 같나?"

"글쎄, 칠 일 정도 걸리지 않을까 싶네."

"정말 대단하군. 나는 뭐가 뭔지 하나도 모르겠는데 칠 일이면 된다니 말일세."

"부지런히 끝내고 돌아가야 하지 않겠나."

"하하하, 그건 그렇군. 자식을 보고 싶은 아버지의 마음이 오죽하겠나. 나라도 찾아가 볼 테니 너무 걱정 말게."

"고맙네, 상현."

종상현이 밖으로 나가자 고중헌의 눈빛이 차분히 가라앉았다.

'미안하네, 상현. 자네를 속인 일에 대해선 나중에 죗값을 치르겠네. 그리고 자네도 모르게 행할 일에 대한 빚도 나중에 갚겠네. 정말 미안하네, 친구······.'

석판의 고문을 해독하기 시작한 지 며칠이 지난 후.

고중헌은 종상현이 찾아와 혹시 아들에게 전할 말이 없냐며 묻자 한 장의 서신을 내밀었다.

"용아에게 아버지 걱정 말고 유모 말 잘 들으라고 전해주게나. 그리고 이것은 내가 없는 동안 그 아이가 읽어야 할 책 제목을 적은 것일세. 내가 없다고 공부를 게을리 할지 모르니 자네가 전해주면서 아버지가 돌아가면 시험을 치를 거라 엄포를 좀 놓아주게."

"하하하! 알겠네. 내 단단히 일러두지."

6

창문을 바라보자 아버지가 가장 아끼시는 매화나무가 보였다.

"아버지……."

'시르, 또 아버지 생각하는 거냐?'

'응.'

세르탄을 머릿속에서 쫓아낼 수 없다는 것을 알고부터 진용이는 그와 싸우는 것을 포기했다, 괜히 머리만 아프니까.

오히려 어떤 때는 심심할 때 말을 걸어주는 세르탄이 반갑기까지 했다.

'내가 진짜 미쳤나 봐'

그런 생각을 안 해본 것도 아니지만 그래도 심심한 것보다는 나았다. 문제는 너무 말이 많아 짜증날 때가 가끔씩 있다는 것이다.

그런데 처음에는 생각을 할 때만 말을 걸더니 요즘은 책을 볼 때도 말을 건다.

'이곳은 확실히 이상한 곳이군.'

'뭐가?'

'공자가 신이냐? 공자 말씀이 어떻고, 공자께서 뭐라 했고, 책 속에 뭔 놈의 공자 이름이 그렇게 많이 나오냐?'

'유학자들에게는 신이나 같아.'

'공자라… 처음 들어보는 신 이름이군.'

진용이가 보는 것은 세르탄도 본다. 결국 진용이가 책을 읽으면 세르탄도 그 글을 보게 된다는 말이다. 자신의 의지를 닫으면 보지 않을 수도 있지만, 호기심 많고 말 많은 세르탄이 보지 않을 리가 없다. 단지 글자를 모를 뿐.

책의 내용을 아는 것은 진용이가 읽는 소리를 듣거나 생각을 하기 때문에 아는 것일 뿐이다.

게다가 자기 말대로라면, 어떤 능력을 익힐 때는 백 년간 잠을 자지 않았다고 하니 당연히 졸려서 안 볼 리도 없다.

그런데 뭐가 그리도 궁금한지 한시도 입을 안 떼고 구시렁거린다.

진용이는 그런 세르탄에게 아는 대로 대답해 줬다. 그렇게라도 해야 아버지에 대한 그리움을 떨칠 수 있을 것 같았기 때문이다.

　그날 저녁이었다. 진용이는 세르탄에 대해 한 가지 사실을 더 알았다, 세르탄이 절대 비밀처럼 지키고 있던 사실을.
　'세르탄, 진짜 백 년도 넘게 안 자본 적 있어?'
　'그럼! 대전사는 거짓말 안 한다니까?!'
　'그럼 나이도 많겠네?'
　'물론이지! 내가 봉인되기까지 일천 년을 살았었지! 음하하하!'
　'헉! 정말?'
　'대전사는……'
　'거짓말 안 한다고?'
　'그래!'
　진용이는 문득 궁금증이 일었다.
　'그럼, 마계에선 몇 살까지 살아?'
　'그야, 전쟁으로 죽지만 않으면 최소한 오천 년은 산다. 그리고 적어도 만 년은 살아야 원로 소리를 들을 수 있지!'
　'만 년?! 으아!'
　'그래, 광장하지?'
　순간 머릿속을 스치는 생각.
　'세르탄, 대전사는 거.짓.말. 안 한다고 했지?'
　세르탄은 왠지 진용이가 제대로 발음을 하며 이름을 부르는 것이 불안했다.

'그, 그래……'

'음, 마계에선 만 년을 산단 말이지? 만 년이라……. 그런데 세르탄, 사람은 팔십 살도 살기 힘들거든? 흠! 그럼 세르탄은 사람 나이로 따지면… 잘 해야 열 살밖에 안 먹었겠네?'

'……'

'맞지?'

'그, 그건……'

'거.짓.말. 안 한다며! 대전사!'

'그, 그래, 맞아.'

'씨이이…… 그럼 친구잖아!'

'그래도 천 년이나 살았는데……!'

마지막 발악처럼 세르탄이 천 년을 강조했다. 하지만 들려오는 진용이의 말에 세르탄은 입을 닫아야만 했다.

'어쩐지 정신 연령이 열 살도 안 될 것 같더라니……'

다음날 종상현이 진용이를 찾아왔다.

"하하하! 산책을 하고 있었구나, 우리 조카!"

"예, 종 숙부, 그동안 별고없으셨어요? 그런데 저……"

"왜? 아버지에 대한 소식 때문에? 글쎄에?"

빙글거리며 약 올리듯 말하는 종상현을 보고 진용이는 뾰로통한 표정으로 말했다.

"누가 아버지 소식을 듣고 싶다고 했어요?"

"그럼?"

"요즘 북경의 바람이 찬 것 같아서, 혹시 숙부님 댁에 뭔 일이 없나……."

"에라이! 요 녀석! 지금 숙부를 놀리는 거냐?"

"헤헤헤…… 그러기에 왜 순진한 조카를 놀리냐구요."

"옜다!"

종상현이 불쑥 두툼한 서신을 내밀었다.

서신은 누가 뜯은 듯 미세한 자국이 나 있었다. 진용이가 그것을 보고 눈을 반짝이자 종상현이 씁쓸한 표정으로 입을 열었다.

"황궁에서 나가는 서신은 검열을 거치게 되어 있다. 설마 모르는 것은 아니겠지?"

"그건 알아요. 그래도 아버지의 서신은 내가 제일 먼저 보고 싶었는데……."

"녀석, 네 아버지는 잘 있으니까 너무 걱정 말아라. 며칠 있으면 오실 게다."

"걱정은요……."

"아참! 아버지가 돌아오면 시험 치른다니까, 그 서신에 적힌 책들을 꼭 공부해야 한다고 신신당부하셨다. 좌우간 알아서 해라. 어려운 문제를 낼지도 모르니, 열심히 안 하면 아마 볼기가 성하지 못할걸?"

"예?"

조금 이상한 말이었다. 지금껏 시험이라는 것은 단 한 번도 본 적이 없었다. 가끔씩 문제를 내기는 했어도. 그런데 전보다 더 어려운 문제라니?

"알…… 았어요. 열심히 하죠, 뭐."

이상했지만 일단은 고개를 끄덕이고 봤다. 뭔 소리냐고 물어봐야 종 숙부도 모를 것 같았기 때문이다.

종상현은 그 후, 스스로는 다 컸다고 생각하는 진용이에게 어린놈이 대견하다는 둥, 혹시 밤중에 혼자 안 우냐는 둥 하면서 진용이를 완전히 갓난아기 취급을 하다가 한 시진이 더 지나서야 돌아갔다.

가기 전 그나마 유모를 만나 아버지가 일한 대가라며 열 냥의 금자를 놓고 간 것이 가장 보탬이 된 일이었다.

진용이는 그날 하루 종일 잠을 잘 수가 없었다. 아버지가 보낸 서신 때문이었다.

석 장의 서신을 처음부터 끝까지 보고 또 보고 열 번도 더 읽어봤다. 그래도 이해할 수 없는 것이 몇 가지 있었다. 종상현이 말했던 시험에 관한 내용도 그랬지만, 서신에 적힌 것 역시도 마찬가지였다.

"후우… 왜 이렇게 적으셨을까?"

진용아, 공부는 열심히 하겠지? 한서 구권을 건네준 것이 일 년 전이니 이제는 다 읽었겠구나. 그럼 이제 삼권을 읽거라. 아 비가 없다고 공부를 게을리 해서는 안 된다. 지하에 있는 네 어 미도 네가 공부를 게을리 하는 것을 바라지 않을 것이다.

…(중략)…….

작년 십이월에 준 남산경도 다 읽었겠지? 그럼 아버지의 서고 에 가져다 놓거라. 아버지가 돌아가는 즉시…….

"한서를 받은 것은 이 년 전이었는데…… 게다가 백이십 권 중 유일하게 빠져 있는 삼권을 읽으라니. 또 뜬금없이 엄 마 이야기는 왜 하는 거야? 도대체……."

멍하니 천장을 쳐다본 채 진용이가 생각에 잠겨 있을 때였 다. 내내 조용히 있던 세르탄이 슬며시 물었다.

'시르, 왜 그렇게 고민하는 거지?'

'응, 아버지가 보낸 서신 때문에. 아까 안 봤어?'

'봤는데 그게 왜?'

진용이가 간략하게 상황을 설명하자 세르탄이 말했다.

'없는 것을 있다고 할 때는 이유가 있겠지.'

'그러니까 그 이유 때문에 고민하는 것 아냐!'

'혹시…….'

'혹시 뭐?'

'놀리려고 그런 것 아닐까?'

'…멍청한 최루탄!'

삐쳐 버린 진용이는 세르탄이 말을 걸어도 들은 척도 하지 않았다.

그렇게 하루가 지난 다음날, 문득 진용이는 아버지의 서신 중 앞뒤가 맞지 않는 것이 하나 생각났다.

'가만, 남산경도 아버지가 지하 서고에 가져다 놨는데?'

재빨리 세르탄이 나섰다.

'지하 서고로 가보자, 시르!'

'넌 빠져!'

솔직히 진용이도 들어가고 싶었다. 하지만 전에 맘대로 들어갔다가 세르탄 같은 골칫덩이를 머릿속에 담아서 나오지를 않았던가 말이다. 저런 골칫덩이가 또 있다면 그것은 진짜 큰일 날 일인 것이다.

그러나 언제까지고 고민만 하고 있을 수도 없는 일.

"그래! 가보자!"

마침내 진용이가 결심을 하고 지하 서고에 내려가겠다고 하자 세르탄이 환호성을 질렀다.

'진작 그럴 것이지!'

'시끄러! 지하 서고가 너네 집이라도 돼? 왜 그렇게 좋아하는 거야?'

'흐흐흐…… 난 그곳이 좋아. 꼭 고향 같거든.'

'흥! 좌우간 들어가서 쓸데없는 소리로 머리 아프게 하면 가만 안 둘 거야. 네 영혼이 담겼던 팔각패를 부숴 버릴 거야!

팔각패를 부순다고? 그건 안 되지. 그게 어떤 물건인데…….

'아, 알았어……. 시르.'

일단 유모를 불렀다.

"예? 지하 서고에 들어가신다구요?"

"응, 아버지가 무슨 일이 있으면 지하 서고에 들어가서 알아보라고 허락하셨거든."

"그래도 그 냄새 나는 곳에…… 어이구, 도련님. 그곳은 컴컴하고 먼지도 많아서 도련님처럼 어린 사람이 들어갈 데가 못 된다구요."

"괜찮아, 전에도 들어가 봤는…….."

"예?"

"아아…… 전에 아버지가 데리고 들어갔다는 말이야."

유모가 고개를 갸웃거렸다.

"그건 어릴 때잖아요?"

"좌우간! 들어갈 테니까 혹시 늦으면 먹을 거나 아버지 방으로 가져다줘."

대충 얼버무린 진용이는 재빨리 유모의 방을 나섰다.

그리고 바로 아버지 방의 지하 서고로 향했다.

지하 서고는 전에 들어왔을 때나 크게 달라진 것이 없었다.

군이 달라진 것이 있다면 전에 있던 상자가 어디론가 사라졌다는 것 정도였다. 나머지는 크게 신경을 안 썼기에 확신을 할 수가 없었다.

세르탄마저 입을 다물고 있자 자신의 발자국 소리가 더욱 크게 울렸다.

전과 다르게 편안한 느낌이었다. 왠지는 모르지만 불빛 아래 보이는 광경도 전보다 훨씬 잘 보였다.

'내가 밤눈이 밝아졌나?

뜬금없이 엉뚱한 생각이 들 정도다.

한서가 있는 책장을 훑어보았다.

"일권, 이권……."

역시 없다. 뒤쪽을 아무리 찾아봐도 삼권은 보이지 않는다.

아버지의 서고에 있는 한서는 한서 중에서도 매우 귀한 것이라 했었다. 그래서 아버지가 직접 내주고 거두어가고 했으니 분명 제대로 꽂혀 있어야 옳았다. 있다면 말이다.

그러나 근 한 시진에 걸쳐 자세히 훑어봐도 보이지 않는다.

"후우…… 할 수 없군, 남산경이라도 살펴봐야겠다."

하는 수 없이 두 번째 문제에 도전했다.

산해경의 남산경은 생각대로 지하 서고에 있었다. 그런데 왜 아버지는 작년 십이월에 내주었다고 했을까?

일단 남산경을 뽑아 들었다.

온갖 신기한 이야기가 쓰여 있는 산해경은 진용이가 제일 좋아하는 책 중에 하나였다. 읽고 또 읽어도 질리지 않는 책이 바로 산해경이었다. 남들이야 골치 아프다고 할지 몰라도.

실제로 종 숙부는 진용이가 산해경을 좋아한다고 하자 제정신이 아닌 아이로 취급한 적도 있었다.

천천히 처음부터 읽어가던 진용이의 시선이 멈춘 것은 남산경을 몇 장 넘겼을 때였다.

영문극(影文劇).

"뭐, 뭐야? 영문극? 원래 쓰였던 글이 아닌데?"

처음 보는 글이다. 눈이 한곳에 멎었다.

십이(十二).

열두 번째 쪽이다. 그 밑에 월(月) 자가 적혀 있다.

영문극이라면 진용이도 안다. 아버지와 함께 놀이를 했던 일은 극히 드물었다. 그 드물게 논 놀이 중 하나가 바로 영문극이었다.

영문극은 앞에는 문제를 내고 뒤에 해답을 보이지 않는 약품으로 쓴 후 나중에 불에 비춰서 해답을 알아맞히는 놀이였다. 문제는 뒤에 쓴 글이 그냥 봐서는 보이지 않고 촛불이나 유등불에 비춰야만 보인다는 것이다.

진용이가 심심하다고 하면 아버지는 문제를 내놓고 혼자

풀게 했다. 그리고 지하 서고로 들어갔다. 절대 해답을 먼저 봐서는 안 된다는 말을 강조하고.

그것이나마 아버지하고 논다는 것이 좋았기에, 이후로 그마저도 놀아주지 않는 아버지가 미워졌을 정도였다.

그런 영문극이 왜 여기에 쓰여 있단 말인가?

'아! 서신!'

진용이의 얼굴이 환해졌다. 한 가지 난제가 풀렸다.

'아버지는 나와 영문극 놀이를 하자는 거다, 행여나 내가 심심할까 봐서.'

하지만 다른 한 가지는 풀리지 않았다. 한서 삼권은 어디에 있단 말인가?

'쳇! 없는 것을 억지로 찾을 수도 없잖아. 일단 영문극 문제부터 풀고 보자.'

속 편히 마음먹고 밖으로 나가려 할 때다.

'시르, 나가려는 거야?'

'응.'

'조금 더 있다 가면 안 될까?'

'그래.'

'정말?'

'대신 너만 남아, 나는 나갈 테니까.'

'······?'

'키키킥!'

'감히, 나 세르탄을 약 올리다니! 시르!!'

세르탄이 꽥꽥대던가 말던가 밖으로 나온 진용이는 자기 방으로 들어가자마자 아버지의 서신을 펴보았다.

그리고 황촛불을 켜고 천천히 서신 중 첫 번째 장을 촛불 가까이 대어봤다.

그러던 어느 순간, 진용이는 벼락이라도 맞은 듯 눈을 휘둥 그렇게 떴다.

"무슨 글이…… 이렇게 많이 적혀 있지?"

서신의 뒷면에는 세필로 적은 듯 수백 자의 글이 가득 적혀 있었다.

용아야, 아마 의문이 들 것이다. 그러나 당황하지 말고 아버 지가 적어놓은 대로 행동하거라. 용아는 똑똑하니 아버지를 실 망시키지 않을 거라 생각한다. 그리고 이 글에 대한 것은 누구에 게도 해서는 안 된다. 그 누구에게도…… 절대로…….

누구에게도 이야기를 해서는 안 된다니. 그렇다면 종 숙부 에게도 해서는 안 되고, 유모에게도 해서는 안 된단 말인가?

그래서 이중 삼중으로 이 글을 보게끔 했단 말인가?

"대체 왜……? 아버지……."

한참을 멍하니 앉아 있던 진용이는 다시 서신을 들어 불에 비춰보았다. 일단은 뭔 일인지를 알아야 대처를 할 것이 아닌가 말이다.

처음 당부의 말 아래에는 이상한 글이 쓰여 있었다. 마치 도가의 법문 같기도 하고 불경을 해석해 놓은 것 같기도 하다.

이러한 글을 아버지가 써놨을 때는 뭔가 이유가 있기 때문일 것이다, 정확히 알 수는 없지만.

모두 삼백육십 자의 글자였다. 근 반 시진에 걸쳐 다섯 번 정도를 읽자 내용은 몰라도 일단 글자는 모두 암기할 수 있었다.

진용이는 첫 번째 서신에서 눈을 떼고 다음 장을 집어 들었다.

두 번째 장에는 아무런 글도 적혀 있지 않았다. 다만 몇 글자에 동그라미가 쳐져 있을 뿐이었다.

지하 서고 행 즉(地下 書庫 行 卽).

'……?'

"즉시 지하 서고로 가라? 뭐야? 금방 갔다 왔는데……. 왜 처음부터 가라고 하지 않고……?"

'확실히 하기 위해서겠지. 아무도 몰라야 한다며?'

이번에는 세르탄이 간섭해도 아무런 말을 하지 않았다. 자신 역시 세르탄과 같은 생각이었기 때문이다. 서신의 세 번째 장을 바라보았다.

'어쩌면 저기에 답이 있을지도……'

떨리는 손으로 서신의 다음 장을 촛불에 가져다 댔다.

'……?'

단 한 글자만 보였다.

한서 삼권의 중간에 삼(三) 자만 있었다.

"뭐야? 뭔 뜻이지?"

'삼…… 삼?'

"뭐?"

'아니, 그냥……'

"뭐라고 했냐니까?"

'그냥…… 삼 자 반대편에 삼 자가 있어서 삼삼(三三)이라고 읽었을 뿐이야.'

"삼삼? 삼십삼? 아니면 삼삼은 구?"

진용이는 벌떡 일어섰다.

'어디 가는 거냐?'

"지하 서고!"

세르탄은 입(?)을 다물었다. 행여나 또 좋아하면 가지 않을까 봐. 분명 진용이는 그러고도 남을 심술쟁이니까.

지하 서고에 들어간 진용이는 한서가 꽂혀 있는 서대를 바라보았다. 한서가 빽빽이 꽂혀 있었다. 그중에 육권을 먼저 빼 들고 훑어봤다. 하지만 어디에고 아버지가 뭔가를 남겼음 직한 글은 보이지 않았다. 구권 역시 마찬가지였다.

구권을 서대에 꽂은 진용이는 가만히 서서 삼십삼권을 바라보았다.

유추할 수 있는 책은 우선적으로 셋, 그중 이제 삼십삼권만 남았다.

"후우……."

크게 숨을 몰아쉰 진용이는 삼십삼권을 빼 들고 처음부터 세세히 살펴보았다.

행여나 하는 마음으로 살펴가던 진용이의 손이 멈춘 것은 삼십삼 쪽에 이르러서였다.

"이, 이건…… 아버지가 쓴 거야."

진용이가 아는 한 분명 아버지의 글씨체였다. 언뜻 보면 본문과 분간하기가 힘들지만 진용이만은 아버지의 글씨체임을 확신할 수 있었다.

한데 아버지가 쓴 글을 읽어가던 진용이의 표정이 점점 곤혹스럽게 변해간다. 진용이의 생각을 읽었는지 세르탄이 간섭하고 나섰다.

'시르, 왜 글이 이따위지? 내용을 하나도 모르겠다.'

'글쎄…….'

'말도 안 되는 내용이잖아. 역(逆)? 거꾸로가 어쨌다는 거야?!'

'역?'

문득 글의 첫머리가 보인다.

세상은 거꾸로[逆] 가고 있다.

"아!"

재빨리 적힌 내용을 읽어가던 진용이의 눈이 환하게 빛났
다.

'세르탄도 써먹을 데가 있네.'

'응? 뭔 뜻이지?'

'모르면 그냥 지나가.'

세르탄이 화가 난 것 같다. 머리에서 살짝 열이 솟는다.

진용이는 세르탄의 반응은 상관하지 않고 글을 읽어 나갔
다. 거꾸로, 뒤에서부터.

황궁에 들어간 것이 잘못이었다. 금관의 탁본을 전부 해석하
는 것이 아니었는데, 호기심을 억제치 못하고 전부 해석해 버렸
다. 그러다 마지막에 가서는 학자의 양심을 저버리고 말았다.
넘겨주기로 한 해석본에서 몇 개의 글자를 빼버린 것이다. 그럴
수밖에 없었다. 그 내용이 읽는 것만으로도 너무 무서워서, 설
령 학자의 양심을 저버리더라도 마지막 몇 구절만은 넘겨줄 수
가 없었던 것이다. 저들은 내가 흐트러진 내용을 알아내지 못할

거라 생각한 듯하다. 하지만 고문을 해석하다 보면 말이 안 되는 글도 억지로 맞출 수 있어야 한다. 그러니 열두 개로 분리한 글을 짜 맞추는 일쯤은 아무것도 아니었다.

그 후로도 많은 고민을 했다. 비록 몇 개의 글자를 빼는 바람에 불완전한 내용이지만 그래도 무섭기는 마찬가지였다. 과연 이것을 어찌해야 하는가. 없애자니 아깝고, 넘기자니 후환이 두렵다. 내가 이리도 나약한 사람이었나 자괴감이 들 지경이다.

열흘이 지났다. 고민을 거듭하다 마침내 결심을 했다. 글을 남겨놓기로. 완벽한 해석본 모두를. 그렇게 결정한 이유는 용아가 있기 때문이다. 용아는 나와는 성격이 다르다. 내가 너무 신중하고 유약한 성격이라면, 용아는 선 매를 닮아 강한 성격을 지녔다. 아마 용아라면 이 글을 어찌 처리할지 잘 결정할 수 있을 것이다.

…(중략)…….

용아야, 혹시라도 무슨 일이 있거든 해석본을 없애고 서고를 봉쇄시켜라. 봉쇄 방법은…….

그리고 네 어머니가 가장 좋아했다는 동물의 머리를 힘이 센 손 쪽으로 세 바퀴 돌려라. 그곳에 아버지가 남긴 모든 것이 들어 있다. 혹시라도 약속한 열흘 안에 아버지가 안 돌아오거든 그것을 열어보거라.

다 읽고 난 진용이는 자신도 모르게 좌측 석벽으로 고개를 돌렸다. 그곳에는 십장생이 양각으로 새겨져 있었다. 물론 십장생 중 동물인 거북이, 학, 사슴의 조각 역시도.

'시르, 네 어머니가 좋아하는 동물이 뭐지?'

세르탄이 궁금한지 물어왔다. 진용이는 대답을 하지 않고 좌측 벽으로 다가갔다. 그러자 세르탄이 방정을 떨어댔다.

'여자니까 사슴을 좋아했을까? 아니군, 그럼 학을 좋아했을까?'

"아버지가 말씀하시길, 어머니는… 거북이를 좋아한다고 했어. 바닷가가 고향이라고 하셨거든."

세 마리 동물의 머리는 모두 벽에서 한 뼘 정도 튀어나와 있었다. 만들어서 나중에 붙인 것인 듯 벽에 약간의 틈이 보였다.

아마도 모두를 돌릴 수 있는 것 같다. 그럼에도 하나만을 지정한 데다 다른 사람은 알 수 없는, 오직 진용이만이 알 수 있게끔 했다는 것은 어쩌면 다른 것을 돌려서는 안 된다는 말일 것이다.

진용이는 떨리는 손으로 거북이의 머리를 잡고 자신과 아버지만이 아는 방향으로 세 바퀴 돌렸다.

거북이의 머리 조각이 왼쪽으로 세 바퀴 돌아갔을 때.

드르르륵…….

돌이 끌리는 소리가 나더니, 왼쪽의 석벽에 가로세로 석 자크기의 석관이 밀려 나오며 시커먼 구멍이 생겼다.

"어? 저것은?"

진용이의 눈이 커졌다.

그곳에 보이지 않던 아버지의 상자가 있었다. 아버지는 무슨 일이 있을지 짐작을 한 듯하다. 그렇지 않다면 상자를 저렇게 꽁꽁 숨겨두었을 리가 만무하다.

어쩌면 자신이 들어왔던 것을 아셨으면서도 모른 척했는지도 몰랐다. 행여나 어린 아들이 슬퍼할까 봐.

진용이는 그 때문에 더욱 아버지가 걱정되었다.

"아버지……."

第二章

봉쇄(封鎖)

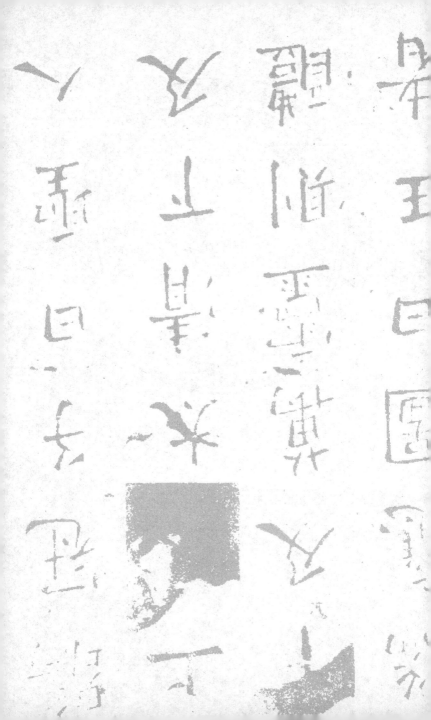

1

마침내 아버지가 약속한 열흘이 흘렀다. 아버지는 돌아오시지 않았다. 대신 종 숙부가 한 번 더 찾아오셨다.

"아마 조금 늦을 것 같다. 황궁에서 다른 일도 맡았거든. 그러니 너무 걱정 말고 기다리거라."

"예, 알았어요."

대답은 했지만 진용이의 머릿속은 어지럽기만 했다.

종 숙부가 거짓말을 하는 것일까? 아니면 종 숙부도 무슨 일이 벌어지고 있는지 모르는 것일까.

'말을 해야 하나? 아냐, 아버지가 아무에게도 말하지 말라고 했으니 일단은 종 숙부에게도 말하지 말아야지.'

진용이는 종상현이 돌아가자 발걸음을 지하 서고로 향했다. 그리고 상자를 꺼내고는 마침내 아버지가 남긴 서신을 뜯어봤다.

이곳에 담긴 것은 종상현이 아비에게 준 것이다. 자신의 가문에서 오래전 얻은 것을 아무도 해석하지 못하고 백 년간 썩혀오던 것이라고 했다. 서장의 서쪽에 있는 신산에서 발굴된 것이라 하는데, 종상현의 선조가 납살에서 사들인 것이라 한다. 나는 처음 보는 문자에 호기심이 일어 해석해 보기로 했다. 그러던 중 주석처럼 적힌 고대 문자를 해석하고는 놀라지 않을 수 없었다. 그 이유는 단순했다. 주석에 적힌 문자 자체가 족히 삼천 년도 더 전에 사라진 글인데도 재질을 알 수 없는 가죽에 적힌 글은 자신들의 선조가 그 땅에 살기 이전부터 존재했었다고 한다. 그들은 그것이 신이 써놓은 글이라 생각하고 부족에서 가장 뛰어난 제사장으로 하여금 그 글을 해석하게 했다는 것이다.

나는 그 주석을 바탕으로 나의 모든 지식을 동원해 가죽에 적힌 글을 해석해 봤다. 그리고 최근에 와서야 약간의 내용을 알게 되었다. 한데 그 내용이 도저히 믿을 수 없는 내용이어서 너에게 전해야 하는지 망설이지 않을 수 없었다.

하지만 어차피 해석을 한 것, 내용에 대한 모든 판단은 너에게 맡긴다. 자세한 내용은 아버지가 해석해 놓은 책을 읽어보면 알 것이다.

서신을 내려놓고 가죽으로 된 책자를 꺼내 들었다. 가죽은 재질이 뭔지는 알 수 없지만 부드러우면서도 매우 질긴 듯했다. 하긴 수천 년이 지났는데도 삭지 않았으니 말해 무엇 하랴.

　하지만 가죽 책의 재질은 진용이에게 아무런 관심의 대상이 되지 못했다.

　진용이는 가죽 책을 대충 훑어보고는 한쪽에 내려놓았다. 그리고 아버지가 쓴 책을 집어 들었다.

　세상에! 세상이 여럿으로 갈라져 있다니……. 글의 내용대로라면 세상은 우리가 사는 곳 말고도 몇 개가 더 있다고 한다. 그리고 그 글을 쓴 사람이 바로 그런 세상에서 넘어온 마법사라는 것이다. 마법사는 아마 술법사를 말하는 것 같다. 그는 자신이 넘어온 세상으로 다시 돌아가려고 했으나 하늘이 그의 능력을 시기해서 결국 돌아가지 못하고 이 세상에 남아 생을 마쳤다고 한다.

　그는 상자에 있는 악마의 탈이 바로 하늘이 그를 시기한 증거물이라 했다. 더구나 그 탈에는 자신이 자신의 세상으로 가기 위해서 만들어놓은 마법진의 영향력을 바꾸어놓을 정도로 엄청난 마력이 깃들어 있다고 적혀 있었다. 아버지가 생각하기로도 매우 위험한 물건인 것 같으니 조심해서 다루도록 하거라.

'이게 뭔 이야기지? 산해경보다 더 괴상한 이야기잖아?'

진용이 이마를 찌푸리며 책의 내용에 대해 고민할 때다. 문득 악마의 탈에 생각이 미치자 세르탄이 생각이 났다.

'세르탄, 혹시 뭔 말인지 몰라? 세르탄은 탈 속에서 나왔잖아.'

'……아무래도 나 때문에 마법진이 변형된 것 같군.'

'세르탄 때문에?'

'응, 마법진은 예민해서 조금만 틀어져도 안 되거든.'

'그래? 음…… 그런데 마법진이 뭐지?'

'이 세상 말고 다른 세상에서 쓰는 능력이야.'

'그럼 정말로 다른 세상이 있단 말이야?'

진용이 놀라 물었다. 그러자 세르탄이 뚱한 목소리로 당연한 말을 이상하게 묻는다는 투로 답했다.

'당연히 있지. 여태 뭘 본 거야?'

'세상에……'

진용이는 휘둥그레진 눈으로 아버지가 써놓은 책을 한 장 넘겨보았다. 그 다음부터는 가죽 책을 해석한 본문의 내용이 적혀 있었다.

한때 대마법사로 불렸던 나 제나가 결국 고향으로 가지 못하고 이곳에서 죽어야만 하다니, 참으로 통탄스럽도다. 그럼에도 이곳의 문자로 이 글을 남기는 것은, 혹시라도 이곳을 발견한 자가 나의 모든 것을 함부로 버릴까 저어되기 때문이니라.

'이 글을 쓴 사람 이름이 제나였나 보다.'

그 다음부터는 본문의 내용이 적혀 있었다.

고향으로 돌아가지 못하게 된 나는 풍혼(風魂)을 불러 세상을 돌아보았다. 그런데 이 세상은 내가 사는…….

진용이가 아버지의 해석본을 읽어가자 세르탄이 웃음을 터뜨렸다.

'낄낄낄, 그건 아마 실프 같은 바람의 하급 정령을 말하는 것일 거야. 그런데 이상하네? 이곳에는 정령이 없는 것 같던데…….'

'실부? 정령?'

'실프! 좌우간 발음이 문제라니까. 입이 꼬였냐?'

'실부나 실프나, 세르탄이나 최루탄이나. 자꾸 웃으면 그만 읽을 거야!?'

'아, 알았어.'

'웃지만 말고 내가 잘 모르는 게 있으면 그것만 말해!'

'정말? 그건 말해도 돼?'

'그래, 왜 그런 말도 있잖아. 어린애에게도 배울 게 있으면

배워야 한다고.'

'……'

그 후로 웃지는 않고 사이사이 끼어들기만 했다.

뇌전을 일으키자 사람들은 나를 신처럼 떠받들었다. 하지만…….

'뇌전? 전격(電擊) 마법인가 보군. 대단한 마법사였나 본데? 마법과 정령을 함께 익혔다니. 하긴 차원의 문을 열 정도였으니……'

하지만 이곳은 내가 살던 곳과는 기의 분포도 적고 성질이 달라서 많은 것을 써먹을 수가 없었다.

'그건 그렇지……'

봉인석인 악마의 탈을 부숴 버릴까 생각도 했었다. 그러나 그냥 부수기에는 너무나 아까웠다. 만일 봉인석 속에 깃든 힘만 내 것으로 할 수 있다면 한 번 더 내가 살던 곳으로 가기 위해 마법진을 그릴 수 있을 텐데…….

'억! 저런 나쁜 놈!'

진용이 책을 읽다 말고 말했다.

'진짜 나쁜 놈이 누군데? 남이 잘되는 꼴 못 보고 고향으로 가려는 걸 방해한 게 누구였지?'

'……'

일권을 다 읽고 나자 다음 권을 집어 들었다.

이권을 읽어갈 때다. 느닷없이 머리가 무거워졌다. 세르탄 때문이었다.

'세르탄, 왜 난리야?'

'내가…… 방법이……'

무엇 때문인지 떠버리 세르탄이 들뜬 기분을 가라앉히고 갑자기 말문을 닫았다. 이상한 일이다, 떠버리가 입을 닫다니.

진용이는 의아했지만 아직 읽을 부분이 많았기 때문에 더 이상 세르탄에게 신경 쓰지 않고 책을 읽어나갔다. 그러던 어느 순간.

'어? 여기서부터는 굉장히 복잡하네? 뭘 계산해 놓은 것이지? 해석이 거의 안 되어 있잖아?'

한동안 조용하던 세르탄이 더 이상 참지 못하고 입을 열었다.

'얼래? 마법이잖아? 그건 룬어야.'

'뭐? 룬어? 이게 룬어를 적은 거라고? 룬어가 마법이야? 내가 룬어도 모르는 멍청인 줄 알아?!'

'논어가 아니고! 루우운어!!'

'루운어?'

'그래. 거기 적힌 것은 기초적인 마법 공식인데, 그 글자는 마법을 펼칠 때 쓰는 글자야.'

진용이의 눈이 휘둥그레졌다.

'너…… 마법인가 뭔가, 그런 것도 알아?'

'쿠하하하! 내가 바로…….'

'떠버리 마계 대전사 세르탄님이다 이거지?'

'……씨이이.'

'좋아! 네가 알고 있는 것을 나에게 가르쳐 주면 앞으로 떠버리라고 안 부를게.'

'…정말? 하지만 어려울 텐데……. 제나 말대로 이곳은 기도 부족하고 성질도 다르거든. 더구나 이곳 언어로는 이해가 안 될걸?'

'흠, 그래?'

'그럼!'

득의한 세르탄의 목소리를 들으며 잠시 생각에 잠겼던 진용이 고개를 크게 끄덕였다.

'좋아! 인심 썼다. 한 번만 허용해 줄게!'

'뭐, 뭘?'

'전에 내가 쓰는 언어를 내 머릿속에서 알아냈다며? 그럼 거꾸로도 할 수 있을 것 아냐?'

무슨 말인지를 알아챈 세르탄이 더듬거리며 물었다.

'그러니까… 내가 아는 언어를 네 머릿속에 넣어라, 이 말이야?'

'똑.똑.한. 세르탄!'

'그러기 위해서 얼마나 많은 마나, 아니, 기가 소모되는지 알아?'

'대전사라며? 대전사라는 이름을 들으려면 남보다 훨씬 강해야 한다며? 그런 대전사가 기 좀 소모된다고 난리야? 그럼 전에는 무슨 배짱으로 내 머릿속에서 언어를 빼갔는데?'

'그때야 다급했으니까. 여기가 어딘지 궁금하기도 했고.'

'그게 아니겠지. 아마 떠들고 싶어서였을 거야. 떠버리가 말도 안 통하면 얼마나 심심하겠어?'

'아니… 라…… 니까.'

'어때? 할 거야, 말 거야?'

'좋아. 하지만 언어만 넣을 수 있을 뿐이야. 마법의 내용이나 다른 것은 또 다른 문제거든. 봉인되면서 힘을 뺏겨 남은 힘도 별로 없고.'

'그거야 어쩔 수 없지. 그리고 나도 내 노력 없이 공짜로 다 얻는 것은 싫어.'

그때였다. 진용이는 묘한 기분이 들었다. 마치 세르탄이 웃고 있는 것처럼 느껴졌다.

뭔가 이상했지만 굳이 묻지는 않았다. 아니, 물을 시간도,

정신도 없었다. 머리가 묵직해지더니 괴이한 말들이 쏟아져 들어오기 시작한 것이다, 우박이 쏟아지듯이.

'되, 되게 시끄럽… 네…….'

나오기 전에 금판의 해석본을 모두 외워 버렸다.

그리 많지 않은 내용이었던 데다 아버지를 위험에 처하게 한 물건이라면 가지고 다닐 수 없다는 생각이 들었던 것이다.

다행히 그 내용 자체는 서신의 뒤에 쓰인 글과 겹치는 단어가 많아 한 시진 만에 어렵지 않게 외울 수 있었다.

왠지 조금 무서운 느낌이 들긴 했지만…….

2

낮에는 아버지가 보낸 서신에 적혀 있는 글에 대해 연구하고, 밤에는 세르탄과 함께 마법의 공식에 대해 공부했다.

그런데 기의 분포가 적어서인지, 아니면 성질이 달라서인지는 몰라도 제나의 마법은 진전이 더디기만 했다.

그나마 위안이라면 진용이의 선천적인 기운이 마법과 매우 친화적이라는 사실을 알게 된 일이었다, 세르탄이 놀랄 정도로.

한 가지 우스운 것은, 진용에게 마법을 가르쳐 주는 세르탄이 정작 자신은 마법을 펼칠 줄 모른다는 것이었다.

'안다며?'

'마법에 대해서 안다고 했지, 펼친 줄 안다고는 안 했어!'

'그럼 할 줄 아는 게 뭔데? 대전사라며? 뭔가 할 줄 아는 게 있을 거 아냐?'

'그거야 많지! 내가 펼칠 수 있는 능력은 그깟 마법보다 훨씬 위대하고 멋져!'

'그래? 그럼 어디 말해봐!'

'……싫어.'

'저번에 절대음에 대해서는 말했고, 또 뭐가 있지?'

진용이의 계속된 물음에 세르탄은 입이 근질거려 더 참을 수가 없었다. 그래서 자신이 아는 것 중에 한 가지를 말했다.

'그럼 한 가지만 말할게.'

'좋아, 해봐.'

'음…… 핑거 오브 판타지. 일명 환상의 손가락.'

'뭐? 핑…… 판타지? 무공의 지법과 비슷한 건가 보네?'

'비슷하긴 한데 조금 달라. 손가락으로 무한의 힘을 쏟아 낼 수 있기도 하지만, 마나가 쌓이면 손가락을 이용해서 공간을 가르고 순간 이동도 하는 방법이야. 대전사만이 익힐 수 있는 능력이지.'

'…거짓말!'

'진짜야!!'

'그런데 왜 다른 데로 가지 않고 내 머릿속에만 머물러 있는 것이지?

뜨끔, 가슴이 찔리는 듯 세르탄이 말을 더듬거렸다.

'그, 그건…… 봉인 때문에…… 아직은…….'

'그러니까, 알긴 아는데 지금은 그럴 힘이 없다는 거네?'

'그, 그게…… 그래.'

진용이는 힘없이 대답하는 세르탄이 조금은 불쌍해 보였다. 그래서 말했다.

'그럼 그거 나한테 가르쳐 줘봐. 혹시 알아? 내가 할 수 있으면 너도 할 수 있을지.'

생각에 잠긴 듯 말이 없던 세르탄이 잠시 시간이 시나자 조그맣게 말했다.

'…도둑놈!'

3

종 숙부의 말대로 며칠을 더 기다렸지만 아버지는 돌아오지 않았다. 진용이는 답답하기만 했다.

"유모, 내가 한 번 종 숙부를 만나고 와야겠어."

"아이고, 도련님. 도련님이 가신다고 종 학사님이 모르는 사실을 알려주겠어요?"

"그래도 답답하잖아."

"조금만 더 기다려 보세요. 며칠 기다려 봐서 그래도 안 오시면 제가 다시 가볼게요."

그렇게 사흘이 지나고, 아버지가 황궁에 들어간 지 두 달이
되는 날, 종상현이 굳은 표정으로 진용이를 찾아왔다.

"종 숙부! 왜 이렇게 안 오셨었어요?"

"음, 그래. 기다렸지? 그런데 유모는 어디 있느냐?"

"유모는 부엌에……."

어째 종 숙부의 안색이 밝지가 않다. 매사가 낙천적인 그답
지 않게 초조한 표정이다. 진용이는 가슴이 철렁 내려앉았다.

"혹시… 아버지에게 무슨 일이……?"

종상현은 차마 입이 떨어지지 않는지 한참 만에야 떨리는
입을 열었다.

"내 말 듣고 놀라지 마라, 진용아."

"종 숙부……?"

"네 아버지가…… 고 형이…… 잡혀 들어갔다."

멍하니 종상현을 바라보던 진용이의 얼굴이 하얗게 탈색
되었다.

"무, 무슨 말씀이세요? 아버지가 잡혀 들어가다니요? 왜
요?"

"나도 정확히는 모르겠다만, 네 아버지가 해석한 석판의
고문자 내용이 엉터리라는 판정이 났다고 한다. 그 바람에 황
궁을 능멸했다며 삼왕 전하께서 몹시 노하셨다고 한다."

"예? 그게 무슨 말이에요?"

그럴 리가 없다! 절대 그럴 리가 없다!

아버지의 실력은 중원 천하에서도 제일이다! 한데 엉터리 해석이라니? 말도 안 되는 소리다!

"그럴 리 없어요! 아버지의 실력으로 절대 잘못 해석할 리 없다는 것을 누구보다 종 숙부님이 잘 아시잖아요!"

진용이는 소리치며 고개를 저었다. 문득 아버지가 남긴 해석본이 생각난다.

말을 해야 하는 걸까?

하지만 절대 아무에게도 알려선 안 된다고 신신당부까지 하셨는데…….

어린 진용이는 답답하기만 했다.

아마도 아버지는 종 숙부마저 위험에 처할까 봐 걱정했던 것 같다. 알고도 말을 할 수 없으니 답답한 마음에 눈물만 나올 뿐이다.

몸부림치는 진용을 끌어안은 유모가 떨리는 목소리로 울먹였다.

"도련님……."

하지만 진용이의 두 눈은 종상현에게 고정된 채 움직일 줄을 몰랐다.

"말씀해 주세요, 사실대로요. 용아가 이해할 수 있게요."

종상현은 가늘게 떨리는 눈으로 진용이의 눈물 가득한 눈

망울을 쳐다보았다.

"용아야, 숙부도 믿어지지가 않는다. 하지만 대학사들이 그러하다는 걸 어떡하겠느냐? 그건 그렇고, 지금 이럴 때가 아니다."

"예?"

"황궁을 능멸한 죄는 삼족을 멸한단다. 혹시라도 금의위에서 잡으러 올지 모르니, 일단 조사가 끝날 때까지 이곳을 피하고 보자."

"무슨 말씀이세요? 그러니까 도망을 가야 한단 말인가요? 왜요? 왜 우리가 도망을 가야 해요? 뭘 잘못했다고……."

"용아야! 참으로 분하지만, 잘잘못을 힘있는 자들이 결정하는 세상이다. 어찌 네 아버지가 잘못을 해서 갇혔겠느냐? 이 숙부가 보기에는 아무래도 뭔가 비밀이 있는 것처럼 보인다. 그러니 너라도 도망을 쳐서 살아 있어야 나중에 밝힐 수 있지 않겠느냐?"

종상현의 울분 섞인 말을 듣던 진용이 눈을 크게 떴다.

"무슨 말씀이세요? 저라도 살아야 한다니요? 그럼?"

'아차!'

종상현의 눈이 크게 흔들렸다. 감정이 지나쳐 그만 말실수를 해버렸다. 총명한 진용이 절대 놓칠 리가 없거늘.

"숙부님! 설마 아버지가 어찌 된 것은 아니겠죠?"

진용이는 차마 아버지가 '죽었냐'고 물을 순 없었다.

그것은 너무도 두려운 일이었다.

절대로 일어나서는 안 되는 일이었다, 절대로!

"아직 형이 확정되지는 않았다. 나를 비롯해서 네 아버지를 아는 모든 사람들이 선처를 호소하고 있다. 그러니 잠시만 몸을 피해 있거라."

그러나 어린 진용이의 귀에는 아무 소리도 들리지 않았다.

"저를 아버지에게 데려다 주세요. 예? 종 숙부! 제발요!"

"이놈! 용아야! 너는 네 아버지에게 한을 남겨놓겠다는 것이냐?!"

"조, 종 숙부……?"

"네가 잡혀 들어가면 네 아버지가 얼마나 슬퍼하겠느냐? 그리고 네가 아니라면 누가 네 아버지의 한을 풀어준단 말이냐?! 너는 정녕 아버지의 한을 외면할 작정이냐?"

"아니요! 그러지 않아요, 종 숙부! 절대로!"

"그럼 뭐 하느냐? 여기서 계속 있다가 그들에게 잡혀갈 참이냐?!"

멍하니 종상현을 바라보던 진용이는 눈물을 닦으며 벌떡 몸을 일으켰다.

그럴 수는 없었다. 종 숙부의 말마따나 자신이 잡혀가면 누가 아버지의 한을 풀어준단 말인가.

진용이 조금 정신을 차린 것 같자 종상현은 유모가 찻잔을 챙겨 안으로 들어서는데도 차는 거들떠보지도 않고 급히 말했다.

"간단하게 챙길 것만 챙기거라. 어서! 유모도 진용이에게 필요한 것을 간단하게 들고 다닐 수 있도록 챙겨주구려. 나는 나가서 진용이가 타고 갈 마차를 구해보겠소."

"예, 나리!"

놀란 유모가 황급히 방을 나섰다. 종상현마저 방을 나가자 진용이는 뛰듯이 아버지의 방으로 향했다. 꼭 해야 할 일이 하나 생각났기 때문이었다.

'시르, 지하 서고로 가는 거야?'

세르탄이 무엇 때문인지 서두르는 말투로 물었다.

진용이는 아무런 대답도 하지 않고, 아버지의 방으로 뛰어 들어 가자마자 줄을 당겨 서고의 문을 열고는 다급한 걸음으로 계단을 내려갔다.

그러고는 등잔불에 불을 붙이고, 십장생이 있는 곳으로 다가가 거북이의 머리를 돌려 상자를 꺼냈다.

세르탄이 궁금한 듯 물었다.

'뭘 찾는 거야?'

'혹시 모르니 아버지가 해석한 해석본을 없애야겠어. 만에 하나라도 황궁의 누군가가 이 지하 서고를 발견하기라도 하면 아버지가 물건을 빼돌렸다고 생각할 것 아냐?'

상자를 열자 가죽으로 만들어진 책이 보인다. 진용이는 책을 젖히고 아버지가 쓴 석 장의 해석본을 꺼내 들었다.

그때 세르탄이 망설이는 말투로 입을 열었다.

'아! 하긴……. 그리고 말이지… 그거 있지? 내가 봉인되었던 봉인석. 그거 꺼내봐.'

'왜?'

'어서 꺼내봐! 시간없잖아!'

조금 이상한 생각이 들기는 했지만 세르탄의 말대로 머뭇거릴 여유가 없었다. 진용이는 서둘러서 붉은 팔각패를 꺼내 들었다.

'그것을 심장이 있는 왼쪽 가슴에다 대.'

'가슴에다?'

'응. 맨살에다. 빨리!'

평소의 세르탄이 아니다. 다급한 말투에 장난기가 보이지 않는다. 진용이는 세르탄의 말대로 팔각패를 옷 속으로 집어넣고 가슴에 가져다 댔다.

"으, 차거워."

'이제부터 정신을 집중해서 내가 하는 말을 따라 해.'

'어? 어.'

'집중해!'

세르탄은 진용이에게 한 번 더 정신 집중을 강조하더니 이상한 말을 되뇌이기 시작했다. 심지어 이계의 말도 아니었다.

언젠가 들어본 듯한 언어였지만, 진용이로서는 한마디도 알아들을 수 없었다.

하지만 평소와는 전혀 다른, 그야말로 엄숙하게까지 느껴지는 세르탄의 태도에 정신을 집중하고 세르탄의 말을 따라 하지 않을 수가 없었다.

그렇게 잠깐의 시간이 지났을 때였다. 팔각패를 가져다 댄 가슴 쪽에서 뜨거운 열기가 솟구치기 시작했다.

처음에는 그저 따뜻하게 느껴지는 정도였다. 그러나 그것도 잠시, 가슴에서 시작한 뜨거운 기운이 불길이 번지듯 전신으로 번져 갔다.

가슴이 타는 듯한 열기!

숯불을 심장에 쑤셔 박은 것만 같다.

'헉! 너무…… 뜨거…….'

'참아! 참고 계속 따라 해, 시르! 그 정도도 못 참으면서 무슨 아버지의 원한을 갚는다는 거냐?!'

진용이는 이를 악물었다. 이마에서 땀이 비 오듯이 쏟아진다.

맞아! 이 정도의 뜨거움도 참지 못하는 나약한 정신으로 뭘 한단 말이야!

나는 참을 수 있어! 참을 수 있어!

'계속…… 해!'

세르탄이 다시 말을 이어갔다.

반의반 각 정도 지나자 심장을 파고들던 뜨거운 기운이 서서히 가라앉기 시작했다.

그리고 어느 순간, 거짓말처럼 팔각패의 기운이 사라져 버렸다.

세르탄도 괴이한 구결의 암송을 멈추고 조용해졌다.

이마는 물론이고 전신을 흠뻑 적신 땀만이 조금 전의 일이 꿈이 아니라는 것을 말하고 있을 뿐이었다.

땀을 닦아내며 진용이 물었다.

'뭐지? 왜 이런 걸 시킨 거야, 세르탄?'

'팔각패를 잘 봐.'

진용이는 가슴에서 떼어낸 팔각패를 무심코 바라보고는 놀라 소리쳤다.

"앗! 팔각패가 시커멓게 변했다! 어떻게 된 거지, 세르탄?!"

'팔각패는 마령석으로 만든 거야. 대전사를 봉인할 수 있는 돌은 마령석밖에 없거든. 그런데 네가 마령석에 남아 있던 기운을 흡수하니까 마령석의 색깔이 변한 거야.'

'마령석의 기운?'

'그래. 게다가 나를 봉인했던 마왕의 기운까지 조금 들어 있었으니……'

세르탄이 잠시 말을 끊더니 아까운 듯한 말투로 말했다.

'나중에 그 기운을 이용할 수만 있다면 시르에게 많은 도움이 될 거야. 뭐, 이용하기가 쉽지는 않겠지만.'

'그런데 왜 여태 이것에 대해서는 말을 안 했지?'

'그, 그건……'

'오라! 나에게 주기는 아까웠다 이거지? 그러다 다른 사람에게 빼앗기면 찾지도 못할 것 같으니까 어쩔 수 없이 인심이나 쓰자, 한 것이고. 그렇지?'

'……'

세르탄은 침묵의 항변으로 일관하다가 들릴 듯 말 듯 작게 중얼거렸다.

'줘도 지랄이네. 욕심쟁이, 날강도, 심술쟁이…….'

'뭐? 똑바로 말해봐, 안 들리잖아.'

세르탄은 입을 꾹 닫고 열지 않았다. 진용도 더 이상은 세르탄의 알아듣지도 못할 중얼거림에 신경 쓸 시간이 없었다. 밖에서 종상현의 다급한 목소리가 들려온 것이다.

"진용아! 아직 멀었느냐? 서둘러라!"

"예! 종 숙부!"

진용이는 큰 소리로 대답하고는 상자를 다시 구멍 속으로 밀어 넣었다. 그리고 그때까지도 움켜쥐고 있던 구겨진 세 장의 해석본을 유등불에 태워 버렸다.

하얗게 타버린 재를 바라보던 진용이는 이를 지그시 깨물고 서고를 둘러보았다.

아버지의 숨결이 배어 있는 곳. 이제 가면 언제 다시 올 수 있을까. 기약할 수 없는 헤어짐에 진용이는 목이 메어왔다.

"아버지……."

하지만 언제까지 바라만 보고 있을 수도 없는 일. 진용이는 아쉬움을 뒤로하고 계단을 올라왔다. 그리고 아버지가 서신에 적어놓은 방법대로 다섯 개의 줄을 모두 잡고 힘껏 잡아당겼다. 순간!

우르르…….

지하 서고 안에서 가느다란 울림이 전해지더니, 열을 셀 시간 정도가 지나자 조용해졌다. 마침내…… 지하 서고로 내려가는 길이 봉쇄되어 버린 것이다.

'꼭 다시 돌아올 거야, 꼭!'

진용이는 스윽 소매로 눈물을 닦아내고는 밖으로 나갔다.

밖에서는 종상현이 초조한 표정으로 진용이가 나오기를 기다리고 있었다. 체구가 작은 말 한 마리가 매여 있는, 주름 가득한 노인이 끄는 낡은 마차와 함께.

진용이가 방에서 나오자 종상현이 초조한 목소리로 소리쳤다.

"어서 타거라. 유모도 타구려. 시간이 없소!"

작은 보따리를 든 진용이와 커다란 보따리를 든 유모가 마차에 타자 종상현은 급히 대문을 열었다.

한데 그때였다.

문을 연 종상현은 굳은 얼굴로 눈을 부릅떴다.

사람이 거의 다니지 않는 골목길에 몇 명의 사람들이 들어서고 있었다, 번쩍이는 금빛 갑주를 입은 무장이 날 선 창을 든 관병들을 대동한 채.

쾅!

종상현은 황급히 문을 닫고 빗장을 걸었다. 뒤따라오던 진용이와 유모는 놀란 표정으로 종상현을 쳐다봤다.

"종 숙부, 왜……?"

"진용아! 뒷문으로 나가! 유모, 어서 진용이를 데리고……."

그러나 종상현의 외침이 끝나기도 전!

와직!

조금 벌어진 문틈 사이로 한 자루 창이 비집고 들어왔다.

"으헉!"

진용이의 눈이 홉떠졌다.

"종 숙부!"

종상현의 옆구리를 비집고 튀어나온 창이 보인다.

은은히 배어 나오는 붉은 핏물. 악다문 입에선 흘러나오는 숨죽인 신음 소리.

"으으…… 어서 가! 어서!"

"어떻게, 어떻게…… 종 숙부!"

"빠, 빨리……."

종상현은 이를 악물고 다급히 소리쳤다. 시간이 없다. 언제 들이닥칠지 모르는 상황!

종상현은 안절부절못하고 있는 유모와 진용을 향해 손을 흔들었다.

"어서 가!"

하지만 거기까지였다.

쾅!

강력한 충격에 두 치 두께의 대문이 파열을 일으키며 쪼개졌다. 그 충격에 종상현의 몸이 앞으로 튕겨져 버렸다.

어찌할 사이도 없었다. 순식간에 벌어진 상황. 진용이와 유모의 몸이 굳어졌다.

동시에 쪼개진 문이 활짝 열리고, 커다란 외침이 고가장의 고택을 뒤흔들었다.

"나는 금의위의 육두강이다! 아무도 이 집에서 나갈 수 없다!"

비틀거리며 몸을 일으킨 종상현은 옆구리에서 전해지는 고통에 이빨을 으스러져라 악물었다. 그리고 마주 소리쳤다.

"나는 내각학사 종상현이라 한다! 감히 너희들이 나에게 상처 입히고도 무사할 줄 아느냐?!"

상대가 내각학사라는 말에 황궁의 금의위 백호 육두강은 굳은 눈으로 종상현을 노려봤다. 내각학사는 금의위 백호보다 한 단계 위의 품위인 만큼 함부로 할 수 없는 지위였다.

하지만 자신은 명을 집행하러 온 사람. 게다가 모른 상태에서 벌어진 일이 아니던가.

"내각학사께서 죄인의 집에는 어인 일이시오?"

다행히 옆구리의 상처는 생각보다 깊지 않았다. 창이 팔과 옆구리 사이로 지나가며 살점이 뜯기긴 했지만 뼈는 괜찮은 듯했다.

종상현은 자신의 상처를 살필 생각도 하지 않고 들어선 육두강을 직시했다.

"내 친구의 집이거늘 못 올 것이 무어란 말이냐? 비켜라!"

종상현의 서릿발 같은 추상에 육두강이 싸늘하게 맞받아쳤다.

"본인은 황궁의 금의위 백호 육두강이외다! 황실의 명을 받들어 움직이는 사람이오. 귀하가 내각학사라 해도 비키라 명을 내릴 수는 없소이다. 오히려 비켜야 할 사람은 귀하외다!"

"이, 이……."

분하긴 하지만 육두강의 말은 틀린 말이 아니었다. 자신이 상대보다 아무리 품위가 높아도 상대가 명을 집행하는 이상 상대는 명을 내린 사람과 같은 지위나 마찬가지였다.

하는 수 없이 종상현은 최대한 마음을 가라앉히고 육두강에게 사정하는 투로 입을 열었다.

"이곳에는 어린아이와 아이를 보살피는 유모밖에 없소. 육위장이 데려갈 만한 사람이 없단 말이오."

그러자 육두강이 차갑게 입을 열었다.

"우리는 죄인 고중헌의 아들인 고진용, 바로 그 아이를 잡아가기 위해 온 것이오. 그러니 종 학사께선 비켜주시오."

종상현의 안면 근육이 바르르 떨렸다. 이들은 고중헌 가족에 대해 모든 것을 파악하고 온 것 같다.

종상현이 다시 육두강에게 사정하려 할 때였다.

"종 숙부님! 비켜주세요. 저 때문에 종 숙부님이 남에게 다치는 것도, 업신여김을 받는 것도 저는 싫어요!"

진용이 또랑또랑한 목소리로 말하며 앞으로 나섰다.

종상현은 깜짝 놀라 진용이를 꾸짖었다.

"진용아! 어린 네가 뭘 안다고 그러느냐?! 물러서거라!"

하지만 육두강의 두 눈은 이미 진용이를 향하고 있었다.

"흠! 어린아이가 제법 사리 판단을 할 줄 아는구나. 이리 오너라! 나와 함께 가자!"

"이보시오. 어린아이를 잡아다 뭐 하겠단 말이오?"

종상현이 진용이의 앞을 가로막았다. 옆구리에서 흐른 피가 바지를 적시고 있었다. 육두강은 그 모습에 멈칫하더니 곧바로 뒤에 서 있는 수하들을 향해 소리쳤다.

"뭐 하느냐? 죄인의 아들을 압송한다!"

"안 된다! 이놈들!"

"정녕 종 학사께선 죄를 범하겠단 말이오?!"

"이 아이는 이제 겨우 여덟 살 먹은 어린아이다! 세상이 아무리 험하다 해도 어찌 여덟 살 먹은 아이에게 죄를 묻는단 말이냐?!"

"흥! 그에 대한 판단은 그대가 하는 것이 아니오. 끝까지 비키지 않겠다면 법 집행을 막은 죄로 종 학사까지 끌고 가는 수밖에 없소. 어찌하시겠소?"

"이, 이놈들……."

종상현은 온몸이 부들부들 떨렸다. 기세로 보아 거짓이 아니다. 그렇게 하고도 남을 눈빛을 지닌 자다. 오직 법대로만 움직이는 자.

잠시 종상현이 머뭇거리는 사이 진용이 뛰어나왔다.

어차피 피하기에는 너무 늦었다. 도망갈 수도 없다. 더구나 자신을 지키려다 종 숙부는 부상까지 입은 상태다.

아버지라면 어떻게 했을까.

아마 자존심만은 지키려 하지 않았을까?

진용이는 고사리 같은 주먹을 움켜쥐고 육두강을 뚫어지게 노려봤다.

"종 숙부, 너무 걱정 마세요! 설마 나라를 지킨다는 분들이 어린 저를 어떻게 하겠어요?"

당돌한 진용이의 말에 육두강은 어깨를 움찔했다.

"가요! 나는 아저씨를 따라가서 도대체 아버지가 뭘 잘못했는지 알아봐야겠어요! 대신 한 가지 약속을 해주세요. 꼭 아버지를 만나게 해주겠다고요!"

"용아야!"

"종 숙부, 비록 어리지만 저는 고가의 장손이에요. 아버지도 제가 도망이나 다니는 것을 원치 않으실 거예요! 그리고 어차피 이렇게 된 거, 사실이나 알고 싶어요!"

진용이 굳은 표정으로 소리치며 걸음을 옮기자 육두강은 감탄한 표정으로 진용이를 바라보았다.

'하, 진정 어린 나이라 생각하기 힘든 아이로구나. 참으로 아까운 일이다.'

그가 어찌 알까, 어리광 한 번 부리지 못한 채 책을 벗하며 혼자서 사는 법을 이미 다섯 살에 깨달아 버린 아이가 진용이 란 것을.

하지만 자신은 법을 집행해야 할 사람. 감정은 감정이고 일은 일이다. 육두강은 종상현을 바라보고 조금은 누그러진 목소리로 말했다.

"나 역시 저만한 아이가 있는 사람이오. 내 최대한 저 아이의 편의를 봐주겠소. 그리고 저 아이가 한 말에 대해서도 약속하겠소. 마침 저 아이의 아버지는 내가 관리하는 곳에 투옥되어 있으니까."

"하지만……."

종상현은 불안한 눈으로 진용이를 내려다봤다. 그러자 육두강이 마지막으로 한마디를 덧붙였다.

"아직 죄인의 죄목이 확정된 것은 아니니 일단 판결을 기다려 보시오. 도망가다가 참살을 당하는 것보단 그게 나을 것이오."

이미 도망갈 길이 막힌 이상 육두강의 말이 옳았다.

종상현은 처연한 표정으로 하늘을 올려다보았다.

'정녕 길은 없는 것인가? 고 형, 내가 못나서…… 정말 미안하오.'

잠시 후, 종상현은 힘없이 고개를 끄덕이며 진용이의 머리를 쓰다듬었다.

"용아야…… 조금만 참고 이 숙부가 손을 쓸 때까지만 기다리거라. 알았지?"

"예, 종 숙부."

4

금의위의 옥사는 그 악랄함으로 유명한 곳이었다. 특히 북진무사가 관장하는 옥사는 들어간 자의 반이 죽어 나오고, 살아 나온다고 해도 병신이 되어 나온다는 생지옥으로 소문난 곳이었다.

육두강은 약속대로 고중헌이 갇혀 있는 북진무사의 옥사로 진용이를 데리고 갔다.

음습한 습기와 썩은 혈향이 코를 찌른다.

고통에 찌든 눈들, 삶을 포기한 눈들, 절망에 가득 찬 눈들이 자신을 따라 움직이고 있다.

살려달라는 소리. 자신은 아무 잘못도 없다며 울어대는 소리. 넋이 반쯤 나간 채 용서해 달라며 비는 소리.

악에 받친 울부짖음들이다.

진용은 겁이 났다.

겁먹은 티를 내지 않으려 손을 으스러져라 움켜쥐었다.

눈에 힘을 주고 앞만 보았다.

아버지는 어디에 있는 걸까? 설마 저 사람들처럼 많이 다치지는 않았겠지?

그럴 거야. 분명 그럴 거야. 아버지는 아무 잘못도 없잖아!

그곳까지 어떻게 갔는지 생각이 나지 않았다. 육두강이 뒷덜미를 잡은 뒤에야 걸음을 멈췄다.

잔뜩 굳은 눈으로 주위를 둘러보았다. 지나쳐 온 곳과는 조금 다른 곳이었다. 그곳에는 오직 한 사람만이 갇혀 있었다.

아버지였다!

진용이는 떨리는 마음을 억누르고 천천히 앞을 바라보았다.

나무에 철갑을 덧댄 옥사 안에 아버지가 앉아 있었다.

흐트러진 머리, 찢어진 옷자락, 그리고 여기저기 말라붙어 있는 피.

아버지는 고개를 빳빳이 든 채 눈을 감고 있었다.

기다란 혈흔이 입술에서 목까지 이어져 가슴을 적시고 있었다. 그리고도 모자랐는지 두 손과 발에는 수갑과 족쇄가 채워져 있었다.

"아… 버지, 아버지! 아버지!!"

진용이는 떨리는 가슴을 누르고 아버지를 불러봤다. 아버지의 눈꺼풀이 가늘게 떨리더니 힘겹게 올라가고 있다.

누가! 왜 아버지를 저렇게 만들었단 말인가!

"아버지, 저예요. 용아가 왔어요. 흑흑!"

진용이의 울음 섞인 말소리에 고중헌의 몸이 거세게 떨렸다.

"용, 용아? 용아란 말이냐?"

"예, 아버지."

"네가 왜…… 네가 왜 이곳에 왔단 말이냐?"

"아버지를 보려고 왔어요. 그런데 왜 아버지가 그곳에 갇혀 있는 거예요? 아버지가 무슨 잘못을 했다고! 왜!"

진용이의 울부짖음에 고중헌은 고개를 돌리고 한쪽을 바라보며 소리쳤다.

"안 돼! 이보시오! 왜 내 아들을 가둔 것이오! 내 아들은 살려주기로 했었잖소!"

무슨 말일까? 살려주기로 했다니?

진용이는 의아한 눈으로 아버지를 바라보았다.

"아버지! 아버지가 잘못해서 갇힌 것이 아니죠? 그렇죠?"

"용아야! 어서 나가거라! 이곳은 너 같은 어린아이가 올 곳이 아니다. 어서 나가!"

고중헌은 미친 듯이 소리치며 육두강을 올려다봤다.

"이보시오! 이 아이가 뭘 잘못했단 말이오! 어서 풀어주시오! 어서!!"

육두강은 미간을 찌푸리며 힐끔 진용을 바라보았다.

그도 이런 어린아이를 잡아온 것이 마음에 드는 것은 아니었다. 본래 황궁을 모욕하면 경우에 따라 삼족을 멸할 수 있다는 것이 황법이었다. 그러나 아직 죄인의 죄목이 확정된 것은 아니다. 그런데 아무것도 모르는 어린아이까지 잡아 가둬야 한단 말인가?

법대로 하면 일단 잡아와야 한다, 도망갈지도 모르니. 실제로 그럴 뻔했고. 그래도 마음에 들지 않았다.

'후우……. 젠장!

"나도 어쩔 수가 없소. 위에서 잡아들이라 하니 잡아온 것일 뿐이오."

"무슨 소리요? 윗사람들이 내 아들은 살려주기로 했소. 한데 이제 와서 약속을 어기다니, 정녕 약속을 어길 생각이란 말이오?"

그때였다.

"누가 약속을 어긴단 말이냐?"

뇌옥의 입구에서 싸늘한 목소리가 들려왔다. 고개를 돌린 육두강이 상대를 보고는 마지못한 듯 고개를 숙였다.

"양 태감을 뵈오이다."

그는 삼왕의 심복이라는 동창의 첩형 양 태감이었다.

"음, 그대는 물러가 기다려라. 내 저 죄인에게 할 말이 있느니라."

육두강은 고개를 숙인 그대로 눈살을 찌푸렸다. 그가 비록 동창의 첩형이라 하지만 금의위 뇌옥만큼은 그가 맘대로 할 수 있는 곳이 아니다.

게다가 그는 함부로 직분을 남용하는 양 태감이 마음에 들지 않았다.

"속하는 죄인들을 관리하는……."

"무슨 말이 그리 많으냐? 정 천호와 이야기가 되어 있다. 그러니 너는 물러가 있거라."

정 천호라면 자신의 직속상관인 천호장 정태숭을 말하는 것. 육두강은 하는 수 없이 고진용을 끌고 뒤로 물러났다.

"그러하시다면 속하는 물러가 기다리겠소이다."

진용이는 발버둥치며 소리쳤다.

"아버지! 안 돼요! 나를 놔줘요! 아버지하고 같이 있게 놔줘요!!"

"일단 나가자. 나중에 다시 만나면 되지 않느냐?"

질질 끌려 나가면서도 진용이는 아버지만을 바라보았다.

"아버지! 무사하셔야 해요! 용아가 다시 올게요! 아버지!!"

육두강이 진용을 데리고 나가자 양 태감은 고중헌을 뚫어지게 쳐다봤다.

"네가 나머지를 최대한 빠르게 해석한다면, 너는 물론이고 너의 아들도 무사할 것이다."

고중헌은 불길이 활활 타오르는 눈으로 양 태감을 쏘아봤다.

'다 알려주면 무사할 거라고? 개 같은 소리! 누가 속을 줄 알고?'

어떻게 알았는지 몰라도 해석이 완벽하지 않다는 것을 눈치 챈 놈들은 자신에게 누명을 씌워 옥에 가두고서 고문을 하기 시작했다. 그렇다고 사실대로 말할 수는 없었다. 사실대로 말하면, 무슨 수를 쓰던 그 내용을 알아내고 죽일 게 뻔하니까.

고중헌은 하는 수 없이 자신이 미처 해석하지 못한 글자가 있는데, 추궁을 받을까 두려워 말하지 못했다고 둘러대야만 했다. 그러자 놈들은 의심을 하는 한편으로, 심한 고문에도 한결같이 답하는 고중헌의 말을 믿지 않을 수가 없었다.

그렇게 며칠이 지나는 사이, 알게 모르게 한 가지 소문이 황궁 내에 퍼지고 있었다, 죄없는 학자가 뇌옥에 갇혔다는. 종상현이 동분서주하며 학사들의 입을 통해 퍼뜨린 소문이었다.

결국 다급해진 놈들은 고중헌에게 해석하지 못하면 황궁모독죄를 그대로 적용하겠다는 협박을 하기에 이르렀다.

황궁모독죄에 걸리면 삼족이 모두 죽는다. 진용이도 죽는다. 고중헌은 그것이 두려웠다. 자신은 죽어도 아들은 살아야 한다.

결국 고중헌은 협상안을 제시했다, 아들을 살려주면 나머지도 최대한 빠른 시간 안에 해석하겠다고. 그리고 자신의 의

견은 받아들여졌다. 그런데 놈들은 약속을 지키지 않고 진용이를 잡아들인 것이다.

개만도 못한 놈들!

"이놈들! 약속도 지키지 않으면서 네놈들이 어찌 남자라 할 수 있단 말이냐?!"

고중헌의 외침에 양 태감의 미간이 꿈틀거렸다.

감히 자신에게 남자 운운하다니! 자신을 놀리는 것이 아니고 뭐란 말인가?

"네놈이 감히……!"

"흥! 어쨌든 그대도 남자가 아니더냐? 어디 말을 해봐라!"

순간 노화가 일렁이던 양 태감의 눈에 묘한 빛이 떠올랐다.

천하의 누가 환관을 남자로 인정한단 말인가?

한데 말뜻이 묘하긴 하지만 고중헌의 말에는 자신을 남자로 인정한다는 뜻이 담겨 있으니…….

기분이 나쁜 듯하면서도 한편으로는 묘한 기분이 드는 양 태감이었다. 양 태감은 목소리를 누그러뜨리고 입을 열었다.

"조금 전에도 말했지만 약속은 어기지 않는다. 너의 아들은 죽지 않을 것이야."

고중헌의 눈매가 가늘게 떨렸다.

"나의 아들을 죽이지 않는다고?"

"그렇다. 죽이지는 않을 것이다."

조금은 묘한 뜻이 담긴 말. 고중헌은 불안한 마음을 억누르고 다시 물었다.

"말해봐라. 죽이지 않으면 어떻게 하겠다는 것인지. 그냥 집으로 돌려보내고 건드리지 않을 것이냐?"

"물론 그렇게도 할 수 없지. 우리가 약속한 것은 죽이지 않겠다는 것뿐이었으니까 죽이지만 않으면 되는 것이지 않느냐."

"이, 이…… 그럼 어떻게 하겠다는 것이냐?"

입술을 깨물었는지 고중헌의 입에서 다시 피가 흘러내렸다. 그걸 본 양 태감은 눈살을 찌푸리며 넌지시 말했다.

"네 아들을 유배지에 보낼 것이다. 그럼 나로선 약속을 어기지 않는 것이지."

고중헌의 창백한 안색이 흙빛으로 물들었다.

"무슨……. 저 어린것이 어떻게 유배지에서 생활하라고……."

"아아! 너무 그렇게 염려할 것은 없다. 그래도 특별히 생각해서 유배지 중에서는 제일 편한 곳으로 보낼 것이니까."

고중헌은 양 태감의 능글능글한 얼굴에 침이라도 뱉어주고 싶었다. 하지만 이 달리지도 않은 놈의 심경을 잘못 건드렸다가는 진용이가 잘못될지도 몰랐다.

그래서는 안 된다, 절대로!

좋은 쪽으로 생각하기로 했다. 비록 유배라지만 그나마 일단은 용아의 목숨이라도 건질 수 있지를 않은가. 더구나 편한 곳이라면…….

"정말…… 그리할 것이오?"

말투도 바꿔서 존대를 해줬다. 그러자 양 태감이 마음에 든다는 표정으로 고개를 끄덕였다.

"물론, 남자는 약속을 어기면 안 되지."

'개 같은 놈, 꼴에 남자이고 싶다는 건가?'

"좋소. 정 그렇다면 나도 약속을 지키겠소. 단, 그 약속을 내 친구인 종상헌에게 글로써 남겨주시오."

양 태감은 고중헌의 말에 잠시 생각을 하는 듯하더니 천천히 입을 열었다.

"좋다. 네 친구인 종상헌에게 글로 남겨 전해주겠다. 제일 편한 유배지로 보내겠다고 말이다."

'비록 다시는 나올 수 없는 곳이지만 말이다. 후후후.'

양 태감의 심중을 알 길 없는 고중헌은 그제야 나지막이 말했다.

"당신들이 약속을 지킨다면, 나도 나머지를 해석하겠다는 약속을 꼭 지킬 것이오."

속으로는 이를 갈면서.

'시일에 대한 약속은 하지 않았으니…… 어디 일 년이고 십 년이고 한번 해보자, 환관 놈아! 내 무슨 수를 써서라도 내 아들이 돌아올 때까지는 살아 있을 것이다. 고씨가 얼마나 끈질긴지 내가 보여주마!'

*　　　　*　　　　*

"어찌 되었느냐?"

"놈이 순순히 해석하겠다고 했사옵니다, 삼왕 전하."

"그래? 어느 정도 시간이 걸릴 것 같으냐?"

"일 년이면 되지 않을까 생각하고는 있습니다만, 고가 놈이 해석을 하기 위해 필요하다며 곤란한 것을 요구하고 있는지라……."

"곤란한 것이라니?"

"일단 단서를 찾기 위해서 황궁의 고문서를 보고 싶다고 하옵니다."

"흠, 고문서? 그게 뭐 문제될 일이 있겠느냐? 일단은 놈이 원하는 대로 해줘라. 어차피 어디로 도망갈 수도 없는 놈이 아니더냐?"

"알겠사옵니다, 전하."

5

사흘이 흘렀지만 다시는 아버지를 만날 수가 없었다. 육두강에게 울고불고 사정했지만 아무 소용이 없었다.

"아버지를 만나게 해줘요!"

"음, 네 아버지는 밀옥(密獄)으로 옮겨졌는데, 그곳은 금의
위의 관할이 아니라서 내가 어떻게 할 수가 없다."

"밀옥요?"

"그곳은 동창이 관할하는 곳이다. 그래도 그곳이 이곳보다
는 훨씬 편한 곳이다. 그러니 너무 염려하지는 말거라."

종 숙부도 육두강과 비슷한 말을 했다. 아버지의 몸은 이제
괜찮다고. 갇혀 있기는 하지만 당장 염려할 정도는 아니라고.
오히려 네가 더 걱정이라고. 그러면서 돌아섰다.

언뜻 보이기로 종 숙부의 눈에 눈물이 맺힌 것 같자, 진용
이는 억지로 힘을 내 말했다.

"저는 괜찮아요, 종 숙부. 용아는 남자잖아요."

그 말에 종 숙부는 말도 없이 걸어갔다.

걸음마다 뚝뚝 떨어지는 굵은 눈물이 보였다.

목이 메었다. 하지만 소리 내어 울지는 않았다, 자신이 소
리 내 울면 숙부가 더 슬퍼할지 모른다는 생각에.

유모 또한 매일같이 찾아왔지만, 울다 갈 뿐, 아버지의 소
식은 한 마디도 전해주지 못했다.

하긴 종 숙부도, 금의위인 육두강도 자세히 모르는 일을 유
모가 어찌 알 수 있을까.

다시 사흘이 지났다.

유모도, 종 숙부도 아무도 오지 않았다.

웬일일까. 하루에 한 번씩은 꼭 찾아왔는데…….

그날은 세르탄조차 조용했다. 하루 종일 조용히 있던 세르탄이 시무룩한 어조로 말문을 연 것은 저녁 무렵이 되어서였다.

'시르, 나는 네가 부럽다.'

한데, 한다는 말이 뭐가 어째?

화가 난 진용이 빽 소리쳤다. 간수들이 쳐다보던가 말던가.

"뭐가 부러워, 최루탄아! 아버지가 어떻게 되었는지도 모르고 갇혀 있는데!"

최루탄이라고 했는데도 별다른 반응이 없다. 전 같으면 최루탄이 아니라며 고래고래 대들었을 텐데도.

대신 진짜 부럽다는 투로 말했다.

'시르 아버지는 시르를 위해서 목숨도 거는데, 나는 아버지가 버렸거든.'

처음으로 듣는 말이었다. 한마디 더 해주려던 진용이는 입을 다물고 세르탄에게 물었다.

'무슨 말이야?'

'요 며칠간 곰곰이 생각해 봤는데, 아무리 생각해 봐도 아버지가 나를 버린 것 같아.'

'마계의 촉망받는 대전사였다며?'

'응. 근데 내가 일을 저지른 것이 몇 번 있었거든.'

'몇 번? 그렇다고 아버지가 아들을 버려? 어떻게 그런……. 가만! 혹시 몇 번이 아니고 많이, 자주 그런 것 아냐?'

'……'

한참 동안 세르탄이 침묵했다. 그러다 다시 말했다.

'…그런 것 같아. 셀 수는 없지만.'

'그러니까, 셀 수도 없을 만큼 말썽을 많이 피웠다는 거네?'

'응. 나 때문에 마계가 몇 번 뒤집어졌었어.'

'뒤집어져?'

'선계하고 싸움도 날 뻔했고.'

'선계하고의 싸움?'

'어. 선계에 꼴 보기 싫은 놈이 하나 있거든. 내가 그놈을 벼락으로 구워버렸어. 뭐, 다행히 죽지는 않아서 전쟁까지 벌어지지는 않았지만.'

맙소사! 애들 장난이 전쟁으로 번질 뻔했다니!

'그놈이 선계의 지배자인 대선인의 아들인데, 어찌나 잘난 척을 하던지…….'

더 이상 듣지 않아도 알 만했다, 세르탄의 아버지가 왜 세르탄을 봉인했는지. 그 심정이 조금은 이해가 갔다. 한숨이 절로 나온다.

'에휴! 그럼 그렇지! 나라도 버렸겠다!'

또다시 세르탄이 침묵했다. 그러자 이번에는 진용이 먼저 입을 열었다.

'세르탄.'

'……'

'세.르.탄! 말 안 할 거야? 그럼 나도 앞으로 말 안 한다?'

세르탄은 어쩔 수 없이 대답해야만 했다. 퉁명하게.

'왜!'

'좀 전에 내가 말을 심하게 했지? 미안해.'

'정…… 말?'

'그래, 아버지 때문에 내 신경이 좀 날카로워졌나 봐.'

'흐…… 그럴 수도 있지 뭐.'

진용이 한마디 더 보탰다.

'애들은 그럴 수도 있는데, 그렇다고 내다 버린 아버지가 잘못한 거지. 그렇지, 세르탄?'

'……그게. 어.'

다음날 종상현이 찾아왔다. 나흘 만이었다.

"용아야, 괜찮으냐?"

"예, 종 숙부. 견딜 만해요. 떠버리가 있어서 심심하지도 않고요."

"떠버리?"

"있어요, 그런 게."

'시르!'

'조용해. 숙부님이 계시잖아.'

종상현은 의아했지만 그나마 어린 진용이 의연하니 견디고 있다는 것에 절로 고개가 끄덕여졌다.

"그래, 어쨌든 떠버린지 뭔지 그 사람이 고맙구나. 네가 그 사람 덕분에 마음고생을 덜하는 것 같으니."

'끄응, 난 사람이 아닌데 저 인간 멍청하긴!'

세르탄이 뭐라 하는지 알 길이 없는 종상현은 진용을 안쓰러운 눈으로 바라보며 입을 열었다.

"그런데 진용아."

"예, 종 숙부."

"다른 게 아니고, 네가 유배지로 가게 되었다. 아마 네 아버지가 너를 살리기 위해서 뭔가를 해주기로 한 모양이다만……."

유배지? 무슨 말이지?

"저…… 자세히 좀 알려주세요, 종 숙부."

"후우, 그래, 어차피 네가 알아야 할 일이니……. 본래 황궁을 모욕하면 삼족을 멸한다는 것은 전에 말했지?"

"예……."

"그런데 네 아버지가 황궁에 뭘 해주기로 한 모양이야. 그 대가로 너를 살려주기로 하고. 한데 그냥은 풀어주지 않고 너를 유배 보내기로 한 모양이더라. 세상에, 이런 어린아이를 유배 보낼 생각을 하다니……."

"유배… 요?"

유배라니! 그럼 아버지와 헤어져야 한단 말인가?

다시 돌아올 수는 있는 걸까?

진용이는 글썽거리는 눈으로 종상현을 바라보았다.

"그럼, 아버지는요?"

"네 아버지는… 당분간은 무사하실 것이다. 밀옥을 찾아가서 떼를 썼더니 몇 마디 말은 해주게 하더구나."

그 말에 진용이는 눈물 가득한 눈을 크게 떴다. 고사리 손으로 철창을 움켜쥔 진용이가 정신없이 물었다.

"아버지를 만났다고요? 아버지는 어떠세요? 어디 아프지는 않으세요? 저번에 입에서 피가 많이 났었는데……."

종상현은 이를 악물고 눈이 붉어지는 것을 참아야만 했다. 그리고 겨우겨우 입을 열어 진용에게 대답해 주었다.

"조금 갑갑해서 그렇지 전보다 편하다고…… 안심하라고 하더라만……."

오랜만에 진용이의 얼굴이 환해졌다.

"정말요? 정말 괜찮은 거죠?"

"그렇다니까. 어쨌든 너무 걱정 말거라, 용아야. 내가 탄원을 넣어서라도 어떻게든 네 아버지를 빼낼 테니까. 그래도 이종 숙부가 명색이 내각학사 아니더냐? 너 설마 이 숙부를 우습게보는 것은 아니겠지?"

될지 안 될지는 아무도 모른다. 그러나 종상현은 그렇게 말할 수밖에 없었다. 그렇게 해서라도 진용이의 슬픔을 덜어줄 수 있다면.

안쓰러운 얼굴로 말을 건네는 종상현을 향해 진용이 힘차게 고개를 끄덕이며 말했다.

"예, 저도 믿어요, 종 숙부. 그리고 아버지에게 너무 걱정 말라고 하세요. 제가 돌아올 때까지 건강하셔야 한다고도 전해주시고요."

참고 참았던 종상현의 눈에 안개가 서렸다.

여덟 살 어린아이가 자신보다도 더 의연히 말하고 있다. 슬픔을 가슴속에 꼭 붙들어 매고서.

"그, 그래, 숙부가 그렇게 전하마……. 에혀, 불쌍한……."

끝내 종상현의 눈에서 눈물이 주르륵 떨어졌다.

닷새가 더 지난 후 육두강이 찾아왔다. 그는 침중한 눈빛으로 진용을 한참 바라보다가 천천히 고개를 돌리며 말문을 열었다. 차마 눈을 마주치고는 말을 하기가 힘든 듯.

"네 유배지가 결정되었다."

"어… 디로 가나요?"

"산동성 천궁석산."

"언제쯤…… 요?"

"내일, 날이 밝으면 출발한다."

第三章

천궁도

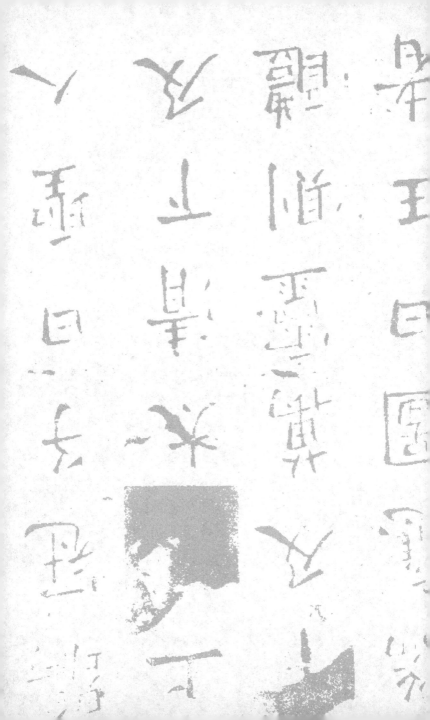

1

쾅!

서류에 직인을 찍은 중년 무장이 고개를 들어 진용이를 바라봤다.

"웃기는 놈들이군. 이런 꼬마를 보내서 뭘 어떻게 하라는 거야?"

"데리고 놀기에도 너무 어리지 않수, 십인장님?"

"시끄러! 금의위의 육두강이 신신당부한 아이야."

"양 태감도 이놈에 대해서 말했지 않수?"

"자네는 환관 놈의 말을 듣겠나, 같은 무장의 말을 듣겠나?"

"그걸 말이라구 하슈? 내가 미쳤다고 달리지도 않은 놈들의 말을 듣겠수?"

"알면 됐어. 데려가. 아참! 이 아이는 구양 노인과 한 방에 집어넣도록 하게."

*   *   *

군병을 따라가는 진용이의 발걸음은 무겁기만 했다.

어쩌면 이곳을 나가지 못할지도 모른다는 생각이 든다.

사방이 대리석을 파내는 바람에 자연적으로 이루어진 백장 높이의 깎아지른 듯한 절벽이다.

들어갈 수 있는 방법은 오직 하나, 자신이 걷고 있는 동굴을 통해서일 뿐이다. 그러니 나갈 수 있는 방법도 동굴을 통해서만이 나갈 수 있을 것이다. 관병들이 눈을 부라리고 지키는 동굴을 통해서만이.

그렇지 않고서 석산을 들고 나는 방법은 하늘을 날아가는 방법뿐.

하지만 진짜 문제는 절벽이 아니었다.

말이 산동성이지, 천궁석산은…… 섬에 있었던 것이다.

천애고도 천궁도에!

진용이가 동굴을 통해 안쪽으로 들어가자 지저분한 몰골

의 죄수들이 모여들었다.

수세미처럼 엉킨 머리칼, 덥수룩한 수염, 언제 씻었는지조차 모를 정도다.

그들은 새로 들어온 죄수가 열 살도 안 되어 보이는 꼬맹이란 것을 알고는 어이가 없는지 한마디씩 했다.

"세상 말세구먼. 저런 꼬맹이를 이런 곳에 보내서 어쩌자는 거여?"

"낄낄낄……. 보들보들하니 가지고 놀기 딱 좋겠는데?"

"서지도 않는 놈이 지랄하고 자빠졌네."

"뭐여? 이 씨발 놈이!"

"왜? 내가 틀린 말 했냐? 너는 이제 남자로서 인생 끝났어, 이놈아!"

"이런 개 쌍놈의 새끼가! 그런 너는 서냐?"

시끌시끌, 웅성웅성…….

꼬맹이를 난생처음 본 것마냥 흥미가 동한 반응들이었다.

"모두 조용!"

진용이를 끌고 석산에 들어온 무장이 크게 소리치자 죄수들의 소란이 조금씩 가라앉기 시작했다.

자신의 말이 먹혀든 게 마음에 드는지 무장은 씩 웃으며 진용을 한 손으로 번쩍 들어올렸다.

"새로운 죄수를 소개하겠다! 이름은 고진용. 나이는 여덟 살이다! 아직 나이가 어리니 열 살이 될 때까지는 심부름을 하게 될 것이다. 그러니 모두…… 귀여워해 주기를 바란다!"

"크크크……."

"후흐흐흐……."

"귀여워해 줘야지. 아암……."

"이봐, 신털보. 너무 그러지 말라고. 꼬맹이가 무서워서 오줌이라도 지리면 어쩌려고 그러나?"

"크크크……. 오줌을 지리면 아예 발가벗겨 버리지 뭐."

진용이는 입을 꼭 다물고 굳은 얼굴로 앞에 모여든 죄수들을 바라보았다.

대충 봐도 백 명은 됨 직하다. 하나같이 제대로 된 사람이 없어 보인다. 진용이의 눈에는 모두가 괴물처럼 보일 뿐이었다.

특히 신털보라는 자. 왠지 자신을 노려보는 눈빛에 고약한 빛이 어려 있다.

'아버지!'

절망이다!

아버지를 찾아가야 하는데, 아버지가 잘못한 것이 없음을 밝히고 뇌옥에서 구해 드려야 하는데…….

어떻게 나가지? 아니, 나갈 수나 있을까?

진용이의 마음은 하늘을 물들이는 어스름만큼이나 암울하기만 했다.

2

진용이는 어수선한 소리에 잠에서 깨어났다.

잔뜩 긴장해 있었으니 잠이 오지 않을 법한데도 워낙 뱃길에 고생을 해서인지, 아니면 바다를 처음 본 세르탄이 워낙 떠들어대 지쳐서인지 몰라도 누운 지 얼마 되지 않아 잠이 들었다.

'여기는⋯⋯.'

눈을 뜨자 흐릿한 빛이 보인다. 그리고 차가운 바닥의 감촉.

'그래, 내가 석동에 들어와 쓰러졌지.'

진용이가 멍한 표정으로 생각을 더듬자 세르탄이 시무룩하니 입을 열었다.

'시르, 이제 어떡할 거냐?'

어제까지만 해도 그렇게 지겹던 세르탄의 목소리가 반갑기만 하다. 하지만 당장 오늘 일도 모르는 판에 무슨 대답을 할까.

진용이는 힘없이 고개를 저었다.

'일단 며칠 겪어보고 생각해 봐야지.'

그때, 밖에서 들려오는 칼칼한 목소리.

"꼬마야, 일 시작해야 하니 일어나라!"

밖에서 소리치는 말을 들으니 실감이 난다, 여기는 천궁석산 유배지라는 것이. 마침내 유배지의 첫날이 밝아온 것이다.

벌떡 일어선 진용이는 사방을 둘러보았다.

진용이가 배정된 방은 여섯 평쯤 되어 보이는 석실이었다. 그곳에는 모두 일곱 명이 기거하고 있었다.

웅성거리며 일어서는 사람들, 그들의 발과 손을 속박하고 있는 수갑과 족쇄의 철그렁거리는 소리가 유난히 크게 들려온다.

자신은 너무 어리다는 이유로 수갑과 족쇄를 채우지 않았다. 그나마 다행이라면 다행이었다.

진용이가 그들을 따라 밖으로 나가자 줄을 서서 차례를 기다리고 있는 사람들이 보였다. 아침 배식을 받으려는 사람들이었다.

누군가가 진용이의 어깨를 덥석 잡아채더니 배식 줄에 끼워 넣었다.

그였다. 신털보.

"흐흐흐…… 먹어야 일을 할 수 있다. 굶으면 네놈 일을 다른 사람이 해야 하니 먹을 수 있을 때 먹어둬라."

목소리를 들어보니 조금 전 자신을 부른 것도 신털보. 한데 말뜻은 좋은데도 어쩨 눈빛이 먹이를 노리는 이리의 눈빛이다.

진용이는 아무런 대답도 하지 않고 줄을 선 채 주위를 둘러보았다. 모두가 불만 가득한 눈으로 자신을 바라보고 있다.

중간에 끼어든 것이 못마땅한 듯. 그럼에도 신털보가 무서운지 아무런 말도 하지 않고 있다.

"뭘 봐! 오늘만 참으라고. 이 어린놈에게 처음이자 마지막 혜택이니까."

진용이는 반갑지 않은 선처를 사양하려 신털보를 바라보았다. 그러자 신털보가 진용이의 코앞에 머리를 들이대며 으르렁거렸다.

"네놈이 예뻐서 그러는 거 아니니까, 너무 좋아하지 말고 가만있어."

잠시 후 받아 든 배식을 바라본 진용이는 욕지기가 나오려는 것을 참고 눈을 부릅떴다.

누런 밥에 뿌연 국물이 배식의 전부였다.

그런데 뿌연 국물에 떠다니는 것이 있다. 결코 고기가 아니다. 정체를 알 수 없는 기름덩이들. 느끼한 냄새가 코를 찌른다.

진용이 배식 그릇을 받아 들고 멍하니 서 있자 신털보가 진용이의 어깨를 잡고 옆으로 밀어냈다.

"받았으면 비켜라. 왜? 못 먹겠냐? 먹기 싫으면 버리지 말고 다른 사람 줘라. 그것도 못 먹어서 환장한 사람들이 쌔고 쌨으니까. 하긴…… 너처럼 어린놈이 여기에 들어왔다는 것은 집안이 반역이나 했으니까 들어왔을 것이고, 그렇다면 제법 잘사는 집안이었을 테니 그런 것을 언제 먹어보기나 했을까?"

비웃듯이 느물거리며 말하는 신털보의 말에 진용이의 얼굴이 굳어졌다.

아니라고 말하고 싶다. 자신의 집안은 그리 잘사는 집안이 아니었으니까. 그저 굶지 않는 것이 다행일 정도가 아니었던가.

진용이는 신털보에게 한마디 쏘아주려다 무의식적으로 배식 그릇을 내려다봤다.

생각이야 그렇지만 사실 이런 식사는 상상도 해본 적이 없다. 어떻게 먹어야 할지 막막하기만 할 뿐이다. 게다가 가슴이 찡 하니 울린다, 이유도 없이.

'뭐지? 왜 이리도 저 심보 고약한 털보아저씨의 말에 가슴이 아픈 거지?'

한편으로 오기가 솟는다.

"먹을 수 있어요! 저도 먹을 수 있다구요!"

진용이는 오기 섞인 말투를 내뱉고 몸을 홱 돌렸다.

문득 기이한 눈빛이 느껴진다. 옆에 있던 사람들이 아쉬워하는 눈으로 자신의 손을 쳐다보고 있었다. 안 먹었으면 자신들이 먹을 텐데, 하는 눈빛이다.

진용이는 자신도 모르게 눈자위가 붉어졌다.

'견딜 거야. 여기서 나갈 때까지 견딜 거야! 그러기 위해선 뭐든 먹고 살 거란 말이야! 아버지, 용아가 힘을 낼 수 있게

도와줘요!'

세르탄이라도 말을 걸어주면 좋을 텐데, 아침 이후로 세르탄은 떠버리답지 않게 입을 다물고 있다.

그렇게 천궁석산에서의 첫 번째 식사 시간이 지나갔다.

3

"꼬마야! 거기 정 좀 가져와라!"

"꼬맹아! 뭐 하는 거야? 농땡이 피우는 거냐?"

"쬐끄만 새끼가 벌써부터 요령을 피우려 하네?"

천궁석산에 들어온 지 사흘째다.

불러대는 것이 재미있는지 이 사람 저 사람 불러댄다. 평소에는 자신들이 해야 할 일이지만 진용이를 부려먹는 것에 재미를 붙인 모양이다.

진용이는 사흘이 지나자 온갖 잔심부름에 어느 정도 요령을 터득했다.

첫날은 뛰어다니다가 오전이 가기도 전에 지쳐 쓰러져 버렸다. 그러자 그날 저녁 신털보가 혀를 차며 놀려댔다.

"미련한 놈. 힘이 없으면 요령이라도 있어야지? 생긴 것은 새끼 여우같이 생겼는데 진짜 멍청한 놈이네."

'이익!'

요령을 피운다는 것은 자기 기만이다. 진용이는 그러고 싶지가 않았다. 특히 신털보의 말을 듣고 요령을 피운다는 것은 죽기보다 싫었다. 하지만…….

'시르, 고집을 피우는 것이 중요하냐, 네 아버지를 구하기 위해 사는 것이 중요하냐? 나라면 일단 살고 보겠다.'

오랜만에 세르탄이 제법 똑똑한 말을 하는 바람에 진용이는 자신의 고집을 접어야만 했다.

'세르탄.'

'응.'

'세르탄 말이 맞는 것 같아. 고마워.'

오랜만의 칭찬에 기분이 좋은지 세르탄이 거만하게 웃었다.

'뭘, 대전사 세르탄님이야 항상 옳은 말만 하는데……. 음하하하!'

결국 진용이는 조석(朝夕)은커녕 웃음의 여운이 사라지기도 전에 후회하고 말았다.

칭찬을 한 내가 미쳤지.

어쨌든 그날 이후로 진용이는 조금씩 요령을 터득해 갔다, 오직 살기 위해서.

그럼에도 약한 몸으로 하루 종일 일하다 보니 지치고 자잘한 상처가 나는 것은 어쩔 수 없었다.

발바닥에 물방울처럼 불거진 물집이 하나둘 터지더니 며

칠이 지나자 진물이 흘러내린다.

퉁퉁 부은 손바닥은 이미 첫날부터 껍질이 벗겨져 있어 이제는 물건을 드는 것조차 힘들 정도다.

게다가 툭하면 이 사람 저 사람 불러서 심심하면 쥐어박는다. 일을 못해서가 아니다. 군병들에게 당한 한을 힘없는 진용이에게 푸는 것이다.

하지만 하소연할 곳이 없다. 그나마 어리다는 이유로 더 이상 심하게 대하지 않는 것만도 감사해야 할 지경이다.

닷새가 지나고 열흘이 지났다.

진용이는 이를 악물고 참으려 해도 밤마다 눈물이 흐르는 것은 어쩔 수가 없었다.

그러다 보니 슬픔을 잊기 위해서라면, 고통을 잊기 위해서라면 뭐든지 해야만 했다.

깨어 있는 모든 시간을 진용이는 오로지 세르탄과 함께 마법 공식을 해석하고 연구하며 시간을 보냈다. 그때나마 진용이는 슬픔을 잊을 수 있었다.

세르탄도 새로운 공식을 하나씩 깨우칠 때마다 즐거워했다.

'음하하! 시르, 마법을 배워서 이곳을 쓸어버리고 나가는 거야!'

하지만 결정적인 문제에 봉착하면 세르탄도 말문이 닫혔다. 마법을 익히기 위해선 대자연에 스며 있는 기운이 강해야 하는데, 이곳의 사정이 그렇지 못하다는 것을 누구보다 세르 탄이 잘 아는 것이었다.

어쨌든 세르탄으로 인해서 진용은 잠시나마 시름을 덜 수 있었다.

만일 세르탄이 없었다면 어땠을까?

아마 천궁도가 곧 지옥이나 다름없었을 것이다.

고마워, 세르탄.

진용이는 자신이 구양 노인과 한 방을 쓴다는 이유로 그나 마 심하게 건드는 사람이 없다는 것을, 일을 시작한 지 며칠 이 지나서야 알 수 있었다.

보고 들은 대로라면 구양 노인은 천궁석산의 모두에게 경 외의 인물이었다. 심지어 신털보도 진용이를 놀릴 때면 구양 노인의 눈치를 볼 정도였다.

한 번쯤은 고마운 마음을 표하고 싶었다.

하지만 열흘이 넘도록 진용이는 구양 노인에게 말을 건넬 수가 없었다. 왠지 범접하기 어려운 구양 노인의 인상에 말을 붙이기가 어려웠기 때문이다.

게다가 구양 노인 역시 하루에 기껏 한두 마디만을 할 뿐이 었으니, 어른들도 조심하는 터에 어린 진용이로선 말을 꺼내 기가 쉽지 않았던 것이다.

그렇게 고마운 마음을 가슴속에만 간직하고 있던 진용이

가 구양 노인과 처음으로 긴 이야기를 나눈 것은 진용이가 천궁석산에 들어온 지 보름째가 되던 날이었다.

그날도 온갖 심부름으로 녹초가 되다시피 한 진용은 새벽이 되도록 단잠에 빠져 있었다. 한데 그날따라 느낌이 이상했다. 마치 누군가가 자신의 몸을 주무르고 있는 것 같은 느낌.

처음에는 꿈인가 했다. 하지만 꿈치고는 너무 느낌이 확실하다.

손길이 스칠 때마다 온몸이 경련을 일으키고 있다. 기분 좋은 경련. 어른들이 말하는 시원하다는 게 이런 걸까?

'아! 계속 주물러 줬으면……. 가만? 누가?!'

한순간 진용이는 깜짝 놀라 눈을 크게 떴다. 누가 주무르는지도 모르고 즐기고 있는 자신을 비몽사몽간에 어렴풋이 깨달은 것이다.

고개를 돌려 바라보자 뜻밖의 사람이 손을 뻗어 자신의 팔다리를 주무르고 있었다.

"헛! 할아버지……!"

황급히 일어나려 하자 노인의 카랑카랑한 음성이 귓속을 울렸다.

"그냥 편히 누워 있어라. 풀어주지 않으면 병이 된다."

멈칫한 사이, 흐트러진 백발 사이로 노인의 눈답지 않게 날카로운 눈빛이 보였다. 진용이는 그 눈빛만으로도 그 노인이 누군지 알 수 있었다.

자신이 기거하는 방에서 가장 나이가 많은, 그러면서도 젊은 누구도, 심지어 천궁석산 죄수들 중 이인자라는 신털보조차 함부로 하지 못하는 노인. 바로 구양 노인이라 불리는 노인이었다.

구양 노인을 보자 진용이의 머릿속에 문득 한 가지 생각이 떠올랐다.

"혹시 할아버지가 계속 주물러 주셨나요?"

첫날부터 피곤에 절어 잠에 떨어졌는데도 다음날 생각보다 훨씬 몸 상태가 부드럽게 느껴졌었다.

이상하다 생각은 했지만 워낙 피곤하다 보니 그냥 그러려니 하며 보냈었다. 그런데 오늘 상황을 보니 그 모든 것이 눈앞의 구양 노인 덕분이었던 것 같다.

가만? 세르탄은 알고 있었을 텐데 왜 말을 안 했을까?

'세르탄, 너 알고 있었지?'

'뭘? 너 주무르는 거?'

'그래.'

'당연히 알고 있었지.'

'그런데 왜 말을 안 한 거야?'

'그거야, 너에게 도움이 되는 것 같아서. 말하면 네가 싫다고 말할지도 모르잖아. 네 고집이 어디 보통 인간하고 똑.같.냐?'

어쩌면 그랬을지도 모른다. 노인이 자기를 위해 잠도 안 자고 주무르는 것을 가만히 보고 있을 자신이 아니니까.

"고맙습니다, 할아버지."

할아버지란 말에 구양 노인의 눈빛이 묘하게 빛났다.

"그래, 몸은 좀 어떠냐?"

목소리가 날이 선 듯 날카로워 싸늘하게까지 느껴진다. 그래도 진용이는 구양 노인이 그저 고맙기만 했다.

"괜찮아요. 조금 피곤하긴 하지만 견딜 만해요. 할아버지도 힘드실 텐데……."

노인은 차분히 대답하는 진용을 물끄러미 바라보다 불쑥 질문을 던졌다.

"왜 이런 곳에 왔느냐?"

진용이는 움찔 몸을 떨었지만 순순히 대답을 했다.

"아버지가 황궁모독죄로 잡혀 들어갔어요. 저는 이곳으로 유배를 왔구요."

구양 노인의 눈에 이채가 스쳤다. 황궁모독이면 삼족이 죽임을 당하는 것이 현실. 그런데 당사자의 아들이 단지 유배되었을 뿐이라고?

'뭔가 복잡한 사연이 있는 아이 같군.'

하기야 이곳에 사연이 없는 사람이 얼마나 되랴.

"너를 그동안 지켜보았다. 어린아이가 대단하더구나. 울지도 않고, 떼를 쓰지도 않고 말이다."

"징징대며 떼쓴다고 받아줄 곳이 아니잖아요."

노인의 입가에 미소가 스쳤다.

당연한 듯한 대답. 그러나 이곳이 유배지라는 것을 생각하면 결코 어린아이가 할 대답이 아니었다. 겁이 나서 벌벌 떨어도 모자랄 판이었으니까.

"훗, 하긴……."

노인은 가벼운 웃음을 지으며 잠시 진용을 바라보더니 조심스럽게 물었다.

"그런데…… 너의 몸속에 기이한 기운이 있던데, 혹시 너는 무공을 배웠느냐?"

기이한 기운? 세르탄이 말한 마령석과 봉인의 힘을 말하는 것이 아닐까?

"무공요?"

"그래, 특히 내가 쪽의 무공 말이다."

"무공을 배운 적은 없는데……."

고개를 갸웃거리던 진용이의 눈이 어느 순간 크게 뜨였다. 거짓말을 하지 않고도 대답을 할 수 있는 말이 생각난 것이다.

"아! 아버지가 가르쳐 주신 호흡법은 알아요."

"호흡법? 단전호흡 같은 것 말이냐?"

"예, 하지만 무공이나 그런 것은 아니에요. 일선공이라고, 그냥 심신을 맑게 하는 공부일 뿐이에요."

아버지의 말에 의하면 어머니의 사문에서 전해지는 가장

기초적인 무공이라 했다. 어머니가 공부만 하는 아버지의 건강이 걱정돼서 사문에 누가 되지 않는 호흡법을 가르쳐 준 거라나?

"일선공이라……. 뭐, 어쨌든 조심하거라. 너무 무리하지 말고."

"예."

"앞으로 너를 내 조수 겸 심부름꾼으로 쓸 것이다. 그러니 그동안 일을 할 수 있는 몸을 만들거라. 몸이 약하면 일 년도 견디기가 힘든 곳이 이곳이니까 말이다. 알겠느냐?"

"예, 할아버지. 고마워요. 저…… 그런데 어떻게, 군병들이 허락할까요?"

"이미 말은 다 해놨으니 다른 것은 걱정하지 말아라. 그리고 고마워할 것도 없다. 나도 네가 필요해서 그러는 것이니까."

구양 노인의 목소리는 여전히 싸늘했지만, 진용이에게는 그저 조금 사나운 얼굴을 한 옆집 할아버지의 다정한 목소리처럼 들렸다.

다음날부터 구양 노인은 진용에게 자질구레한 일을 시키면서 석산의 일에 대해 자세히 일러줬다.

돌을 보는 방법, 연장을 다루는 방법, 조심해야 할 일, 위험하니 절대 해서는 안 되는 일, 그리고 사람을 상대하는 법까지.

구양 노인이 진용이를 데리고 다니며 이것저것 설명을 하자, 사람들은 진용이가 구양 노인의 사람이 되었다는 사실을 깨닫고 누구도 진용이에게 심부름을 시키는 사람이 없었다.

신털보조차도 실실 웃으며 가끔씩 툭툭 건드릴 뿐이었다.

"꼬맹아, 너 운 좋은 줄 알아라. 구양 어르신만 아니었으면 넌 내 거였어. 킬킬킬……."

그때마다 세르탄이 진용이보다 더 열받아 설쳐 댔다.

'어휴! 저거 털만 많은 놈이……. 옛날 같았으면 그냥, 확!'

그러다 진용이가 한마디 하면 입을 다물었다.

'혼은 내가 내줄 테니까 알고 있는 것이나 털어놔 봐. 환상 어쩌고 하는 손가락 재주 말고, 또 뭐가 있지?'

'……'

며칠이 지나지 않아 진용이는 구양 노인에 대한 이야기 하나를 들을 수 있었다. 그것은 천궁석산의 죄수들에게 전설처럼 전해지는 이야기였다. 어린 진용이는 그 이야기를 듣고 감탄을 금치 못했다.

천궁도의 도주들은 지위가 천부장이다. 그러니 당연하게도 그들은 천궁도에 부임하는 것을 좌천이라 생각했다. 그런데 신임 도주가 된 사람들은 누구나, 부임해 오면 전임자에게 반드시 듣는 말이 있었다.

"구양 노인의 비위를 거스르지 마라, 당신이 천궁도를 빨리 떠나고 싶다면."

그런 말이 나온 이유는 다름이 아니었다.

구양 노인의 조각 솜씨는 천궁도 제일이었다. 심지어 중원에서도 구양 노인만큼 좋은 솜씨를 가진 석공이 없을 거라는 말이 돌 정도였다. 그러다 보니 구양 노인이 만든 석제품은 모두 황실로 들어간다고 했다.

한데 십여 년 전의 일이다.

힘으로 구양 노인을 누르려는 도주가 있었다. 그는 전임 도주들이 다 쓸개 빠진 멍청이들이라고 생각했다.

"두들겨 패면 될 일을 비위나 맞추다니, 자존심도 없는 놈들!"

그러나 그 도주는 구양 노인이 반발하며 열흘간 일을 안 하는 바람에, 결국 새로운 전임지 대신 삼 년을 더 돌산밖에 없는 천궁도에서 보내라는 첩지를 받아야만 했다.

황실에 들어가기로 예정된 물건이 세 개 모자라단 이유로.

당연히 그는 참지 못했다. 구양 노인을 잡아들이기 위해 군사들을 구양 노인의 거처에 보냈다.

"모가지를 묶어서 끌고 와!"

하지만 순순히 잡혀줄 구양 노인이 아니었다.

거꾸로 구양 노인은 자신을 잡으러 온 열 명의 군병을 때려 눕히고 그 길로 도주를 찾아갔다.

그리고 수십 명의 군병에게 둘러싸인 도주 앞에서 물푸레 나무로 만든 오리알 굵기의 창대를 대나무젓가락 부러뜨리듯 뚝 분지르고는 소리쳤다.

"나를 가두기 위해선 천궁도의 일백 군병을 모조리 동원해야 할 거외다! 그리고 그중 최소한 반을 잃어야 할 거요! 그러면 나를 죽이든, 가두든 할 수 있겠지! 하지만 도주는 군병을 잃었단 죄목으로 나와 같은 죄수 신분이 되어 천궁도에서 죽을 때까지 일해야 할 터."

벌떡 일어선 도주가 구양 노인을 가리키며 소리쳤다.

"이, 이, 이… 네놈이 감히 나를 협박하는 것이더냐?!"

쾅!

부러진 창대가 돌로 된 바닥에 꽂혔다. 구양 노인이 싸늘한 말투로 입을 열었다.

"협박이라 해도 좋소! 선택을 하시오! 죄수가 되겠소, 영전을 하겠소!"

해쓱하니 질린 얼굴로 바닥을 바라보던 도주가 번쩍 고개를 들었다.

"여, 영전?"

"그렇소! 오늘의 일을 없었던 일로 한다면, 나는 내일도 똑

같이 일을 할 것이고, 도주는 삼 년 후에 영전되어 섬을 떠날 수 있을 것이오. 어찌하겠소?!'

도주는 다른 판단을 할 수 없었다.

죄수와 영전, 노인 한 사람을 죽이고자 영전을 놔두고 죄수는 될 수가 없는 일 아닌가. 철천지원수가 아닌 다음에야.

게다가 싸움이 벌어지면 이 자리서 당장 죽을지도 모르는 상황. 그는 머리를 조아려 구양 노인에게 사정을 하고서야 구양 노인의 화를 풀 수 있었다.

그리고 삼 년 후, 그는 겨우 천궁도를 벗어났다.

그 이후로는 어떤 도주도 구양 노인을 함부로 하지 못했다고 한다, 구양 노인이 석산을 벗어나려 하지만 않는다면.

4

계절은 야속할 정도로 빠르게 흘러갔다.

여름 무더위가 지칠 줄 모르고 끝없이 이어질 것만 같더니 어느새 찬바람이 옷깃 사이를 스며든다.

진용이의 모든 것이라 할 수 있는 아버지를 걱정하는 마음도 세월이 지나며 가슴 깊이 묻혀 버렸다.

아버지를 잊어서가 아니다. 잊을 게 따로 있지 어떻게 아버지를 잊을 수 있단 말인가!

진용이가 그리한 이유는, 구양 할아버지의 가르침이 옳다는 것을 그 자신부터가 잘 알고 있었기 때문이다.

"용아야, 네가 아버지 생각에 몸을 상하면 너와 네 아버지와의 거리는 더욱더 멀어질 수밖에 없다는 것을 알아야 한다. 그렇다고 잊으라는 것이 아니란다. 그저 나중에, 네가 어느 정도 너 스스로를 다스릴 수 있을 때까지만 묻어두어라."

물론 쉬운 일은 아니었다.

구양 노인이 마음의 중심을 잡아주지 않았다면, 세르탄의 잔소리가 없었다면 아마도 진용이의 마음은 새카맣게 타버렸을 것이다.

아버지에 대한 마음을 가슴속 깊이 묻어둔 이후로 진용이의 얼굴은 전보다 훨씬 밝아 보였다.

밝은 햇살을 받으며 천궁도의 통로 옆에 있는 커다란 석동, 재료 창고로 향하는 오늘도 진용이의 표정에선 그늘 한 점을 찾아볼 수가 없었다. 그런 진용이의 손에는 끝이 마모된 정 한 자루가 들려 있었다. 구양 노인의 정이었다.

구양 노인이 쓰는 정은 두 달에 한 번씩 바꿔줘야 했다. 워낙 정교한 작업을 하다 보니 아무리 끝을 계속 갈아도 한계가 있을 수밖에 없었던 것이다.

진용이는 구양 노인의 닳아버린 정을 들고 별다른 생각 없이 재료 창고인 석동으로 들어갔다, 항상 그래 왔던 것처럼.

한데 창고를 지키는 관병이 보이지 않는다.

"어디 가셨지?"

마음대로 물건을 가지고 나갈 수는 없는 일. 진용이는 조금 더 안으로 들어가 봤다. 안쪽에서 수군거리는 소리가 들리는 듯했기 때문이다.

진용이가 자기 키보다 한 자는 더 높아 보이는 석벽을 막 꺾어져 안으로 들어갔을 때다.

창고의 한쪽 구석에서 누군가가 부르는 소리가 들렸다.

"꼬맹아!"

진용이는 고개를 돌려 자신을 부른 사람을 바라보았다. 신털보가 재료 창고를 관리하는 군병과 이야기를 하다 말고 손을 흔들고 있었다.

그도 뭔가를 가지러 온 것일까?

"무슨 일이에요?"

"무슨 일은…… 흐흐흐…… 이리 와봐라."

아무래도 이상한 일이다. 자신이 구양 노인의 조수가 된 이후로 한 번도 건드린 적이 없던 신털보였다. 그런데 오늘따라 묘한 눈빛이 마음에 걸린다.

더구나 그 옆에 있는 군병조차 기이한 미소를 짓고 있다. 왠지 모를 불안함이 스멀거리며 피어오른다.

"지금 바빠서 바로 가봐야 해요."

진용이가 몸을 돌리려 하자 신털보가 빠르게 다가왔다.

"건방진 놈! 구양 어르신이 잘해준다고 해서 나를 업신여기기라도 하겠다는 거냐?"

"제가 언제 신 아저씨를 업신여겼단 말이에요?"

"흥! 네놈이 이 어르신의 말을 씹는 것이 아니라면 어째서 오라는데 핑계를 댄단 말이냐?"

"아니라고 말씀드렸잖아요."

뒷머리가 쭈뼛 솟는다. 신털보의 행동에 거침이 없다.

'나가야 돼!'

급히 몸을 돌리는데, 신털보가 갑자기 손을 뻗어 멱살을 움켜쥐었다. 흐린 불빛의 영향인지 신털보의 손은 생각보다 훨씬 빨랐다.

"왜, 왜 이래요?!"

그는 진용이의 멱살을 쥐어 들어올리고는 바짝 얼굴을 가져다 댔다.

"움직이면 절벽 아래로 던져 버릴 테니 가만있어."

으름장을 놓은 그는 한 손으로 진용이의 아래를 더듬었다.

"흐흐흐…… 어디 좀 보자……."

순간, 진용이의 얼굴이 발갛게 달아올랐다.

"왜, 왜 이러세요?!"

세르탄도 놀라 소리쳤다.

'앗! 저놈의 털보가 어디를 만지는 거야? 아무리 내 것이 아니지만, 저 나쁜 놈이 감히!'

진용이는 헛소리를 하는 세르탄을 뭐라 할 정신도 없었다.

"노, 놓으세요!"

"흐흐흐, 못 놓겠다면? 오! 제법인데?"

진용이는 이를 깨물며 고사리 같은 손으로 신털보의 손을 움켜쥐었다.

재미있게 보였는지 한쪽에 서서 바라보던 군병이 킬킬거리며 입을 열었다.

"이봐, 신털보. 그놈 옷을 벗겨봐! 한 번 보게!"

"잠시만 기다리슈."

신털보는 짧게 대답하고는 진용이의 허리끈을 잡아당겼다.

"이놈아, 바둥거리지 말고 가만있어 봐. 술 한 병이 달린 일이니⋯⋯."

술 한 병? 술 한 병을 얻기 위해서 이 짓을 한다고?

"이 나쁜⋯⋯."

손을 떨치기 위해 몸을 버둥거려 봤다.

꿈쩍도 않는다. 힘에서 턱없이 달린다.

꼼짝없이 당할 상황.

진용이는 당황한 와중에도 빠르게 머리를 굴렸다.

'꼭 힘으로만 해결하란 법은 없어! 침착하게, 침착하게⋯⋯.'

한 가지 방법이 떠오른다.

'좋아! 해보자!'

뭔가를 결심한 듯, 진용이는 이를 지그시 깨물고 두 손에 젖 먹던 힘까지 모조리 끌어 모았다.

세르탄이 진용이의 뜻을 눈치 채고는 놀라 소리쳤다.

'어떻게 하려고? 설마?'

'어쩔 수 없잖아!'

'너도 무사하지 못할 텐데?'

'그거야 나중 일이고! 세르탄은 내가 마법을 펼칠 수 있을 만큼 기를 모았는지나 알려줘!'

나중 일을 생각할 시간이 없다. 일단 위기 상황은 벗어나야 할 것이 아닌가.

"빨리 놓으세요! 아니면 후회하실 거예요!"

"켈켈켈! 후회? 이 신털보님께서? 조 군병님! 이 쬐끄만 것이 제법 여물었는……."

그때다! 진용이가 뭐라 중얼거리자 주위의 대기가 진용이에게로 모여든다.

모여든 대기가 커지자 심장 부위에서 하나의 고리가 형성되는 듯 느껴졌다. 진용이는 그 고리를 손끝으로 모았다.

순식간이었다. 손가락 끝이 붉게 물들었다.

"어?"

이상함을 느꼈는지 신털보가 눈을 동그랗게 뜨고 고개를 돌렸다.

'시르! 지금이야!'

눈이 마주치자 진용이는 그리 크지 않은 목소리로 중얼거렸다.

"내 손에 하늘의 불이 담길지니…… 신화(神火) 출(出)!"

짧고 강한 어조의 시동어가 구현된 순간,

진용이의 손에서 붉은 빛이 순간적으로 밝게 피어오른다.

동시에 화끈한 열기를 담은 붉은 빛이 신털보의 손목을 통해 빠르게 스며들었다.

찰나!

"어허헉!"

신털보는 입을 쩍 벌리고 눈을 부릅뜬 채 온몸을 떨어댔다.

손목을 타고 들어온 전신을 태워 버릴 것만 같은 열기! 강렬한 열기가 전신으로 퍼진다.

"끄아아……."

갑작스런 충격은 신털보의 이성을 완전히 무너뜨렸다. 부들거리고, 몸부림치고, 그는 끝내 억눌린 비명을 질러대며 진용이와 함께 그대로 뒤로 넘어져 버렸다.

"으어어어……."

앞으로 벌어질 일을 잔뜩 기대한 채 지켜보던 조 군병이란 자는 느닷없이 신털보가 미친 듯이 몸을 떨며 뒤로 넘어가자 놀라 소리쳤다.

"이봐, 신털보! 왜 그래? 무슨 일이야?"

그가 다가올 때쯤에야 진용은 부들거리는 다리를 부여잡

은 채 이를 악물고 일어섰다. 온몸에 힘이 빠져 일어설 기운 조차 없었다. 구양 노인의 정을 들고 갈 수 있을지 걱정이 될 정도다.

그러나 이곳에 더 있다가는 무슨 일이 벌어질지 모르는 일.

겨우겨우 버티고 선 진용이는 창백한 얼굴로 힘없이 입을 열었다.

"신털보 아저씨가 간질병이 있나 봐요. 저는 이제 정을 가지고 가야겠어요. 구양 할아버지가 걱정하실지 모르거든요."

"어? 그, 그래, 가보거라."

진용이는 아직도 일어서지 못한 채 몸을 떨고 있는 신털보를 일견하고는 돌아섰다.

그제야 벅찬 가슴이 거세게 두근거린다.

처음으로 시전한 마법이 성공했다. 비록 그로 인해 당분간 힘을 쓸 수 없을 정도가 되었지만, 자신이 마법을 시전했다는 기쁨에 비할 바가 아니었다.

뒤돌아선 진용이가 창백한 얼굴에 슬며시 웃음을 짓자 세르탄도 덩달아 기분이 좋은지 고소하다는 투로 말했다.

'나쁜 놈! 이 서클만 됐어도 저놈의 털을 모조리 태워 버릴 수 있었을 텐데. 거기 것까지 모조리! 켈켈켈!'

그날 저녁, 진용이가 유난히 힘없는 얼굴로 축 처져 있자 구양 노인이 걱정스런 표정으로 물었다.

"용아야."

"예, 할아버지."

"많이 힘드느냐?"

아무래도 창백한 얼굴이 마음에 걸리는가 보다. 그렇다고 사실대로 말해줄 수도 없는 일.

진용이는 힘없이 고개를 가로저었다.

"그냥 견딜 만해요."

"그래? 음… 내가 너에게 한 가지 제의할 것이 있다만……."

뜻밖의 말에 진용이의 눈이 동그랗게 떠졌다.

"제의요?"

"혹시, 무공을 배워볼 생각이 없느냐?"

"무공요? 누구한테요?"

의아한 생각이 들지 않을 수 없었다. 난데없이 무공이라니.

"내가 가르쳐 주겠다."

"할아버지가요? 그럼 할아버지가 무공을 알고 있단 말이에요?"

그럴지도 모른다는 생각이 들었다, 군병들 십여 명을 때려 눕혔다는 이야기가 있었으니.

"그래, 네가 배우겠다면. 그렇다고 나를 사부로 섬기라는 말은 아니다. 나 역시 제자를 둘 정도로 마음의 여유가 있는 것은 아니니까. 그냥 나는 가르치고 넌 배우면 된다. 아무래

천궁도 151

도 무공을 배워놓으면 일을 하기가 훨씬 수월할 것이 아니겠느냐? 힘도 덜 들 테고 말이다."

사부로 섬기지 않아도 된다고?

반가운 조건이었다. 할아버지로 부르는 게 더 좋은 진용이었으니까.

한데 문득 한 가지 의문이 든다. 진용이 물었다.

"단지 제가 걱정되어서 무공을 가르쳐 주시겠다는 건가요?"

질문을 던지며 똑바로 눈을 뜨고 구양 노인을 바라보았다. 그러자 구양 노인의 눈빛이 가늘게 흔들렸다.

"그건…… 아니다. 내가 무공을 가르쳐 주는 대신…… 너는 한 가지 일을 해주면 된다."

"어려운 일이겠군요."

"왜 그렇게 생각하느냐?"

"아니면 일 년이 지난 이제야 그런 말을 하실 리가 없잖아요."

구양 노인은 물끄러미 진용이를 바라보다 천천히 고개를 끄덕였다.

"그래, 조금 어려운 일이다. 우선 밖으로 나가는 것부터가 쉽지 않을 테니까."

진용이의 눈이 휘둥그레졌다.

밖으로 나가야 한다고? 어떻게?

"물론 당장 답을 바라지는 않겠다. 하고 싶다고 해서 할 수 있는 일이 아니니까. 어쨌든 네가 무공을 배우겠다면 기초적인 것을 가르쳐 주마. 그리고 오 년의 기한을 줄 테니 그때까지 마음의 결정을 하거라."

"오 년이나요?"

"적어도 그 정도는 되어야 너의 몸도, 정신도 성숙해질 테니 옳은 판단을 내릴 수 있을 게 아니겠느냐. 게다가 현재 너의 몸 상태는 나의 본신 무공을 익히기에 어림도 없다. 어쩌면 오 년도 그리 충분한 시간이 아닐지 모르지……."

진용이는 멍한 정신을 가다듬고 생각에 잠겼다.

그동안의 경험으로도 이곳에서 그나마 오래 산 사람들은 대부분이 젊었을 때 육체적인 단련을 한 사람들이었다. 개중에는 무사였던 사람들도 적지 않았다.

그들이 하는 말을 들어보면 모두가 일류고수 아니었던 사람이 없다, 물론 대부분이 다 뻥이었지만.

어쨌든 무공을 익힌다면 이곳에서 견디기에 훨씬 나을 것이다. 오래 견뎌야 무슨 수를 내도 낼 것이 아니겠는가.

"좋아요. 할아버지 말에 따를게요."

신털보는 이틀이 지나서야 일을 할 수 있을 만큼 몸이 나아졌다.

진용이는 구양 노인을 따라 일터로 가던 중 저만치 신털보가 보이자 지나가듯이 물어봤다.

"아저씨, 몸은 좀 괜찮아졌어요?"

신털보는 겁에 질린 눈으로 고개를 끄덕였다.

그는 그날 일 이후로 진용이를 귀신 보듯 무서워했다. 진용이가 옆에 가면 슬금슬금 자리를 피할 정도였다. 비록 눈빛의 깊은 곳에선 불길이 타오르고 있었지만.

어쨌든 진용이는 그걸 보고 세상을 좀 더 편히 살아가는 방법을 한 가지 깨달았다. 옳고 그름을 떠나서.

힘에는 힘으로!

5

구양 노인이 무공을 가르쳐 주기로 한 때부터 진용이의 하는 일도 조금씩 바뀌어갔다.

일단은 파석들을 처리하는 일을 맡았다. 하지만 그것도 쉬운 일은 아니었다.

"한 번씩 칠 때마다 결을 찾아 쳐야 한다. 결을 찾지 못하면 힘만 들고 그 충격에 몸이 골병든다."

결을 찾는 일이 쉬울 리가 없었다. 일 년간 지켜봐 왔지만 막상 직접 돌을 다스리려니 보통 힘든 것이 아니다. 게다가 무거운 망치를 십여 번 내려치다 보면 팔이 후들거릴 지경이다.

그런 진용이를 지켜본 지 열흘, 마침내 구양 노인은 전에 말한 대로 자신의 내공심법을 가르쳐 주기 시작했다.

천단심법(天端心法)의 상편.

구양 노인의 사문에 단 하나 있는 심법으로 무공이라기보단 선단법(仙丹法)에 가까웠다. 구양 노인의 말에 의하면, 흐트러진 기운을 바로잡는 데도 뛰어나지만 육체적인 수련을 위해서도 매우 뛰어난 심법이라 했다.

"호흡과 망치질을 일치시켜라. 망치를 들 때 호흡을 들이켜고, 내려칠 때는 호흡을 멈춰라. 그러면서 차츰 호흡의 주기를 늘려라. 한 번 들이켜면 열 번은 내려칠 수 있어야 한다. 규칙적으로, 일정한 운율에 맞춰 망치질을 하거라."

처음에는 주저앉다시피 한 채 망치질을 했다. 그러다 며칠이 지나자, 구양 노인은 진용이에게 발바닥의 뒤꿈치를 세우고 앞부분으로만 앉아서 망치질을 하게 했다.

"언제, 어느 때고 몸의 균형이 흐트러져서는 안 된다. 균형이 흐트러지면 그 어떤 무공도 제 위력을 발휘할 수 없다."

밤에는 석벽에 구멍을 뚫어놓고 손가락만으로 매달려 손가락과 팔의 힘을 키웠다.

처음에는 매달려 있는 것만으로도 손가락이 끊어질 것처럼 아파서 이를 악물고 견뎌야만 했다. 천단심법이 아니었다면, 세르탄의 환상타공지를 알지 못했다면 관절이 다 상했을지도 모를 일이었다.

그렇게 하루가 지나고 열흘이 지났다. 힘든 수련의 나날이 살처럼 흐른다.

단조롭다 보니 지루하게 느껴질 정도다. 그렇다고 굳이 구양 노인이 닦달할 필요는 없었다. 진용이는 하루도 멈추지 않았고, 오히려 잠자는 시간이 아깝다며 잠도 줄이고 수련에 열중할 정도였으니까.

결국에는 너무 무리한다 싶어 구양 노인이 넌지시 말려야만 했다. 그리고 지쳐서 잠이 들면 구양 노인은 온화한 눈빛으로 진용이를 바라보며 전신을 주물러 줬다, 뜻 모를 말을 이사이로 흘리며.

"어쩌면…… 가능할지도 모르겠구나."

혹사시키다시피 수련을 한 지 두 달째에 접어들자 손가락과 팔에 힘이 붙기 시작하더니, 열 손가락으로 매달려 몸을 삼십여 회 정도는 끌어 올릴 수가 있게 되었다.

그때부터 진용이는 차츰차츰 손가락을 하나씩 줄여갔다.

6

일 년이 지나고, 진용이가 두 손가락만으로 매달려서 몸을 끌어 올릴 수 있을 정도가 되자, 구양 노인은 진용이의 다리에 자그마한 철환을 매달았다. 그리고 날이 갈수록 철환의 무게는 늘어만 갔다.

그렇게 끊임없이 천단심법을 운용하며 육체의 단련을 시작한 지 이 년, 진용이는 발가락 끝으로 서서 하루 종일 움직일 수 있게 되었다. 또한 손가락 세 개만을 이용해서 망치질을 하는 데도 전혀 불편하지 않을 정도가 되었다.

세 손가락으로 망치질을 시작한 첫날. 사람들은 진용이가 손가락 세 개만 이용해 망치질을 하자 별 희한한 꼴 다 본다는 듯 말을 걸었다.

"진용아, 그렇게 하면 힘 안 드냐?"

그들도 진용이가 구양 노인에게서 무공을 배운다는 것쯤은 알고 있다. 그래도 이상한 것은 이상한 것이었다.

"나중에는 두 손가락으로 해야 한다는데요. 뭐, 이 정도야 참아야죠."

"두, 두 손가락?!"

두 손가락으로 망치질을 해야 한다는 말에 사람들은 입을 쩍 벌렸다.

앞 이빨이 다 빠져 합죽이라 불리는 사람은 자신도 할 수 있다며 세 손가락으로 망치질을 하다가 망치를 멀찌감치 날려 버리기까지 했다. 하마터면 날아온 망치에 머리가 깨질 뻔한 곰보가 빽 소리를 질렀다.

"지랄하네. 뭐? 니가 왕년에 고수였어? 진용이보다 망치질도 못하는 놈이?"

"지미! 그러는 너는! 뭐라고? 남해를 주름잡는 해적왕이었어? 조까고 자빠졌네! 저번에 보니까 헤엄도 못 치드만!"

"이 씨발 놈아! 해적이 꼭 헤엄 잘 치라는 법 있냐? 있어?!"

두 사람이 으르렁거리자 진용이 나섰다.

"저도 이렇게 하려고 이 년이나 연습했어요. 아마 합죽이 아저씨는 한 달이면 할 수 있을 거예요. 그리고 곰보아저씨야 다리를 다쳐서 헤엄을 못 치는 거잖아요. 서로 이해하세요."

곰보가 할 수 없어 참는 것처럼 휙 돌아섰다.

"에이! 오늘 저 합죽이 남은 이빨을 다 깨뜨려 버렸어야 하는데, 내가 진용이 봐서 참는다."

"씨발 놈. 다리 다친 놈이 저뿐이간? 광씨는 두 다리 다 다쳤는데도 헤엄만 잘 치더만."

"뭐여?! 니가 나 다리 다친 데 보태준 거 있냐? 이 이빨 빠진 개새끼가!"

"니기미! 아나! 내 이빨 깨봐라, 곰보새끼야!"

눈에 쌍심지를 켜고 으르렁거리는 것이 금방이라도 싸울 것만 같다. 진용이는 황급히 손을 내밀어 두 사람을 떼어놓았다.

"참으시라니까요."

두 사람은 얼굴이 붉어진 채 씩씩거리며 뒤로 물러섰다. 하지만 본의에 의한 것이 아니었다. 진용이의 힘에 밀린 것이다.

사실, 얼굴이 붉어진 것 또한 그 때문이었다.

'꼬마한테 밀리다니, 이거 쪽팔려서 원!'

'뭔 꼬마새끼가 이렇게 힘이 세?'

그러고 보니 단순히 요령이 있어서 세 손가락으로 망치질을 하는 게 아닌 것 같다. 두 사람은 질린 눈으로 슬쩍 진용이를 돌아보았다.

괴물 같은 놈!

말없이 망치질만 하고 있던 구양 노인이 그제야 고개를 돌렸다.

"그만 하게. 내일부터 운반조에서 일하고 싶은가?"

두 사람은 그러잖아도 이미 싸울 생각이 싹 달아난 터에 구양 노인의 말마저 들리자 고양이 앞에 쥐새끼처럼 찍소리도 못하고 고개를 푹 숙였다.

구양 노인은 간단하게 두 사람을 쥐새끼로 만들어 버리고는 은근히 놀란 눈으로 진용이를 바라보았다.

빨라도 너무나 빠르다. 자신의 계획을 전부 백지화시키고 다시 짜야 할 정도다. 아무리 단순한 육체적 수련이라지만 최소 오 년을 예상했는데, 단 이 년 만에 성과를 보이다니.

분명 나쁜 결과는 아니었다. 아니, 너무 좋은 결과라 엉뚱한 걱정이 될 정도였다.

'다음 단계를 시작해도 될 것 같군. 그런데 이러다 십 년도 안 돼서 밑천 드러나는 거 아닌지 모르겠… 음? 내가 무슨 생각을… 허허, 뛰어난 제자를 둔 스승들의 마음을 조금은 알 것도 같구나. 그렇다고 억지로 성취를 늦출 수도 없으니……'

　다음날부터 구양 노인은 진용이에게 천단심법의 중편을 가르치기 시작했다.
　"중편은 단순히 육체의 단련이 아닌 내공을 키우는 법이다. 그러니 더욱 어렵고 성취가 느릴 것이다. 그러나 열심히 하면 열심히 하는 만큼 그 대가도 클 터, 게을리 해서는 안 된다."
　"예, 할아버지."
　하지만 구양 노인으로서는 꿈에도 생각하지 못한 것이 있었다.
　진용이의 빠른 성취는 진용이의 자질이나 천단심법의 영향도 있었지만, 결코 그게 다가 아니었다.
　그동안 잠들어 있던 마령석의 기운과 봉인의 마력이 육체적인 자극과 천단심법의 운용으로 인해서 조금씩 진용이의 혈맥에 녹아 들어갔기 때문이었다.
　빠른 성취에 기분이 좋아진 진용이는 천단심법의 수련에 모든 힘을 기울였다.
　그럴수록 혈맥에 녹아 들어간 기운은 전신 근육과 힘줄을 빠른 속도로 변화시키고, 나중에는 천단심법의 운용법에 따라 기해에 모여들었다.

족히 이십 년 이상을 수련해야 얻을 수 있는 기운이 단 이 년 몇 개월 사이에 기해혈로 모여든 것이다.

그러나 그 기운은 깊이 침잠된 채 활성화가 되지 못했기에 진용이도, 구양 노인도 기운의 크기를 미처 알아차리지 못하고 있었다.

그렇게 본인조차 모르는 사이, 진용이의 내부에 도사린 기운은 점점 커져만 갔다.

진용이가 자신의 내부에 똬리를 튼 기운을 알아차린 것은 천단심법의 중편을 수련한 지 일 년, 천궁석산에 들어온 지 사 년이 되던 해였다.

진용이의 본신내공이 조금씩 커지자 그제야 마침내 잠들어 있던 기운이 활성화되면서 진용이의 본신내공과 조금씩 융화가 되기 시작한 것이다.

진용이가 너무 강력한 기운에 깜짝 놀라 급히 운기를 멈추고 곰곰이 생각에 잠겨 있을 때였다. 세르탄이 진용에게 물었다.

'시르, 왜 그래?'

'어, 며칠 전부터 생각보다 강한 기운이 움직이는 것 같아서. 혹시 세르탄은 그게 뭔지 알아?'

'뭘?'

'내 몸속의 이상한 기운.'

'그거? 마령석의 기운하고 봉인의 마력이 조금 녹은 거잖아.'

진용이 아무 말도 하지 않고 가만히 있자 세르탄이 의아한 투로 다시 물었다.

'엉? 그럼 시르는 몰랐어?'

'……알고 있었으면 말을 해줘야지!'

'나는 시르도 아는 줄 알았지.'

그러고 보니 자신이 한심하기만 했다, 자신의 내부에서 벌어진 일을 자신이 모르다니.

'그럼 그것 때문에 마법이나 세르탄에게 배운 능력도 덩달아 는 거야?'

'당연하지!'

'그럼 네가 천재 중의 천재라서 그런 줄 알았어?' 라고 말하는 듯했다.

그동안 세르탄에게 환상타공지(幻想打空指), 일명 환타지(幻打指)의 다섯 가지 능력 중 두 가지를 배웠다.

하나는 공간을 점해 상대를 공격하는 타공지. 또 다른 한 가지는 손가락을 강화시켜 도검조차 부숴 버릴 수 있는 파공지.

그리고 마법이 이단의 벽을 넘어 삼단에 다가가고 있었다.

마법이 늘면서 진용이는 써클이라는 말이 어색해 단(段)으로 바꿔 불렀다. 세르탄이 유치하다고 하던가 말던가.

또한 라이트는 광마법(光魔法), 플라이는 비마법(飛魔法)이
라 불렀다.

그러면서도 사실 조금은 의아했었다. 대자연의 기가 약한
것에 비하면 마법이 너무 빨리 느는 것이 아닌가 하는 생각이
들었던 것이다. 세르탄도 하나의 단계를 넘는 데 십 년은 더
걸릴 거라 했었으니까.

한데 이제 보니 내부의 기운이 대자연의 기를 대신하고 있
었던가 보다. 그것은 아주 중요한 깨우침이었다.

'잘하면 마법을 생각보다 높은 경지까지 익힐 수 있겠는
걸? 안 그래, 세르탄?'

'그러게. 이곳의 기 분포도를 봐서는 잘해야 사 서클 정도
라 생각했었는데······.'

'좋아! 한번 해보자구! 어디까지 익힐 수 있는지.'

진용이는 불끈 주먹을 움켜쥐다가 무심코 자신의 손을 내
려다보았다.

손은 어른의 손처럼 커서 이상하게 보일 정도였다. 게다가
손가락은 어른의 손가락보다 더 굵어져 있었다.

진용이의 손가락이 남보다 훨씬 굵은 것은 바로 환상타공
지를 익혔기 때문이었다. 세르탄의 말에 의하면 손은 더 커질
거라고 했다. 나중에는 다시 작아진다는데, 그것은 두고 볼
일이었다.

진용이의 손을 보고 구양 노인은 수련으로 인해 그런 것으로 생각하지만 진실은 따로 있었던 것이다.

'쳇! 실력이 느는 것은 좋은데 너무 굵어서 보기가 싫잖아.'

진용이 투덜거리자 세르탄이 말했다.

'손가락 굵다고 뭐라 하는 사람도 없는데 뭐. 똥 굵게 싼다고 뭐라 하는 사람 없듯이 말이지.'

'그거하고 그거하고 같아? 멍청하긴.'

'……그럼, 틀려?'

싸봤어야 알지.

진용이는 구양 노인에게 자신의 이상하게 높아진 내공에 대해 이야기했다.

구양 노인도 진맥을 해보더니 진용이의 기운이 예사롭지 않음을 알고 놀라서 물었다.

"맙소사! 어찌 된 것이냐? 네 기운이 족히 삼십 년 이상을 수련한 정도라니!"

진용이는 설명하기가 난감했다.

"저…… 제가 어릴 적 아버지가 가지고 계시던 이상한 것을 먹은 적이 있는데, 그것 때문에 그런 것이 아닐까요?"

"이상한 것?"

"예, 꼭 사람하고 비슷하게 생겼는데 뭔지는 잘 모르겠어요."

구양 노인의 눈이 휘둥그레졌다.

"헛! 혹시 인형설삼을 네가 먹었단 말이냐?"

"잘은 모르겠어요. 그때는 정신이 없어서……."

웬 인형설삼? 그게 어떻게 생긴 것인지도 잘 모르지만 무조건 아니라고 말하기도 그렇고…….

'에라, 모르겠다.'

하기는 마계의 대전사라는 떠버리가 머릿속에 들어갔다고 할 수도 없는 일. 차라리 인형설삼을 먹은 것으로 알고 있는 것이 낫겠다 싶었다.

"그거 같기도 한데……. 그런데 저…… 인형설삼을 먹으면 내공이 강해지나요?"

"허! 네가 기연을 얻었구나. 참으로 아깝다. 내가 내공만 제대로 쓸 수 있어도 너의 혈맥에 남은 기운을 모조리 끌어낼 수 있을 터인데."

"어쩔 수 없죠. 이 정도만 해도 어딘데요."

"하기야 이 정도만 해도 기연 중에 기연이다만……."

결국 모든 것은 인형설삼의 탓으로 돌아갔다. 머릿속에서 세르탄이 난리를 치던가 말던가.

'시르! 내가 왜 그런 시답잖은 영약 덩어리로 취급되어야 하는 거야?'

'입 다물고 있어. 그럼 마계의 떠버리가 내 머릿속에 들어와 있다는 이야길 해야 하는데, 그럼 구양 할아버지가 믿어나

줄 것 같아?'

'그거야 그렇지만……'

진용이의 내공이 삼십 년을 넘었다는 것을 안 이후로 구양 노인은 심사숙고 끝에 천단심법의 하편을 진용에게 가르쳐 주기로 결심했다.

천단심법이 아무리 사문의 기본 무공이라지만 결코 외부에 노출되어서는 안 되는 무공이었다. 특히 하편은 더욱 그러했다. 그래서 진용이에게도 약속을 받아내기 전에는 중편까지만 가르칠 생각이었다.

그러나 사문이고 뭐고 간에 누가 있어야 이을 게 아니겠는가? 더구나 저렇게 뛰어난 자질을 지닌 아이를 놔두고 어디가서 후계자를 찾는단 말인가.

"잘 들어라. 하편은 천단심법의 정수라 할 수 있다. 바로이 하편 때문에 천단심법이 이 할아버지 사문의 삼대무공 중하나로 불리는 것이다."

진용이는 구양 노인의 암송을 한 자라도 놓칠까 봐 정신을 집중했다. 물론 한 번 들은 것은 절대 잊지 않는 세르탄이 있기에 구결을 잊어도 큰 상관은 없지만, 그래도 세르탄에게 지기는 싫었다. 보나마나 잊은 걸 알려줄 때마다 놀려댈 테니까.

구양 노인이 전해준 천단심법의 하편은 기의 운용법에 관한 거였다. 간단히 말해 내공을 밖으로 표출하거나, 내부의 기를 자신의 마음대로 움직일 수 있는 방법. 지금껏 배운 거에 비하면 천단심법의 하편이야말로 진짜 무공다운 무공이었다.

진용이는 몇 번을 암송한 이후에 완전히 외웠다 생각하자 그때부터 기의 운용에 대한 방법을 연구하기 시작했다, 이해하기 힘든 부분에 부딪치면 구양 노인에게 물어보면서.

그런데 기의 운용에 대한 방법을 수련한 지 육 개월이 지났을 때였다. 그때부터 진용에게는 하나의 고민이 생기기 시작했다.

다름 아닌 아버지가 황궁의 의뢰로 해석한 고대 문자, 진용이 머릿속에 외우고만 있던 그 문자의 본뜻이 무엇인지를 조금씩 깨닫게 된 것이다.

한데…… 맙소사!

처음에 해석한 금판의 내용은 하나의 구결이었다.

그것도 단순한 구결이 아닌 너무도 무섭고 두려운 마공의 구결.

정확한 이름을 알 수는 없지만, 굳이 구결에서 이름을 따붙인다면 건곤흡정진혼결(乾坤吸精鎭魂訣)이라 부를 수 있었다.

하늘과 땅의 정기를 흡수하고 혼을 다스리는 구결.

그 내용이 어찌나 사이한지 오죽하면 진용이 알아낸 약간의 내용만으로도 세르탄이 놀랄 정도다.

'흐아! 이거 제대로 펼치면 진짜 엄청난 악마의 능력이다. 우리 마계에서도 이렇게 사악한 능력을 지닌 마족은 별로 없는데……. 좌우간 인간이 더 지독하다니까.'

'있기는 있다는 말이군.'

'그거야…… 마계니까.'

보름달이니까 밝다는 말이나 마찬가지였다.

그리고 두 번째 해석한 석판의 내용은 마결로 얻은 내공을 이용해 펼치는 운용결이었다.

진용의 고민은 날이 갈수록 더 커져 갔다. 진용이 고민하는 것은 그 구결이 너무 엄청나다거나 사악해서가 아니었다.

문제는 그런 마공을 원했던 자들이 그 마공을 해석한 아버지를 결코 가만두지 않을 거라는 점이었다.

'아버지!'

괜히 그 내용을 떠올렸다는 생각이 든다. 차라리 잊고 지낼 것을. 그랬으면 이렇게 걱정으로 가슴이 탈 정도는 아니었을 텐데.

'제발 제가 갈 때까지 무사하셔야 해요!'

고대 문자가 뜻하는 바를 안 그날부터 진용이의 표정이 어둡게 변했다.

구양 노인은 그런 진용을 보며 의아해했지만 단순히 진용이 오랜 유배 생활에 지쳐서일 거라 생각했다. 누구라도 그리 생각할 수밖에 없었으니까.

그래서 구양 노인은 잡념을 없앤다는 이유로 진용을 더욱 혹독하니 몰아쳤다. 진용도 구양 노인의 가르침을 따라 무공 연마에 더욱 매달렸다.

심지어 일을 하는 과정도 매사가 수련과 연결되었다.

망치질도 그렇고, 망치질을 하기 위한 자세도 그러했다. 모든 행동에 기의 운용결을 접목하다 보니 모든 일이 수련의 연속이었다.

그럴수록 마령석과 봉인의 힘은 조금씩 조금씩 진용이의 몸에 흡수가 되고, 본래의 순수했던 성격조차 자신도 모르는 사이 기이하게 변해갔다.

그러던 어느 날, 세르탄이 무슨 생각에선지 넌지시 진용에게 말했다.

'시르.'

'왜.'

'그…… 건곤 뭐시긴가 하는 거 너도 익혀라.'

'뭐? 미쳤어?'

'어쩌면 하늘 아래 너보다 그 무공에 잘 어울리는 사람이 없을 것 같아.'

'뭐, 뭐야? 그러니까 내가 악마가 될 놈이다, 이거야?'

'그게 아니고…… 내가 곰곰이 생각해 봤는데, 네가 그걸 익히면 마령석과 봉인의 마력을 제대로 흡수할 수 있을 것 같아서 그래. 게다가 마법을 펼칠 기를 모으기에는 그만한 무공이 없을 것 같거든. 안 그래?

단순한 상용 마법이라면 모를까, 공격 마법을 펼치기 위해서는 한순간에 엄청난 기를 모아 공식에 따라 배열을 해야 한다.

물론 자신의 내공을 외부로 뿜어내 대자연의 기를 대체할 수는 있다. 그러나 그것은 한계가 있을 수밖에 없다. 단전에 모인 내공이 무한한 것은 아니니까.

그러니 대자연의 정기를 흡수하는 건곤흡정진혼결이야말로 마법과는 최고로 궁합이 잘 맞는다 할 수 있었다.

더구나 그 마결의 운용결에 따르면, 건곤흡정진혼결로 모인 기운은 꼭 단전이 아니더라도 펼친 사람이 임의의 장소에 따로 모을 수도 있다고 했다. 특히 중단전이라 할 수 있는 심장과 상단전이라 할 수 있는 머리 쪽에.

마법을 펼칠 때 기운이 휘도는 중심이 바로 심장이다. 심장에서 공식의 배열이 몇 번 겹치느냐에 따라 그 위력은 천지 차이다.

그러니 심장에 내공을 모을 수만 있다면 진용의 마법은 훨씬 빠르게 진전을 볼 수 있을 것이다.

'그렇다고 악마의 무공을 익혀?'

'왜 못 익혀? 그걸 익혔다고 해서 꼭 인간의 정(精)만을 흡

취하란 법도 없는데.'

'……?'

생각해 보니 세르탄의 말도 틀린 것은 아니었다. 사실 흡정마결이라 생각하니 악마의 무공처럼 느껴지지만 시간이 갈수록 그 무공의 장점이 눈에 띄었다.

건곤흡정진혼결이라는 이름대로 건곤, 즉 음과 양의 기운을 흡수할 수가 있는 무공이 아닌가 말이다. 마법을 펼치기 위해선 그야말로 최상의 무공.

그래도 께름칙한 것은 어쩔 수가 없었다.

진용이 그래도 익히지 않겠다고 하려 할 때였다. 세르탄이 혼자서 자그마한 목소리로 중얼거렸다.

'그걸 익히면 내 능력 중 뇌전의 능력을 익힐 수도 있을 것 같은데 말이야…….'

'뭐? 뇌전의 능력?'

'어? 어, 뇌전의 능력은 음과 양을 한꺼번에 쏟아내야 하거든.'

'그러니까, 그걸 익히면 뇌전의 능력을 가르쳐 준다고? 그럼 한 번 생각해 봐야겠는걸?'

세르탄이 무슨 소리냐는 듯 깜짝 놀라 소리쳤다.

'엉? 누가 가르쳐 준다고 했어? 그렇다는 것이지…….'

'그게 가르쳐 준다는 말이지 뭐야! 아무리 떠버리라도 한 번 말한 것은 지켜야지! 좌우간 나도 생각해 볼 테니까 그렇

게 알아.'

'아, 안 되는데……'

'안 되면 되게 해! 뭐, 간단하네! 그리고 지피지기면 백전백
승이라는 말도 있잖아? 적을 알기 위해서라도 세르탄의 의견
은 깊이 생각해 볼 만해.'

'아버지한테 혼나는데……'

'쫓겨난 주제에 혼나는 게 무섭다고? 말이 많은 것까지는
좋은데, 헛소리는 하지 마.'

'…진짜야. 마계의 십대능력은 외부에 누출하면 안 된단
말이야. 그리고 너의 지금 능력으로는 배울 수도 없고. 아마
심장이 타서 죽을걸?'

그럴수록 진용이의 마음은 더욱 굳어져만 갔다.

지금은 능력이 없어서 안 되지만 능력만 되면 배울 수도 있
다는 말이 아닌가.

더구나 마계의 십대능력?! 이게 웬 떡이람!

'쿠쿠쿠……'

7

석 달이 지난 후 눈보라가 기승을 부려 외부의 작업을 할
수 없게 된 어느 겨울 날, 진용이는 석동의 한쪽 구석에서 그
리 크지 않은 석제품을 손질하고 있는 구양 노인에게 건곤홉

정진혼결에 대해 이야기를 꺼냈다.

물론 흡정과 진혼에 대한 이야기는 감추고 오직 건곤의 구결에 대해서만 이야기한 것이다. 삼 개월 동안 세르탄과 둘이서 연구한 결과, 건곤과 흡정과 진혼을 따로 떼어놓을 수 있다는 것을 알았기에 말할 용기를 낼 수 있었던 것이다.

진용이 말한 것은 일명 건곤결이었다.

구양 노인은 진용이의 이야기를 듣고 해연히 놀라 진용에게 구결을 말해보라 했다.

진용이 자신이 추린 구결을 말하려 하자 일단 구양 노인이 손을 들어 제지하고는 진용에게 말했다.

"그것은 너의 무공이라 할 수 있다. 내가 굳이 다 들을 필요는 없으니 일부만 말해보거라."

'후우, 그러면야 저도 좋죠.'

속으로는 안도의 숨을 내쉬며, 구양 노인의 말에 따라 전체 구결 중 앞부분에 해당하는 일 할 정도의 구결을 말해줬다. 그러자 구양 노인이 굳은 얼굴로 어렵게 입을 열었다.

"몇 구절만으로 그 무공의 뛰어남을 알 수 있겠구나. 그러나 너무 패도적인데다, 뭔가 알 수 없는 기운이 스며 있으니 익히는 데 조심해야 할 것 같다."

"저…… 천단심법을 익혔는데 이것을 익혀도 괜찮을까요?"

"천단심법이 본 문의 삼대무공 중 하나로 불리는 것은 그

심오함 때문만이 아니다. 천단심법은 다른 무공과 융화되기가 쉬우면서도 기초를 잡는 데 그 어떤 무공보다 나은 면이 있단다. 그래서 그 본신의 위력은 약한데도 삼대무공으로 불리는 것이다."

"아! 그럼 같이 익혀도 괜찮겠군요."

"그래, 매우 뛰어난 무공인 것 같으니 열심히 익히거라."

"예, 할아버지."

그날 이후 진용이는 새벽부터 동이 틀 때까지는 음의 기운을, 한낮에는 일을 하면서 양의 기운을 흡수하기 시작했다. 그리고 잠자리에 들기 전에는 천단심법으로 두 가지 기운을 순화시켰다.

비록 흡수되는 기운은 허공에 떠다니는 먼지처럼 미미할 뿐이었지만, 진용이는 결코 실망하지 않았다.

자신이 작업을 하며 치워놓은 돌가루가 이제는 자기 키보다 더 깊은 구덩이를 거의 메울 만큼 쌓여 있다. 구양 노인이 작업할 때 나온 폐석은 돌을 캐낸 오 장 깊이의 거대한 구덩이를 다 메워 버릴 정도다. 결국 먼지 같은 기운도 모이고 모이면 그리될 것이 아니겠는가.

그러니 먼지 한 톨의 크기든, 주먹만 한 돌덩이 정도의 크기든 그것은 그리 중요하지가 않은 것이다.

8

세월은 흐르는 바람처럼 머물지 않고 지나간다.

어느덧 태양 아래 앉아 있으면 나른해지는 봄이 되었다.

따스한 햇살이 내리쬐는 석산의 중턱 한쪽 구석, 진용이가 거의 작업이 끝나가는 석상 하나를 붙잡고 마무리를 하고 있었다. 사흘간에 걸친 작업의 마무리였기에 조심스럽게 하지 않으면 지난 사흘간의 고생이 공염불이 될 터였다.

한데 그때였다. 뒤에서 누군가가 부르는 소리가 들렸다.

"고 공자, 뭐 하나?"

"오늘 이거 마무리 지어야죠."

뒤에서 들리는 소리에 진용이는 고개도 돌리지 않고 대답했다. 누군지를 알기 때문이었다. 우렁우렁한 목소리, 신털보였다.

신털보는 뒤도 돌아보지 않고 대답하는 진용이를 묘한 눈으로 바라보았다.

최근 인부들은 자기 몸뚱이만 한 석상을 혼자서 번쩍 들어 올리는 진용이를 괴물 보듯 한다. 그럴수록 신털보의 마음은 초조해졌다.

이러다 이인자의 자리마저 빼앗기고 말 것 같다는 불안감에 잠도 잘 오지 않을 지경이었다.

그동안은 사실 말이 이인자지 인부들의 대장처럼 행동했

었다. 일인자라 할 수 있는 구양 노인이 그러한 것에는 별로 관심을 가지지 않기 때문이었다.

그 혜택은 적지 않았다. 그는 누구보다 잘 먹었고, 누구보다 편한 일만 골라 할 수 있었다. 대신 군병들을 대신해 인부들을 통솔하기만 하면 됐다.

그런데 이제 사람들은 열세 살이 된 진용이를 은근히 이인자 취급 하기 시작한다. 신털보는 그것을 위기라 생각했다.

이인자는 있어도 삼인자는 없다. 인부들을 통솔할 사람은 둘만 있으면 족하니까.

그것이 천궁도의 암묵적인 율법이었다. 지금까지 수십 년을 이어왔다는 율법. 그러니 앞으로도 그러할 것은 자명한 일인 것이다.

신털보, 신웅은 이를 지그시 깨물었다.

스물두 살에 이인자가 된 이후 지난 십 년 동안 그 자리를 지키기 위해 두 명을 병신으로 만들어 버렸다.

죽여도 되었다면 죽였을지도 모른다. 하지만 죽이는 것은 인부가 줄어드는 일. 자칫하면 자신도 죽을지 모르기에 죽이지는 않았다. 대신 그들에게는 다른 사람들보다 먹을 것을 충분히 줘서 원한을 갖지 못하도록 한 후 자신의 사람으로 만들었다. 그리고 그 후로는 자신의 이인자 자리를 누구도 욕심내지 못했다.

'그렇게 지켜온 이인자의 자리이거늘……'

그는 자신이 늘 들고 다니는 침목으로 된 지팡이를 자신도 모르게 움켜쥐었다.

부르르 손이 떨린다.

홍건한 땀이 손아귀를 타고 흐르는 것만 같다.

'괴물 같은 놈. 네놈의 그 이상한 능력 때문에 쥐 죽은 듯이 지내며 망설였지만 이제는 못 참는다. 감히 내 자리를 넘보다니⋯⋯.'

숨을 크게 들이쉬었다. 손의 떨림이 잦아드는 기분이다.

마침 구양 노인도 도주를 만나러 가서 보이지 않는다.

절호의 기회! 이제 때가 되었다. 복수다!

'설마 뒤통수에 눈이 달리지는 않았겠지! 이놈!'

신웅은 조심스럽게 움켜쥔 지팡이를 들어올렸다.

태양을 가슴에 품고 있으니 그림자도 비치지 않는다.

천천히 들어올리니 바람을 가르는 소리조차 들리지 않는다.

완벽하다!

이제 마지막, 혹시 모를 놈의 경계심만 무너뜨리면 된다.

"진짜 멋지게 만들어졌구먼."

진용이는 자신을 부른 신웅이 아무런 말도 하지 않자 이상한 생각이 들었다. 그러다 들려오는 소리에 표정이 굳어졌다.

등골이 서늘한 기분!

'살기?'

'시르, 피해!!'

찰나 간이었다.

휙!

바람을 가르는 소리!

진용이는 무의식적으로 몸을 틀었다.

머리카락을 훑으며 스쳐 지나가는 갈색 지팡이가 어깨를 때린다.

퍽!

강렬한 충격!

'흡!'

고통에 찬 신음을 토해낼 시간도 없었다.

진용이는 숨을 들이켜며 재빨리 오른손에 들린 망치로 지팡이를 휘어 감았다. 그런데 걸리는 것이 없다.

휘익! 그때 다시 바람을 가르는 소리!

본능적으로 바람이 갈라지는 곳을 향해 망치를 휘둘렀다.

퍽!

다시 한 번 어깨를 후려친 지팡이가 망치에 걸렸다.

순간, 이를 악다문 진용이의 신형이 앉은 채 팽이처럼 휘돌았다.

"어엇!"

생각지도 못했던 상황에 놀란 신웅이 지팡이를 잡아당긴

다. 진용이도 왼손을 뻗어 지팡이의 끝을 잡고 마주 잡아당겼다.

신웅이 주르륵 끌려왔다.

미처 다음을 생각할 시간조차 없었다. 모든 일은 찰나 간에 벌어졌다.

앉아 있던 진용이의 신형이 잡아당긴 힘을 이용해 튕겨지며 신웅을 향해 덮쳐 갔다. 신웅의 놀라 홉떠진 눈이 코앞이다.

진용이는 조금도 망설이지 않고 이마로 신웅의 이마를 받아버렸다.

쾅!

"꺼억!"

숨넘어가는 신음 소리와 함께 신웅의 몸이 뒤로 나가떨어졌다.

반사적으로 일어서는 신웅! 진용이의 신형이 그를 향해 용수철처럼 튕겨졌다.

퍽! 진용이의 어깨가 신웅의 가슴을 그대로 들이받았다.

허공으로 한 자가량 붕 뜬 신웅이 일 장 밖으로 나뒹군다.

한데 그때다. 떼굴떼굴 굴러가는 신웅을 바라보던 진용이가 다급히 소리쳤다.

"이런! 조심해!"

신웅이 굴러가는 곳은 하필 돌을 깎아낸 낭떠러지였다.

바닥에 온갖 잡석이 날카로운 이빨을 드러내며 버려져 있는 곳. 높이만도 십 장에 달했다. 떨어지면 십중팔구 죽을 게 분명한 일.

진용이는 황급히 몸을 날리며 신웅의 지팡이를 향해 손을 뻗었다.

신웅이 죽는 것은 문제가 아니다. 문제는 자신이 살인자로 몰릴지도 모른다는 것.

그것은 절대 바라는 일이 아니다, 절대로!

간신히 지팡이의 끝이 손에 들어왔다.

한데 신웅의 무게 때문인지 주르륵, 딸려간다.

다른 한 손을 재빨리 바위가 갈라진 틈에 박아 넣었다. 다행히 더 이상은 딸려가지 않는다.

그제야 진용이는 낭떠러지 아래를 향해 소리를 질렀다.

"꽉 잡아요!"

본능인가? 신웅은 정신을 반쯤 잃은 채 구덩이로 떨어지는 와중에도 혼신을 다해 지팡이를 움켜쥐고 있었다.

그가 고개를 쳐들어 위를 올려다본다. 절망의 눈빛이 간절함으로 떨리고 있다.

"떨어지면 죽어요! 놓치면 안 돼!"

핏물 가득한 입을 연 그가 덜덜 떨리는 목소리로 애원했다.

"사, 사…… 려줘…….."

벅벅, 석벽을 긁으며 부러진 손톱에선 핏물이 배어 나온다.

안간힘을 다해 석벽을 기어오르려 하는 그였지만, 손에 잡히는 틈이 없다.

생명줄은 오직 하나, 진용이의 손에 잡힌 지팡이뿐.

끝내 신웅의 눈에서 눈물이 흐르기 시작했다. 눈물이 입속에서 흘러나오는 핏물과 섞여 낭떠러지 아래로 흩날린다.

"제바아……."

진용이는 그런 신웅을 지그시 노려보았다. 세르탄이 머릿속에서 난리를 치고 있다.

'왜 저런 놈을 살려주려는 거야? 죽여 버려!'

'저자가 죽으면 나도 마음대로 움직일 수 없어.'

'아무도 모를…….'

'멍청하긴. 저기를 봐!'

진영이의 말에 세르탄의 목소리가 흐지부지 끊어졌다.

적어도 십여 명의 사람이 진용이 있는 중턱을 쳐다보고 있었다.

저들 중 이곳에서 무슨 일이 벌어졌는지 아는 사람이 있을 것이다. 신웅을 따르는 놈들도 제법 있으니까. 그러나 그래봐야 기껏 서넛 정도.

하지만 진용이가 손을 놓아버리면 저들은 모두 진용이가 신웅을 죽였다고 생각할 것이다. 그것은 최악이었다.

"잡아당길 테니 꼭 잡아요."

진용이는 지팡이를 잡아당겨 신웅의 몸을 끌어 올렸다.

비록 한 손이었지만, 신웅이 놓치지만 않는다면 그리 힘든 일은 아니었다.

철푸덕! 위로 올라오자 신웅은 그대로 드러누운 채 흐느꼈다.

그의 온몸이 떨리고 있었다.

"우흑흑……."

진용이는 손에 들린 지팡이를 잠시 쳐다보았다. 그리고 바닥에 누워 부들부들 떨며 흐느끼는 그를 향해 차가운 목소리로 말했다.

"한 번만 더 엉뚱한 짓을 하면 그땐 정말 가만 안 둘 겁니다."

"다시는……. 사려…… 줘서 고마……. 크흑……."

아마 지금 같은 마음이라면 다시는 허튼짓을 못 할 것이다. 하지만 사람의 앞날은 아무도 모르는 일.

진용이는 일말의 미련조차 갖지 못하도록 손에 들린 지팡이를 움켜쥐고 힘을 주었다. 그러자 쇠에 비견될 정도로 단단하기 이를 데 없다는 침목 지팡이가 진용이의 손 안에서 형편없이 부서져 버렸다.

우두둑!

부서진 지팡이를 신웅 앞에 던진 진용이는 그의 가슴에 마지막 쐐기를 박았다.

"명심하세요. 다음에는 당신의 목이 부서질지 모릅니다."

그날 이후 신웅은 진용이 앞에서 고개를 제대로 들지 못했다.

게다가 나중에서야 그 사실을 안 구양 노인에게 흠씬 두들겨 맞았다. 그리고 구양 노인의 한마디에 신웅은 진용이의 손발이 되기로 했다.

"네놈은 앞으로 진용이를 윗사람으로 모셔라. 살려준 목숨 값은 해야 하지 않겠느냐?"

그렇다고 손해만 본 것은 아니었다. 비록 나이가 서른이 되어 상승무공을 익히기에는 늦었지만, 전부터 신웅의 자질이 예사롭지 않다는 것을 알고 있던 구양 노인이 무공을 가르쳐 주기로 한 것이다.

"뛰어난 주인을 모시려면 그만한 능력이 있어야 한다."

그것이 이유였다.

어쨌든 신웅과의 일이 있었음에도 진용이의 생활은 그리 달라진 것이 없었다. 오히려 신웅에게 기습을 허용한 자신을 채찍질하며 수련에 더욱 열중했다.

어찌 생각하면 전화위복이었다. 능력만 있다고 모든 일이 결정되는 것이 아님을 알게 되었으니, 세상을 살아가는 이치를 신웅 덕에 하나 배운 셈이 된 것이다.

사실 그날까지만 해도 자신이 신웅보다 월등한 능력을 지니고 있어 어린 마음에 자만을 했었다.

만일 신웅의 손에 지팡이가 아닌 검이 들려 있었다면 어떻게 되었을까? 적어도 한쪽 팔은 잘렸겠지? 아니, 그때 죽었을지도……

그 생각만 하면 언제든 전신이 싸늘하게 식었다.

'세르탄, 너라도 신경 좀 써.'

그렇게 하루, 열흘, 한 달. 진용이의 천궁석산 생활은 완전히 수련에서 수련으로 끝나는 일상의 반복이 계속됐다.

그리고 마침내 구양 노인에게 천단심법과 기초적인 무공을 배우기 시작한 지 오 년, 천궁도에 들어온 지 육 년, 진용이의 나이 열네 살이 되었다.

第四章

계약(契約)

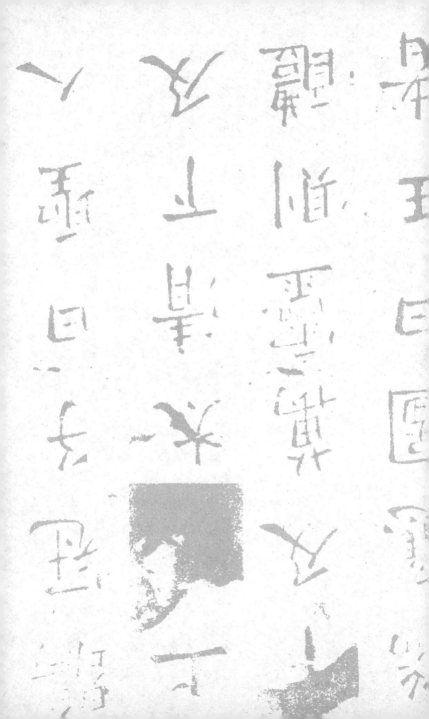

1

하늘에 불이라도 붙은 것일까.

내리쬐는 태양빛에 대지가 벌겋게 달아오른다.

짐승들조차도 혀를 내밀고 거칠어진 숨을 몰아쉬는 유월
의 정오 무렵, 천궁석산의 중턱에서는 돌을 쪼아대는 망치질
소리만이 요란스럽게 울려 퍼지고 있었다.

한두 명이 내는 소리가 아니었다. 족히 백여 명의 사람이
쉼없이 망치질을 해대는 소리였다.

그들의 주위에는 그들을 감시하는 듯한 대여섯 명의 군병
이 나른한 표정으로 어슬렁거리며 망치질 소리가 약해질 때
마다 닦달하듯이 소리친다. 그럼에도 누구 한 사람 불만을 표

하는 사람이 없다. 모두가 그러려니 하는 표정으로 그저 망치질에만 정신을 쏟고 있을 뿐이다.

그런데 그렇게 망치질을 하는 사람들 중에서 유난히 눈에 띄는 사람이 있다.

죄수들의 한가운데, 무표정한 얼굴에 몸집이 작은 소년 하나.

땅! 땅! 땅!

한 손엔 망치, 한 손엔 정.

덩치로 봐선 잘해야 열댓 살 소년의 몸집이었지만, 망치질만은 주위의 어떤 어른들보다도 더 정확하고 힘이 배어 있다.

소년의 망치가 허공에서 내려쳐질 때마다 한 번에 주먹만한 돌덩이 하나씩이 정확히 떨어져 나가고, 떨어져 나간 자리에는 서서히 사람의 형상이 갖추어지기 시작한다.

여섯 자 크기의 석상, 바로 소년이 하루도 빠짐없이 하는 일의 결과물이었다.

소년은 망치질을 시작한 지 정확히 한 시진이 되어서야 허리를 펴고 망치와 정을 손에서 놓았다. 그러자 주위의 사람들도 소년을 따라 허리를 펴고 몸을 일으켰다.

소년이 허리를 폈다는 것은 작업 시간인 한 시진이 지나고, 마침내 점심 식사 시간이 되었다는 신호나 다름이 없었기 때문이다. 아니나 다를까,

"식사 시간이다! 이각 후에 다시 일을 시작한다!"

석산 아래쪽에서 감독관의 식사 시간을 알리는 목소리가 들려왔다.

사람들은 오전 일과를 끝내고, 이각 동안의 식사 시간을 즐기기 위해 우르르 그늘이 있는 아래쪽으로 내려갔다.

내려가던 자들 중 유난히 덥수룩한 수염을 지닌 자가 소년을 향해 소리쳤다.

"고 공자, 안 내려갑니까?"

"먼저 내려가세요."

"그럼……. 헤헤헤."

신웅이었다. 보복을 하려다 된통 당하고 목숨까지 구함받은 그는 진용을 주인처럼 따르고 있었다. 더구나 구양 노인에게 몇 가지 권각술을 익히면서부터는, 그의 어두웠던 얼굴에 환한 웃음꽃이 자주 피어나고 있었다.

구양 노인의 말에 의하면, 그의 자질이 생각보다 뛰어나서 어쩌면 불가능하다 생각했던 상승무공을 익힐 수 있을지 모르겠다고 했다.

그마저 내려가자 석산의 중턱 작업장에는 천궁석산의 이대불가사의라 불리는 소년과 노인, 두 사람만이 뜨거운 햇볕 아래 남아 있을 뿐이었다.

무심한 얼굴로 하늘을 올려다본 소년, 진용이가 소년답지 않게 고저가 없는 목소리로 입을 열었다.

"뜨겁군요."

구양 노인이 무표정한 얼굴로 무심히 말했다.

"뜨거울수록 너에겐 이득이지."

"그런가요? 겨울엔 차가울수록 이득, 여름엔 뜨거울수록 이득이란 말이죠?"

"너무 깊이 생각할 것 없다. 음과 양은 천지자연의 조화, 그저 있는 그대로 받아들이면 된다."

진용이는 무심한 눈으로 구양 노인을 바라보았다.

성이 구양이라 해서 모두가 구양 노인이라 부르는 노인.

육 년 전 자신이 처음 석산에 왔을 때 만일 구양 노인을 만나지 못했다면 죽었을지도 모른다. 그러니 구양 노인은 자신에게 생명의 은인이나 다름이 없었다. 그리고 이제는 자신이 믿고 의지할 수 있는 단 하나의 가족, 할아버지가 되었다.

"벌써 육 년이 되었군요."

"그래, 육 년이 되었다. 그동안 고생 많았다, 용아야."

"할아버지, 정말 이곳을 나갈 수 있을까요?"

"물론이다."

진용이는 깊어진 눈으로 노인을 쳐다보았다. 그때였다. 머릿속이 정신없이 웅웅거렸다.

'시르, 나가야 네 아버지를 찾아갈 것 아냐? 부탁을 들어준다고 해.'

'시끄러! 그렇게 단순한 문제가 아냐.'

'그럼 뭐가 문젠데?'

'구양 할아버지의 일을 해줘야 하는데 그게 쉽지 않을 것 같거든.'

'아직 말도 듣지 않았는데 어떻게 알지?'

'그야… 감이지. 마계의 대전사에게도 없는 감!'

'……썩을, 감은 무슨…….'

사실 일이 어렵고 쉽고는 문제가 아니었다. 구양 노인 덕분에 살 수 있었고, 살아온 자신이 아닌가. 아무리 어려운 일이라 해도 못해줄 것이 없었다.

진용이가 머뭇거리는 척을 하는 진짜 이유는 따로 있었다.

'뭐, 세르탄이 환타지의 나머지 기술을 가르쳐 준다면 한 번 노력해 볼 수도 있는데…….'

그것이었다. 아직 세르탄에게 긁어낼 것이 많이 남아 있다는 것.

'에라이! 진짜 시르 같은 날강도는 마계에도 없을 거야!'

머릿속에서 끝없이 궁시렁거리는 세르탄의 목소리는 들은 척도 하지 않고, 진용이는 구양 노인을 똑바로 바라본 채 물었다.

"할아버지의 무공을 익히면 얼마나 강해질 수 있나요?"

진용이의 물음에 구양 노인은 물끄러미 하늘을 올려다봤다.

"어떻게 말해야 할지 모르겠구나. 사부님께 전수받은 후 혼자 익힌 무공이라서 남과 정식으로 비교를 해보지 않았으

계약(契約) 191

니. 하나 과거 나를 이렇게 만든 사람이 지금은 천하에서 열 손가락 안에 드는 고수란 말을 들었으니, 어쩌면 그 정도는 되지 않을까 싶다."

담담한 대답이다. 그러나 그 뜻마저 그러한 것은 아니다. 해연히 놀란 진용이는 눈을 크게 뜨고 물었다.

"할아버지를 이렇게 만든 사람이 천하에서 열 손가락 안에 드는 고수라구요? 그 사람에게 할아버지가 졌나요?"

"글쎄……."

구양 노인이 씁쓸한 표정으로 눈을 크게 뜬 진용을 보며 말했다.

"그의 암습에 당했으니 졌다고 말하기도 그렇고, 그렇다고 본신무공을 펼쳐 제대로 겨뤄보지도 못했으니 비슷하다고 말하기도 그렇구나. 다만 내가 익힌 무공이 그의 무공에 비해 뒤진다는 생각은 들지 않는다."

"어쨌든 할아버지가 알고 있는 무공이 천하십대고수에 드는 사람의 무공에 비해 뒤떨어지지 않는다는 것이네요?"

사람은 십대고수가 아니어도 무공은 십대고수의 무공에 비견할 수 있을 거라는 말.

"허허허, 그리 말하니 쉽게 설명이 되는구나. 어떠냐, 배우겠느냐?"

진용이도 들어본 적이 있었다. 죄수들 중 가장 강호사에 밝은 신털보의 말에 의하면 그들은 하늘이라 했었다.

하늘로 불리는 사람들!

그들이 바로 천하십대고수, 십천존(十天尊)이었다.

그런데 구양 노인이 자신을 그들과 비슷할 거라 말하고 있다. 아마 다른 사람이 들었다면, 대놓고 말은 못해도 속으로 코웃음을 쳤을 것이다.

하지만 진용이는 그들과 달랐다. 지난 오 년간의 기초 수련은 그에게 또 다른 눈을 뜨게 해주었다.

그렇기에 아는 것이다. 비록 다친 단전으로 인해 내공을 일할도 채 쓸 수 없는 구양 노인이지만, 구양 노인이 지닌 무공만큼은 분명 대단한 것이라는 것을. 십천존에 비할 수 있는지 확신은 할 수 없을지라도.

그러니 어차피 배울 생각을 갖고 있던 진용으로선 망설일 이유가 없었다. 아니, 어쩌면 선택의 여지가 없었는지도 모른다. 구양 노인이 원하는 일이 어떤 것인지는 몰라도 일단은 섬을 벗어나는 것이 우선이었으니까.

"좋아요. 배울게요. 그리고 할아버지의 부탁도 들어드릴게요."

시원스러운 진용이의 대답에 구양 노인은 천천히 고개를 끄덕이며 나직한 목소리로 말했다.

"자세한 이야기는 밤에 들려주마."

2

휘엉청 밝은 달빛 아래 서서 구양 노인이 말했다.

"잘 보거라. 신수백타(神手百打)라 한다. 백 개의 동작이 신수백타의 모든 것이지."

"백 개의 동작이요?"

"왜? 별것이 아닐 것 같으냐? 결코 그렇지가 않다. 일백 가지의 동작을 이어 펼칠 수도 있고, 하나씩 끊어 펼칠 수도 있다. 처음이라 할 것도 없고 끝이라 할 것도 없다. 그러니 그 변화는 무한이다. 동화(同和)됨보다 조화(造化)됨을 중시하고 익혀야 할 것이다. 또한 움직이면서 내기를 다스리니, 중원의 무인들은 이걸 동공(動功)이라 하더구나."

말이 끝남과 동시, 구양 노인의 신형이 둥실 일 장 허공으로 떠올랐다. 그리고 화려하지 않으면서도 아름답기 그지없는 춤사위가 시작되었다.

반 시진이 지났다. 구양 노인의 춤사위 같은 신수백타는 절정으로 치닫고 있었다.

달빛 아래서 춤을 추듯 손을 내뻗고 거두는 구양 노인의 모습에 진용이는 넋이라도 잃은 듯 움직일 줄을 몰랐다.

이미 백 가지의 동작은 열 번 이상 뒤섞이고도 계속 변하고 있었다. 무한의 변화, 말 그대로였다.

'동화됨보다 조화됨이라……'

흐릿하게 이어지는 손발 짓의 동선을 벗어날 곳은 아무 데
도 없었다. 사위가 구양 노인의 춤사위에 안겨들었다.

피할 수 없는 손짓이다.

그 무엇으로부터도 벗어날 수 있는 발짓이다.

주먹이 구수가 되었다 수도로 변한다. 그러다 다시 권으로
변하는가 싶더니 어느새 독수리 발톱처럼 구부러진 손끝이
대기를 찢어발긴다.

찢겨진 대기가 휘돌며 손짓 발짓에 따라 너울진다.

종잡을 수 없는 변화가 계속되고 있다.

자유로움을 갈구하는 의지의 강렬함이 손짓 발짓 하나하
나에 녹아 있다.

무공의 초식이라는 것을 배워본 적이 없는 진용이에게 구
양 노인의 춤사위는 하나의 경이로움이었다. 어떻게 인간의
몸으로 저런 몸짓을 구현해 낼 수 있는지 그저 놀랍기만 했
다.

만일 저 손짓에 기운이 실린다면, 손짓 한 번에 폭풍이 몰
아치고 벼락이 떨어져 마주한 자를 짓뭉개 버릴 것만 같았다.

진용이는 어느 정도 확신을 가질 수 있었다.

십천존과 겨룰 수 있는 무공. 결코 허언이 아니다!

그렇게 달빛과 하나가 되어 신수백타가 펼쳐진 지 한 시진
이 지날 때쯤.

"쿨럭!"

가벼운 기침 소리가 들림과 동시에 구양 노인의 춤사위가 멈추었다. 괴로운 듯 얼굴을 일그러뜨린 구양 노인이 진용을 보며 쓰게 웃었다.

"으음…… . 다치기 전에는 하루 종일 펼쳐도 힘이 넘쳤는데, 이제는 한 시진을 펼치지 못하겠구나."

"아주 자유로운 무공이군요."

구양 노인이 고개를 끄덕였다. 진용이는 신수백타의 진체를 정확히 꿰뚫고 있었다.

"자유로우면서도 한 번 화내면 아주 무서운 무공이다."

"그럴 것 같아요."

진용이의 대답에 구양 노인이 눈을 빛내며 물었다.

"어떠냐? 마음에 드느냐?"

진용이 힘차게 고개를 끄덕였다.

"아주, 아주 마음에 들어요."

"하지만 처음에는 고생 좀 할 거다. 생각보다 어렵고 배우기가 힘든 무공이거든."

"대신 자유로움을 얻을 수 있잖아요."

무공을 말하는가, 아니면 천궁도를 벗어남을 말하는 것인가.

구양 노인은 진용이의 뜻이 어느 쪽에 있든 상관은 없었다. 우선은 계약이 성립되었다는 것이 마음에 들 뿐이었다.

'이제 시작이다! 기다려라, 배덕자여!'

3

구양 노인이 도주(島主) 유자형을 만난 것은 다음날이었다.

"한 달에 하나, 최선을 다해 특별한 물건을 만들어 드리겠소. 대신 아이가 활동을 자유롭게 할 수 있도록 선처를 해주시오."

"한 달에 하나? 특별한 물건?"

"그렇소. 물론 평상시 하는 일은 변함없이 할 것이오."

"그 아이만 풀어주면 되나?"

구양 노인이 고개를 끄덕이자 유자형은 지그시 구양 노인을 바라보다가 눈을 빛냈다.

"뜻밖이군, 뜻밖이야. 그 아이를 그 정도까지 생각하다니. 다른 것은?"

"우선은 그 정도면 되오. 절대 도주를 곤란하게 만들지는 않겠소."

"흠, 좋아. 그 아이의 족쇄를 풀어주고 석산 내에서의 자유를 보장하지. 그러나 석산을 나서는 것은 안 되네."

"알겠소. 그리고 동쪽의 석동을 사용할 수 있게 해주시오."

"그거야 어차피 빈 석동이니 마음대로 하게."

"고맙소, 도주."

동쪽의 석동은 석산을 파 내려가던 중에 발견한 자연 동굴을 개조해 근 오십여 년 동안 인부들의 거처로 쓰던 곳이었다. 그러나 서쪽의 석산을 개발한 이후 인부의 거처가 옮겨진 데다 현장에서 너무 먼 곳인지라 별 효용 가치가 없어 아무도 관심을 갖는 이가 없었다.

　그러나 구양 노인에게는 그곳을 꼭 사용해야 할 만한 이유가 있었다. 절대적인 이유가!

　'이십 년 만인가?'

　다음날 날이 밝자마자 구양 노인은 진용이를 데리고 동굴을 나와 석산을 벗어났다. 동쪽 석산으로 가기 위함이었다.

　이미 도주인 유자형과 약속이 되어 있음을 아는지 군병들 중 누구도 두 사람 앞을 막는 자가 없었다.

　빠른 걸음으로 걷길 반 각여, 남쪽 능선을 넘어 수북이 쌓여 있는 폐석 더미를 넘어가자 휑하니 깎여 나간 돌산이 두 사람의 앞에 모습을 드러냈다.

　휘이이잉!

　세찬 바람이 비릿한 바다 내음을 싣고 뿌연 먼지를 일으킨다. 실눈을 뜬 진용이는 손을 들어 바람을 막고 앞을 바라보았다.

　동쪽 석산은 무너진 석축과 부서진 돌들이 아무렇게나 뒹굴고 있어 사람이 지나다니기조차 힘들 정도였다. 석동은 그런 석산의 구석 삼 장 높이에 뚫려 있었다.

"가자. 오랜 세월 방치되어 있다 보니 무너진 돌 사이가 흙먼지로 가려져 있다. 조심해서 발을 딛도록 해라."

구양 노인의 말대로 보기보다 위험한 곳이었다. 멋도 모르고 돌 사이의 흙에 발을 잘못 디디면 자칫 바위틈에 빠지기 십상이었다. 깊은 곳은 수장에 이르는 곳도 있었고, 튼튼해 보이는 곳도 밑받침이 약해서 사람 몸뚱이만 한 바위가 가벼운 발길에 무너지기도 했다.

조심조심 석동 아래에 도착해 반쯤 허물어진 계단을 오르자 시커먼 입을 벌린 석동이 두 사람을 맞이했다.

석동의 입구에 섰을 때, 제일 먼저 두 노소를 반긴 것은 매캐한 냄새였다.

"당분간 이곳에서 생활을 해야 하니 냄새에 친숙해져야 할 게다."

"습기가 많은 것 같지도 않은데 의외로군요."

잔뜩 인상이 찌푸려진 진용이의 말에 구양 노인이 동굴의 안쪽을 바라보며 입을 열었다.

"전에도 다들 그렇게 생각했었지."

뭔가 여운이 남는 말이다. 진용이가 의아한 표정으로 돌아보자 구양 노인은 아무런 말도 없이 안으로 들어갔다.

십여 장을 들어갔을 즈음, 얻어온 횃불에 불을 붙이자 컴컴하던 동굴이 환하게 밝아졌다.

동굴 안의 광경은 을씨년스럽기 짝이 없었다. 동굴 벌레들이 느닷없이 밝아진 빛에 정신을 차리지 못하고 우왕좌왕하고 있다. 그걸 본 진용이 농담처럼 한마디 했다.

"굶어 죽지는 않겠군요."

그 말에 구양 노인이 굳은 표정으로 답했다.

"전에는 그랬지. 저놈들 덕에 죽지 않고 살 수 있었으니까."

진짜로 벌레들을 먹고 지냈다는 말?

진용이의 표정도 딱딱하니 굳어졌다.

설마 저걸 먹고 지내라고 하지는 않겠지?

공연한 걱정이 앞선다.

그 마음은 아는지 모르는지 구양 노인이 말을 이었다.

"왜 마른 동굴에 벌레들이 저리 많은 줄 아느냐?"

구양 노인이 스스로 묻고 스스로 답했다.

"그건 물이 근처에 있기 때문이다."

"아, 예. 예?"

그런데 동굴의 끝이 보이는데도 물은 보이지 않는다.

어디에 물이 있단 말이지?

진용이가 의아한 얼굴로 좌우를 둘러보는 사이 구양 노인은 구석의 자그마한 석실로 들어갔다. 진용이도 바삐 뒤를 따라갔다.

따라온 진용이는 바라보지도 않고 구양 노인이 말했다. 왠지 감흥에 젖은 목소리다.

"여기는 나를 구해준 양 어르신과 내가 십 년을 함께 기거했던 곳이다."

"이상하군요. 이곳은 벽면에 유난히 곰팡이가 많이 낀 것 같군요. 조금 덥기도 하고."

"잘 봤다. 이곳은 다른 곳과는 조금 다른 곳이지."

구양 노인은 구석의 돌무더기가 쌓인 곳으로 가더니 수북이 쌓인 돌무더기를 들어내기 시작했다.

왜 그런지는 굳이 묻지 않았다. 어차피 잠시 후면 알게 될 일.

진용이가 구양 노인을 도와 돌무더기를 모두 들어냈을 때다. 커다란 석판, 넓적한 바위라 불러도 좋을 석 자 크기의 석판이 보였다. 그 석판은 구멍처럼 보이는 움푹 파인 곳의 입구를 틀어막고 있었다.

"다른 사람들은 이곳을 그저 뒷일을 처리하는 곳으로만 알고 있었지. 허허허……."

정말 그런 생각을 하고도 남음이 있을 만큼 지독한 냄새가 난다.

"잠깐 들고 있거라."

구양 노인은 횃불을 진용이에게 건네주고는 힘주어 석판의 모서리를 잡아당겼다.

그르르릉.

석판이 끌리는 소리가 동굴 안에 울려 퍼지고, 마침내 시커먼 구멍이 모습을 드러내자, 진용이는 휘둥그레진 눈으로 구멍 안을 쳐다보았다.

따뜻한 기운이 확 밀려나온다. 더욱 강해진 역겨운 냄새를 가득 싣고. 그런데…….

"응? 무슨 소리죠?"

뭔가 괴이한 소리가 들려온다.

"들어가 보면 안다."

구양 노인의 손짓에 진용이는 구멍 속에 몸을 집어넣었다.

구멍은 한 사람이 겨우 빠져나갈 정도로 작았다. 하지만 삼 장 정도를 기어서 들어가자 구멍의 크기가 점점 넓어지더니, 얼마 가지 않아 허리를 구부리고 서서 걸을 정도가 되었다.

그제야 구양 노인은 혼잣말하듯 입을 열었다.

"내가 파도에 떠밀려 이곳에 들어온 것이 서른한 살 때였다. 당시 나는 죽지 않은 것이 다행일 정도의 커다란 부상을 입은 상태였지. 모두가 죽는다고 했었어. 모두가…….."

구양 노인의 말을 들으며 십여 장을 들어가자 이제는 서서 걸어도 될 정도가 되었다. 매캐한 냄새가 더욱 지독하게 코를 찌른다.

"그때 일꾼 중에 대장인 한 노인이 나서서 자기가 살릴 테니, 대신 자신과 한 방을 쓰게 해달라고 했다. 도주야 어차피 죽을지 모르는 놈, 살면 일꾼이 하나 더 늘어나니 마다할 것도 없었지."

"그분과 함께 지낸 방이 조금 전의 그 방이구요?"

"그래."

좀 더 안으로 들어가자 횃불 속에 드러난 동굴은 너무나 아름다웠다. 주렁주렁 매달린 종유석은 마치 온갖 보석으로 장식된 궁전의 기둥을 보는 것만 같았다.

군데군데 고인 물에 불빛이 반사되자 붉은 구슬이 굴러다니는 것만 같다.

매캐한 냄새와 가만히 있어도 땀이 흘러내릴 정도의 열기만 아니라면, 오랜 시간을 머무르고 싶은 마음이 절로 들 정도다.

"이곳은 그분께서 발견한 곳이다. 다른 사람들은 지독한 냄새 때문에 그분과 내가 있는 방에 들어오려 하지도 않았지. 그 덕분에 이 동굴에 대한 것은 오랫동안 두 사람만의 비밀이었다. 하지만 행여나 이 동굴에 대한 비밀을 들킬까 봐 우리들도 자주는 들어올 수가 없었다."

구양 노인은 추억을 곱씹으며 주위를 둘러보더니, 또다시 열기를 뚫고 계속 안으로 들어갔다. 진용이도 이마를 잔뜩 찌푸린 채 뒤를 따라갔다.

좌로 우로 휘어지길 두어 차례, 삼십여 장은 들어온 것 같다.

앞장서서 걸으며 동굴에 대해 설명하던 구양 노인의 발걸음이 멈춘 것은 그때쯤이었다.

"봐라. 저것이 바로 이 동굴의 비밀이란다."

"아!!"

진용이의 입에서 자신도 모르게 탄성이 터져 나왔다.

붉은빛이 은은히 감도는 연못이 뿌연 김을 뿜어내며 부글부글 끓고 있었다.

직경이 일 장 정도의 붉은 연못. 온천이었다.

횃불에 반사된 때문이 아니다. 성분이 무엇인지는 몰라도 물 자체가 유난히 붉은빛이다. 석류를 으깨어 즙을 받아놓은 것만 같다.

한데 괴이하다. 진원이 가까워졌는데도 냄새는 오히려 들어올 때보다 덜하다. 진용이가 의아한 표정으로 올려다보자 구양 노인이 나직이 입을 열었다.

"저 물이 나를 살렸지, 혈양천(血陽泉)이라 이름 붙인 저 온천이. 너도 앞으로 알게 될 것이다. 저 혈양천이 얼마나 고마운지 말이다."

그 말에 진용이는 가볍게 어깨를 떨었다.

왠지 불안한 느낌이 든다. 고마움을 느낄 거라는데 왜 불안한 느낌이 드는 걸까?

그 느낌에 냄새로 인한 의아함도 스러져 버렸다.

진용이가 구양 노인의 말뜻을 깨닫게 되는 데는 하루도 걸리지 않았다.

4

해가 질 무렵, 두 노소는 석산의 일을 마치고 수련을 위해 동쪽의 석동으로 다시 돌아왔다. 그리고 그때부터 시작이었다.

우드득!

겉으로는 들리지 않아도 온몸을 진동시키는 소리가 전신으로 느껴진다.

관절을 잡아 빼듯이 꺾어대고 비트는 바람에 전신 근육과 신경이 처절한 비명을 질러댄다.

까드득! 끼이이이…….

'크흐읍!'

사시나무처럼 떨리는 몸을 추스르기 위해 진용이는 이를 악물었다.

신수백타를 익히기 위한 일차 수련이자 관문이라 했다.

지난 오 년간 기초적인 수련을 쌓으며 관절의 효능을 최적화시켰다지만, 신수백타를 익히려면 아주 특별한 관절 운동이 필요하다는 말과 함께 시작된 일이다.

구양 노인은 수련을 시작하기 전 대수롭지 않은 투로 말했었다.

"처음에는 근육과 신경이 찢어지는 고통이 따른다. 그걸 견뎌야만 진정한 신수백타를 연마할 수 있다. 신수백타를 펼치기 위해선 관절의 유연성이 상상을 초월할 정도여야 하거든. 조금 힘들어도 참고 견디거라."

팔다리가 떨어져 나가는 고통 속에서도 진용이는 어이가 없었다.

조금 힘들다고? 이게 조금 힘든 거면 많이 힘든 것은 도대체 어느 정도의 고통이 뒤따라야만 하는 거지?

이를 악문 진용이의 얼굴이 시뻘겋게 물들자 구양 노인이 굳은 얼굴로 말했다.

"정 참기 힘들거든 소리를 지르거라."

그도 차마 어린 진용이가 고통을 당하는 것이 안쓰러운가 보다. 그렇다고 해서 손에 사정을 두는 법은 없었다. 참으로 질릴 정도의 냉정함이다.

사실 진용이도 그러고 싶었다. 때로는 참기가 힘들 정도여서 구양 노인의 말대로 소리라도 지르고 싶었다.

그러나 머릿속에서 들려오는 말을 듣고서는 차마 소리를 지를 수가 없었다.

소리를 지를라 치면 세르탄이 귀신같이 알고 중얼거린다.

'시르, 우리 마족들은 아무리 아파도 아프다는 소리를 하지 못해. 아프다고 소리를 지르면 전사가 될 자격이 없다고 버리거나 종으로 만들어 버리거든.'

망할 놈의 최루탄! 나는 인간이지 마족이 아니란 말이다!

그럼에도 진용이는 세르탄에게 지기 싫어 입을 악다물어야만 했다.

'뭐, 인간들이야 약해 빠져서 어쩔 수 없을 테지만……'

그런 말을 듣고 어찌 소리를 지를 수 있단 말인가!

결국 진용이가 소리를 지르지 않자 구양 노인은 감탄한 표정으로 일차 수련의 강도를 더 강하게 진행시켰다.

두고보자! 최루탄!!

'끄으으……'

처절한 고통을 동반한 채 혼절하기 직전까지 이어진 첫날의 수련이 끝나자, 구양 노인은 쓰러진 진용이를 혈양천에 집어넣었다.

반의반 각도 지나기 전이다. 나른한 쾌감이 전신을 치달린다.

아침에 혈양천을 처음 보고 호기심으로 손을 담가봤을 때는 그 뜨거움에 흠칫 손을 뺐었다. 그러나 온몸이 비틀린 고통을 당한 지금은 근육과 신경 사이사이를 파고드는 뜨거움이 그렇게 시원할 수가 없다.

그토록 지독했던 고통도 일각이 지나지 않아 기세를 꺾고 수그러든다.

진용이는 그제야 알 수 있었다. 왜 구양 노인이 혈양천에 대해 고마움을 느낄 거라 했는지. 왜 이곳을 수련 장소로 삼았는지.

낮에는 일을 하고 해질 무렵이 되면 동쪽 석동을 찾아든다.

이를 악문 채 수련에 열중하다 고통의 끝자락에 다다르면 혈양천에 몸을 담근 채 고통을 잊었다.

그러기를 열흘, 혈양천은 고통을 없애줌과 동시에 진용이에게 또 다른 선물을 주었다. 혈양천에 녹아 있는 대지의 양기가 무의식중에 행해진 건곤흡정진혼결을 타고 체내에 쌓이기 시작한 것이다.

그것은 태양의 열기에서 흡수한 양기보다 깨끗하진 않지만 훨씬 강렬했다. 아마도 직접적으로 흡수하기 때문인 듯했다.

'불의 속성을 지닌 마법을 익히기엔 그만이겠는데?'

세르탄의 말대로였다.

게다가 생각보다 마령석의 기운과도 융화가 잘되는 편이어서 나중에는 오히려 음기와의 균형이 깨어질까 봐 조바심이 날 정도였다.

진용이는 하는 수 없이 수련이 끝난 자정부터는 달빛 아래 벌거벗고 앉아 건곤흡정진혼결을 행해야만 했다. 최대한 모자란 음기를 보충하기 위함이었다.

한 달이 지나자 이제는 관절이 마음먹은 대로 꺾어진다. 수련을 하기 전만 해도 상상하지 못했던 방향으로. 자신이 생각해도 신기하기만 하다.

그리고 그토록 지독한 고통도 이제는 점차 무감각해지고 있었다. 수련이 궤도에 오르고 있다는 반증이었다.

며칠이 지나자 구양 노인이 앙상한 뼈대만 남은 괴목을 들고 오더니 칡넝쿨을 감아 훈련용 도구를 만들기 시작했다. 무려 열 개나.

결국 진용이는 신경과 관절의 고통이 가라앉기도 전에 괴목을 후려치며 온몸을 혹사시켜야 했다.

온몸에 피멍이 들고 근육이 부풀어 올라 꾀라도 부릴라 치면 구양 노인이 넌지시 한마디 했다.

"혈양천은 혹사된 근육을 더욱 튼튼히 만들어주는 효능도 있단다."

그렇게 관절의 근육과 신경을 뒤바꾸는 수련과 신수백타의 기본형을 익힌 지 삼 개월 되었을 때다. 구양 노인이 놀랍고도 대견하다는 표정으로 고개를 끄덕였다.

"참으로 대단하구나. 너의 참을성이 이 정도라니… 허허허. 최소한 육 개월을 예상했는데……. 어쨌든 이제 본격적인 형을 익히기 시작해도 되겠구나."

헉! 최소한 육 개월? 이 고통을 삼 개월이나 더 했어야 했다고?

진용이가 속으로 안도의 한숨을 내쉬자 세르탄이 들릴 듯
말 듯 중얼거렸다.

'벌… 끝……?'

'세르탄! 들리게 말해!'

미쳤냐?

6

'시르.'

'왜?'

'혈양천에만 들어오면 왜 이리 기분이 좋지? 흠, 한 번 들
어오면 나가기가 싫으니…….'

진용이는 혈양천에 목만 내놓고 앉아 있다가 뜬금없는 세
르탄의 말이 들리자 인상을 찌푸렸다.

'네가 왜 기분이 좋아? 기분이 좋으면 내가 좋은 거지. 설
마 내가 고생하고 있는 것이 기분 좋다는 말은 아니겠지?'

'그럴 리가?'

말은 아니라고 하는데 어째 느낌은 당연하다는 말처럼 들
린다. 실실 웃는 것 같기도 하고…….

지난 삼 년.

신수백타를 익히기 위해서 그야말로 온몸을 혹사시켜야만 했다. 그에 비하면 기초 수련을 하던 오 년도 그렇고 일차 수련을 한 고통의 삼 개월조차 장난처럼 생각될 정도였다.

볼 때는 그렇게 아름답던 동작이 막상 따라 하려니 쉽지가 않았다. 심지어 처음에는 한 동작도 제대로 되지가 않았다.

신경이 비틀리고 근육이 비틀리다 보니 쓰러지는 것이 다 반사였다. 만일 관절의 단련을 일차적으로 하지 않았더라면 견디지 못하고 포기했을지도 몰랐다.

형을 따라 움직이는 것은 단순히 관절을 움직이는 것과는 또 달랐다.

그 차이는 빠름이었다. 빠르게 비튼다는 것, 그러면서도 완벽한 동작을 구현해 낸다는 것. 그것은 오랜 세월 굳어 있던 육신을 고친 장애인이 갑작스레 움직이면 근육이 뒤틀리는 거와 마찬가지였다.

자세를 바꿀 때마다 한올한올의 근육과 신경이 진저리를 쳤다.

쓰러지면 일어나고, 일어나면 또 쓰러질 때까지 수련의 연속이었다.

할아버지는 자신이 쓰러지면 기다렸다는 듯 혈양천 속에 집어넣었다.

혈양천에 들어간 지 이각, 온몸의 통증이 가라앉고 비틀렸던 근육과 신경들이 풀리면 또다시 수련이었다.

할아버지는 야속한 생각이 들 정도로 매몰차게 몰아붙이고, 자신도 역시 오기 반, 고집 반, 악착같이 하루도 쉬지 않고 수련을 했다.

본격적인 수련을 한 지 한 달, 조금씩 자세가 잡히기 시작하더니 두 달이 지날 즈음에는 연속 동작에도 허물어지지 않았다.

그렇게 석 달 열흘이 지나자 아직 동작에 힘을 실을 정도는 되지 못하지만 그럭저럭 백 가지 동작을 어설프게나마 모두 펼쳐 낼 수가 있게 되었다.

할아버지는 단 백일 만에 자신이 신수백타의 형(形)을 모두 따라 하자 그것만으로도 놀란 심정을 감추지 못했다.

한때 기재라 불렸던 할아버지가 삼 년을 익혔던 형을 단 백일 만에 따라 한다면서. 뛰어난 자질과 오성을 갖췄다는 것은 알고 있었지만 설마 이 정도일 줄은 생각조차 못했다면서.

그리고 자신의 수련 진도가 예상을 훨씬 앞서 가자 할아버지는 마침내 형에 내공을 싣는 방법을 가르치기 시작했다.

그제야 깨달았다, 지옥은 그때까지도 끝나지 않았다는 것을.

혈맥까지 뒤틀리는, 이전의 고통과는 비교가 안 되는, 그야말로 지옥의 불구덩이에 빠진 것 같은 고통이 매일 반복되는 그런 지옥의 수련이 다시 시작된 것이다.

하루도 빠짐없이. 삼 년이 지난 오늘까지!

"후우……."

진용이는 깊은 숨을 들이켰다.

성분을 알 수 없는 혈양천 덕분에 겨우겨우 견뎌온 삼 년이었다.

그동안 세르탄에게 구박도 많이 받았다.

겨우 손짓 발짓 배우면서 삼 년간 그것밖에 못하냐는 소리에 뒤통수를 내갈기고 싶은 충동을 느낄 정도였다.

이 년 전 뒤로 넘어지는 바람에 알게 된 사실이지만, 뒤통수에 충격을 받으면 세르탄이 말을 못한다.

어지러워서 그런다냐?

한 번은 구시렁대기에 고의로 뒤통수를 때려봤다.

한 시진 정도 세르탄의 말을 들을 수가 없었다. 문제는 때린 자신도 아프다는 것.

그래서 웬만하면 그 짓을 안 하려 한다. 하지만 정 시끄러울 때는 어쩔 수가 없다. 조금 아프더라도, 골치가 지끈거리는 것보다는 나으니까.

'세르탄.'

'어?'

'내가 요즘 혈양천 덕분에 피부도 강해지고 고통에 둔해졌거든? 화나면 뒤통수로 암벽을 받아버릴 수도 있어. 뭔 말인지 알지?'

그제야 실실 웃는 것처럼 느껴졌던 느낌이 사라졌다.

역시 그랬다! 세르탄은 자신이 힘들어하는 것을 즐겼던 것이다!

이런 나쁜⋯⋯! 확! 뒤통수를 받아버려?!

하지만 그래 봐야 자신만 손해다. 그렇다고 그냥 놔두기도 그렇고⋯⋯.

진용이는 하는 수 없다는 듯 중얼거리며 고개를 저었다.

"어휴, 애하고 싸우려는 내가 잘못이지. 나가서 수련이나 해야겠군."

'시르!'

뒤통수에서 살짝 열기가 솟는 거에 상관하지 않고 몸을 일으켰다.

촤아악!

은은한 붉은빛 속에 눈부신 나신이 드러났다.

매끈하게 뻗은 근육들이 마치 각자가 살아 움직이는 것만 같다. 도대체 열일곱 살 소년의 몸인지 의문이 들 정도다.

더구나 나신을 타고 흐르는 혈양천의 끈적끈적한 물기는 몸에 붉은 기름을 발라놓은 듯 묘한 분위기를 풍긴다.

"흠, 내가 봐도 괜찮군."

'⋯⋯.'

이번에는 뒤통수를 치지 않아도 세르탄의 입이 닫혀 버렸다.

어이가 없는지 한마디만을 남기고.

'그거 병인데······.'

혈양천이 있는 동굴을 빠져나온 진용이는 가볍게 몸을 풀
었다.

슥, 가볍게 한 발을 내딛으며 손을 뻗는다.

츠츠츠······.

한 마리 나비가 허공을 휘저으며 나풀거린다.

그러다 부드러운 곡선을 그리며 옆으로 떨어져 내린다.

순간 진용이의 신형이 허공으로 치솟고, 하늘에 십여 개의
푸르스름한 발 그림자가 새겨졌다.

빠르다. 부드러우면서도 빠르다.

빠르면서도 어디로 휘어질지 예측할 수가 없다.

나비의 날갯짓, 그 사이를 제비 한 마리가 날아들었다.

한 마리 나비가 제비와 어울려 춤을 춘다.

그러다 뻗치는 손에선 강맹하기 이를 데 없는 권풍이 쏟아
지고,

쿠르릉······.

호랑이처럼 도약하더니 곰처럼 내려친다.

학처럼 내려섰다 싶은 찰나,

츠츠츠······.

격류를 거슬러 오르는 물고기처럼 서너 걸음을 나아가던

진용이의 신형이 어느 순간 사라져 버렸다.

"타앗!"

동굴을 떨어 울리는 낭랑한 기합성!

이 장 허공에서 벼락이 떨어져 내렸다.

쾅!

튕기듯 물러서는 진용이의 발아래 뚫린 다섯 개의 구멍.

단단하기 그지없는 화강암 바닥이 밀가루 반죽에 구멍 뚫리듯 뚫려 버렸다.

그러고 보니 그것만이 아니다.

구석에 꽂힌 횃불로 인해 동굴 바닥이 희미하게 보인다.

족히 수천 개의 구멍들. 세기조차 힘들 정도로 많은 구멍이 마마자국처럼 동굴 바닥을 가득 메운 채 뚫려 있다. 게다가 사방에는 칡넝쿨로 감아놓은 괴목 수십 개가 곰보처럼 구멍이 뚫린 채 널브러져 있다.

그 모든 것은 고통과 희망이 어우러진 지난 삼 년 세월의 흔적들이었다.

"후우우욱······."

깊게 숨을 들이쉬었다 내쉰 진용이 원을 그리며 손을 모았다. 깊어진 두 눈에선 차가운 한광이 번뜩이다가 사라지고, 어느새 진용이의 얼굴에는 붉은 열기가 떠올랐다.

"맨 몸으로 펼치니 시원해서 기분은 좋군. 좀 덜렁거려서 그렇지."

실오라기 하나 걸치지 않은 채 동굴 입구로 걸어나가자 붉은 태양이 동쪽 산머리 위로 떠오른다.

진용이는 철푸덕, 동굴 입구에 있는 바위 위에 앉아 떠오르는 태양을 바라보았다. 시원한 바람을 타고 따스한 햇살이 모공을 통해 전신 피부로 스며든다.

"후우우웁…… 후우우우……."

길게 들이켜고 길게 내쉬는 숨결 사이로 붉은 기운이 희미하게 뱉어지다 다시 입 안으로 빨려든다.

건곤흡정진혼결이 삼성 수준에 이르렀다.

흡수한 기운은 태양의 양기와 달의 음기, 그리고 혈양천의 기운 등 대자연의 기운들뿐. 아직은 탁한 기운을 흡수하지 않아서인지 혈맥을 타고 흐르는 기운은 정갈하기 그지없다.

천단심법은 그런 대자연의 기운과 그 기운에 대항하려는 마령석의 기운을 적절히 융화시켜 주고 있었다.

진용이는 태양이 산머리 위로 둥실 떠오르자 오른손을 들어 유난히 굵은 검지로 허공을 천천히 그어 내렸다.

스으윽…….

찰나 간 대기에 옅은 혈선이 그어졌다.

순간! 진용이는 혈선을 비집고 우수를 밀어 넣었다.

건너편 십여 장 밖의 절벽을 향해!

퍽!

아무런 기척도 없었는데 건너편 벽에서 풀썩 먼지가 일었다.

격공장이라 할 수도 없다. 그저 공간을 건너뛰어 건너편의 석벽에 충격이 전해졌을 뿐.

바로 환상타공지의 괴이한 능력으로 인한 공간의 왜곡이었다.

세르탄의 말대로라면 능력이 강해질수록 먼 거리의 공간이 열린다 했다. 그렇게 열린 공간을 통하면 순간적인 이동이 가능하다나?

처음에는 그 말을 듣고 진용이는 코웃음을 쳤었다.

'지금 농담해?'라고.

하지만 마령석의 기운이 흡수되고, 자신의 말이 거짓이 아니란 것을 보여주기 위한 세르탄의 피(?)나는 노력 덕분에 이제는 진용도 그 말을 믿고 있었다.

더구나 마법에도 순간 이동을 하는 마법이 있지를 않던가 말이다. 비록 마법진을 그리든지, 아니면 미리 주문을 만들어 놓아야 하는 등 절차가 복잡하기는 하지만.

어쩌면 그러다 보니 뇌전의 능력이란 것에 더욱 욕심이 나는지도 몰랐다.

비슷한 위력이라면 일반 마법보다 훨씬 간편한 것이 마계의 능력이었다. 그런 마계의 십대능력 중 하나라면 환상타공지보다 훨씬 강할 것이 아니겠는가.

그런데 일전에 세르탄이 말하길, 진용이의 능력으로는 아직 배울 수 없다 했었다.

적어도 마령석의 기운을 완전히 자신의 것으로 만들어야 심장이 타지 않고 견딜 수 있다나?

하지만 진용이는 요즘에 와서 뭔가가 이상하다는 것을 깨달았다.

세르탄이 말을 안 해서 그렇지, 어쩌면 자신에게 배울 수 있는 능력이 생겼는지도 모른다는 생각이 드는 것이다. 세르탄이 자꾸 말을 돌리는 것을 봐도.

'세르탄 이제는 뇌전의 능력을 배울 수 있지 않을까?'

'아직은… 안 돼. 마령석의 기운을 다 흡수하지도 못했잖아? 그보다는 환타지나 더 열심히 익혀. 마법도 이제 겨우 사단에 들어가기 시작했으면서 욕심은……'

'마법은 어차피 내공이 늘어야 하잖아? 그러니 일단 뇌전의 능력 중에서 기초를 먼저 배우자는 말이지. 혹시 알아? 내가 마법이나 환타지보다 뇌전의 능력에 더 소질이 있는지?'

'말도 안 되는 소리를……. 시르 몸에 뇌기를 받아들이려면 적어도 십 년은 더 있어야 할걸?'

'십 년은 무슨……'

'아무튼! 아직은 안 돼!'

아무래도 이상하다. 저 떨리는 목소리.

한번 억지라도 써봐야 할 것 같다.

'세르탄.'

'왜?'

'뒤통수에 벼락 맞으면 기분이 어떨까?'

'…미친놈!'

'안 가르쳐 주면 뇌전의 힘을 건곤흡정진혼결로 흡수하기 위해서 그럴 수도 있어. 될지 안 될지는 모르지만. 까짓것 죽기밖에 더 하겠어?'

'에, 에라이! 너 확실히 제정신이 아냐! 이 미친노, 놈아!!'

왠지 세르탄의 목소리가 떨리는 것처럼 느껴진다.

크크크…… 세르탄, 어디서 잔머리를……!

'곧 우기가 올 것 같군. 우기가 오면 벼락이 많이 칠 텐데……. 그때 한번 해봐야겠어.'

'……'

第五章
내 이름은 구양무백이다!

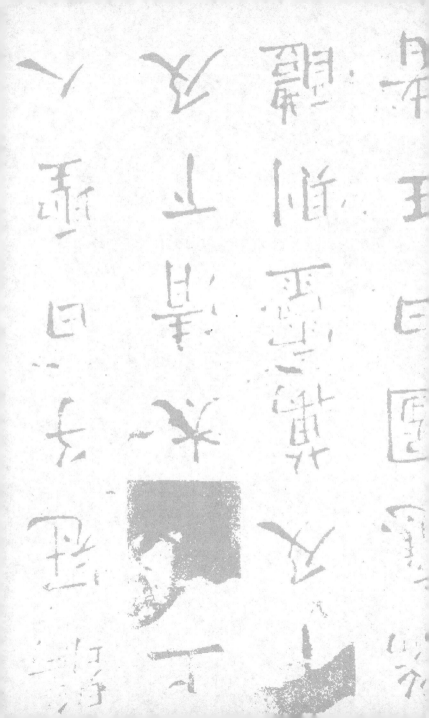

1

쏴아아아아…….

콰르르릉! 콰광!!

쩌저저적!!

시커먼 먹구름이 몰려오더니 하늘을 하얗게 가르며 벼락
이 떨어졌다.

대낮임에도 천궁도의 하늘을 가득 메운 새카만 구름.

그 구름을 갈기갈기 찢어발기며 떨어지는 뇌전의 창!

하얗다 못해 새파랗게 빛나는 뇌전의 창은 세상 그 무엇이
라도 꿰뚫을 것처럼 지상으로 내리꽂힌다.

절로 오금이 저릴 정도의 광경, 대자연의 위대한 힘 앞에

만물이 고개를 숙이고 숨을 죽였다.

들리는 것은 오직 하늘을 울리는 굉음과 광란하는 폭풍우의 비명 소리뿐이다. 뜨거운 태양이 이글이글 타오르는 한여름의 우기가 절정을 향해 치달리는 소리 말이다.

한데 올해의 우기는 유난히 벼락이 자주 친다. 천궁도와 하늘을 하나로 이으려는 듯.

천궁도의 사람들은 행여 벼락을 맞을까 두려움에 떨며 하늘이 개이기만을 기다렸다.

그것은 누구나 마찬가지였다. 병사들도 감히 밖으로 나다니지를 못했다. 죄수들은 작업을 못하는 대신 식사가 한 끼 줄어들어 주린 배를 움켜쥐어야 했다.

그러나 모두가 그런 것은 아니었다.

오직 한 사람, 그만은 벼락이 멈추면 오히려 아쉬운 눈빛으로 하늘을 올려다봤다.

'흠, 올해 번개는 좀 약한데? 빨려드는 기운이 별로야.'

진용이었다.

짜릿한 기운이 전신혈맥을 치달리고 있는데도 진용이 투덜거리자 세르탄이 버럭 소리를 질렀다.

'잘못하면 심장이 타버린다니까! 차라리 약한 것이 나아!'

'그래도 기왕이면 강한 게 좋잖아.'

'강한 거 좋아하다 죽은 놈이 하나둘인 줄 알아!'

'에이, 설마 마계의 대전사 세르탄이 엉터리 기술을 가르쳐 줬겠어?

'……그래도 너무 센 것은 아직 안 돼. 시르, 제발 말 좀 들어, 응?'

이 년 전이었다. 뇌전이 떨어지는 천궁도의 석산 위로 올라가 벼락을 맞겠다며 설쳐 대는 진용에게 세르탄은 결국 굴복하고 말았다.

뇌전의 능력.

그것은 음과 양의 힘을 조화롭게 키우고, 필요 시 음과 양의 기운을 부딪쳐 뇌전을 방출하는 기술이었다.

언뜻 생각하면 간단해 보인다. 그러나 절대 간단치가 않았다.

인위적으로 뇌전을 일으키기 위해선 엄청난 양의 음기와 양기를 적절히 조화시켜야 하는데, 그 자체가 인간의 육체로선 거의 불가능에 가깝기 때문이었다.

그런데도 저 망할 놈은 전격계 마법이나 열심히 익혀보라는 자신의 말을 들은 척도 하지 않고 뇌전의 능력을 가르쳐달라고 했다.

환장할 일이었다!

자칫 두 기운이 내부에서 부딪치기라도 한다면?

그러면 분명 연약한 인간의 육신으로선 거대한 힘을 견디지 못하고 터져 버릴 것이 분명했다.

게다가 하필이면 음양의 힘을 적절히 조화시키며 키우는 데는 하늘에서 떨어지는 벼락을 이용하는 것이 최상의 방법이라는 것. 비록 직접적으로 벼락의 힘을 받아들이는 것은 아니라지만 자칫 실수라도 해서 직격으로 당하기라도 하면 그날로 끝장이다.

　시르는 인간이지 자신처럼 마족이 아니니까.

　'시르가 죽으면…… 망망대해를 떠도는 표류선처럼 차원의 아공간을 떠돌다 스러지겠지?'

　세르탄은 그런 생각이 들 때마다 몸서리가 쳐졌다. 또한 그래서 망설이지 않을 수가 없었다.

　하지만, 벼락 맞아 죽겠다고 미쳐서 날뛰는 데는 어쩔 수가 없었다.

　'흐이그! 할 수 없지. 해보는 데까지 해보는 수밖에.'

　그래도 가슴에 심어진 마령석의 기운과 자신이 빙의하며 전해진 기운, 그리고 건곤흡정진혼결로 모아진 대자연의 기운이 있으니 어쩌면 기초적인 것 정도는 익혀도 될 듯했다.

　저 미친놈이 또 죽겠다고 설치지만 않는다면.

　그래서 뇌전을 받아들이는 기초 기술을 가르쳤다. 그런데… 아나나 다를까, 이 년 만에 감당도 못할 강한 힘을 무리하게 받아들이려 하지를 않는가!

　아! 미칠 일이다.

　망할 놈의 시르!

그렇게 세르탄의 불안감 섞인 한숨 속에, 빌어먹을 우기는 느리게도 지나갔다.

한 달 보름. 세르탄의 가슴(?)이 새카맣게 타버렸다.

2

온 세상을 무너뜨리기라도 할 것 같았던 우기도 시간의 흐름은 이기지 못했다.

우기가 지난 하늘은 금방이라도 파란 물이 뚝뚝 떨어질 것마냥 푸르렀다. 너무도 파래서, 하늘이 바단지 바다가 하늘인지 바라보고 있으면 착각을 일으킬 정도다.

진용은 파란 하늘 아래 자기 키만 한 석상과 나란히 서서 한 시진째 규칙적으로 울리는 소리의 진원지를 바라보았다.

툭! 툭!

정이 지나가는 곳에서 돌 조각이 마치 비늘처럼 떨어져 나간다.

한순간의 멎음도 없이 울리는 소리. 크기 또한 자로 잰 듯 일정한 크기다.

보는 것만으로도 절로 감탄이 나올 정도의 신기였다.

진용은 구양 노인이 조각하는 모습을 물끄러미 바라보다 말고 고개를 모로 꼬았다.

그제야 구양 노인은 망치질을 멈추고 깊은 눈으로 진용을 바라보았다.

"이상하냐?"

"예, 어떻게 결을 치지 않았는데도 돌 조각들이 비늘처럼 떨어져 나간 거죠?"

진용의 물음에 구양 노인의 눈빛이 무저의 심해처럼 더욱더 깊어지더니,

"느껴진 것이 없느냐?"

난데없는 물음이 던져졌다.

그런데도 진용의 표정엔 의아함이 없다, 이미 많이 겪어온 일인 듯.

"글쎄요. 분명 기가 그물처럼 바위를 덮은 것 같은데……."

진용의 답에 구양 노인의 눈빛이 날카롭게 변했다.

"그것뿐이더냐?"

그때다. 진용의 무뚝뚝해 보이는 얼굴에 보일 듯 말 듯 가느다란 웃음이 떠올랐다.

"할아버지와 양 어르신의 육십 년 공부를 제가 어찌 한 번에 알아볼 수 있겠습니까?"

말은 그리하면서도 반쯤 완성된 조각상을 쓰다듬는 손길이 묘하게 흘러간다. 스치듯 흘러가는 손길에 부스스 떨어져 나가는 모래 알갱이 같은 돌가루들.

한순간, 구양 노인의 날카롭던 눈빛이 부드럽게 풀어졌다.

"능글맞은 놈. 네놈이 알 줄 알았다. 어째 갈수록 능구렁이

가 돼가는구나?"

진용이 고개를 들고는 입꼬리를 묘하게 비틀었다.

"능구렁이는 능글능글하다면서요? 이렇게 무뚝뚝한 능구렁이도 있습니까?"

이번에는 구양 노인이 고개를 모로 비틀었다.

"나도 그게 이상하단 말이야. 대체 왜 너의 성격이 그렇게 괴이하게 변한 건지, 나원……."

당연히 그는 알 수가 없었다.

진용이 최대한 조심하며 그토록 깨끗한 정기만 흡정했음에도 무의식중에 사람의 성격조차 변화시킬 정도의 마공이 건곤흡정천진혼결이었다. 그러니 건곤결을 신공으로 알고 있는 그가 어찌 상상이나 할 수 있을까.

게다가 진용이조차 자신의 성격 변화를 크게 의식하지 못하고 있었으니…….

철그렁!

한 번 손을 멈추자 흥이 안 나는지 구양 노인은 망치와 정을 한쪽에 내려놓고 진용을 올려다봤다.

초연한 눈빛, 근래 들어 처음 보는 눈빛이다.

"어차피 끝날 시간이 다 된 것 같구나. 들어가자. 할아비가 할 말이 있다."

구양 노인이 간단한 말 한마디만을 던지고 일어서서 걸어간다.

이 역시도 처음 보는 행동이다. 구양 노인은 절대 일반 죄
수들보다 먼저 일어서는 법이 없었다.

그 모습에 진용은 자신도 모르게 가슴이 두근거렸다. 이제
어지간한 일에는 눈썹 한 올 꿈쩍하지 않는 진용이로선 자신
조차 깜짝 놀랄 의외의 반응이었다.

그럴 수밖에 없다.

구양 할아버지가 자기에게 저토록 초연한 눈빛을 던지며
할 말이 뭐가 있을까.

오직 하나다.

이제 때가 되었다는 것!

3

"이번에 오는 배를 타거라."

석실에 들어간 진용이 자리에 앉자마자 구양 노인이 지나
가는 말처럼 아무렇지도 않게 말문을 열었다.

진용은 마음의 준비를 하고 있었음에도 대답을 할 수가 없
었다.

무슨 말이든 하고는 싶은데, 마땅하게 입 밖으로 표현할 만
한 말이 생각나지 않는다. 격정만이 발끝에서 머리끝까지 치
달릴 뿐.

그러자 구양 노인이 다시 입을 열었다.

"도주하고는 이야기가 다 되어 있다."

조용히 흘러나오는 목소리에는 그 어떤 아쉬운 감정도 묻어 있지 않은 듯했다. 그저 오늘 갔다가 내일 돌아올 사람에게 건네는 듯한 담담한 말투다.

그러나 진용은 느낄 수 있었다. 말소리는 구양 노인의 입을 통해 조용히 흘러나오고 있지만, 주름진 눈꺼풀에 반쯤 묻힌 눈빛만은 폭풍우치는 바다의 파도처럼 거세게 떨리고 있다는 것을.

진용이도 입술의 떨림을 최대한 가라앉히고, 그냥 그러냐는 듯이 아무렇지도 않은 것마냥 담담히 말문을 열었다.

"제가 올 때까지 심심하시지 않겠어요?"

마치 내일 돌아올 텐데, 그때까지 어떻게 기다리겠냐는 투로.

하지만 진용이 아무리 그렇게 말해도 진용의 마음을 모를 리 없는 구양 노인이었다. 구양 노인은 풀썩 웃으며 고개를 가로저었다.

"허허! 너를 내보내는 대가로 열 개의 특별한 물건을 만들어주기로 했다. 게다가 신웅이도 가르쳐야 하고. 어쨌든 당분간 눈코 뜰 새 없이 바쁘게 생겼는데 심심하긴……."

열 개의 특별한 물건. 구양 노인이 유자형에게 만들어주기로 약속한 석조상을 말함이었다.

유자형도 이제 천궁도를 벗어나 다른 곳으로 갈 시기가 다

되었다. 아마 열 개의 특별한 물건은 그를 보다 더 좋은 곳으로 갈 수 있게끔 해줄 수 있을 터. 결국 그만한 가치가 있기에 구양 노인과의 계약이 성립되었을 것이다.

가만히 구양 노인을 바라보던 진용은 때가 되었음을 느끼고 나지막한 목소리로 물었다.

"이제 말씀을 해주셔야죠, 부탁이 뭔지……."

이후로 한동안 두 사람의 입이 다물어졌다.

들리는 소리라고는 날벌레의 날갯짓 소리만이 요란할 뿐이다.

조금 전의 담담함은 무저의 바다에 깊숙이 가라앉아 버렸는지, 침묵의 벽이 시간과 공간을 가로막은 채 숨소리조차 가늘어진 두 사람 앞에 세워졌다.

얼마나 지났을까. 일각이 억겁처럼 흘러갔을 때다.

"내 이름은 구양무백이다."

침묵의 벽이 뜬금없는 한마디에 깨어졌다.

진용은 동그래진 눈으로 구양 노인을 바라보았다.

구양무백? 구양 할아버지의 이름이 구양무백?

우습게도 처음 듣는 구양 할아버지의 진짜 이름이다. 전에 물어본 적이 없었던 것은 아니다. 그러나 그때마다 무표정한 얼굴에 슬쩍 입꼬리를 올릴 뿐이었다.

"이름은 중요한 것이 아니다. 이곳에서 이름은 멸건 죽만도 못한 것이지."

답을 한다 해도 기껏해야 그 정도가 다였다. 그 이후론 굳이 물어보지 않았다. 그저 구양 할아버지면 족했으니까.

문득 의문이 든다.

천궁도에서 구양 할아버지의 이름을 아는 사람이 몇이나 될까? 도주는 알겠지?

군병들은? 군병들은 모를지 모른다. 군병들 중 구양 할아버지의 이름을 부르는 사람을 한 사람도 보지 못했으니까.

그럼 죄수들은? 그들 역시 그저 구양 노인이라고만 부른다. 그리고 자신도 구양 할아버지라고만 불렀다.

생각해 보니 십 년이 넘도록 한 번도, 단 한 번도 구양 할아버지의 이름을 부르는 사람을 본 적이 없었다. 어이없는 일이었다.

하지만 이어지는 구양 노인의 말에 진용은 입마저 크게 벌렸다.

"도주도 내 정확한 이름은 모른다. 내 이름을 아는 사람은 오직 한 분, 양 어르신뿐이었다."

"그, 그럼……?"

"천궁도의 명부에도 구양 노인이라 적혀 있을 뿐이다."

"왜 그동안 이름을 밝히지 않은 거죠?"

구양 노인이 진용을 바라보며 무겁게 입을 열었다.

"내가 구양무백이기 때문이다."

무슨 말인가, 자신의 이름 때문이라니?

구양무백이라는 이름에 그 정도의 가치가 있단 말인가?

강호에 대해 나름대로 안다는 죄수들에게서도 들어보지 못한 이름이거늘, 왜 그 이름을 밝혀선 안 되었단 말인가.

"내 이름이 만에 하나 밖으로 새어나갔다면, 천궁도의 모든 사람이 죽었을 것이다."

"그런 일이 어떻게……? 이곳은 황궁의 유배지인데, 누가 감히?"

여전히 뜻을 알 수 없는 말에 진용이 의아한 표정을 짓자 구양 노인은 무거운 표정으로 입을 열었다.

"내가 아는 그는 충분히 그럴 수 있는 사람이다. 설령 이름만 같을 뿐 사람이 다르더라도, 그는 일단 섬에서 사는 모든 사람의 생명을 지우고 봤을 것이다."

진용의 표정이 굳어졌다.

충분히 그럴 수 있는 사람?

그 말은 다름이 아니다. 그가 그러한 일을 지시할 수 있을 정도의 권력을 가졌거나, 아니면 그러한 일을 저지르고도 죄를 추궁당하지 않을 정도의 힘을 지니고 있다는 말이다.

대체 그가 누구이기에!

어쨌든 그에 대한 것을 알려주고 싶다면 물어보지 않아도 헤어지기 전에 알려줄 터, 진용은 궁금함을 접고 다시 입을 열었다.

"어째 해야 할 일이 생각보다 더 어려운 일인 것 같군요."

구양 노인은 또다시 진용을 물끄러미 바라보았다. 그리고 천천히 고개를 끄덕였다.

"아마도 그럴 것이다."

그럴 거란다. 구양 할아버지의 성격으로 봐서 허튼소리가 아니다.

진용은 짓눌리는 가슴속의 무게를 털어버리려는 듯 과장된 표정을 지었다.

"일단 말씀해 보세요."

순간 구양 노인의 눈꺼풀이 파르르 떨렸다. 천천히 열리는 입술마저 떨리는 듯하다.

"강호에 나가거든…… 한 사람을…… 죽여다오."

4

진용은 천궁도에서 제일 높은 봉우리인 귀향봉에 올랐다. 석양이 붉게 타오르며 서쪽 수평선으로 가라앉고 있었다. 그의 두 눈동자도 붉게 달아올랐다.

저 해가 다시 동쪽에서 떠오르면 자신은 천궁도를 떠날 것이다, 천궁도에 발을 디딘 지 십 년 만에.

"아버지……."

대륙으로 돌아가면 두 가지의 일을 해야 한다.

하나는 아버지를 구하는 것. 또 다른 하나는 구양 노인의 부탁을 들어주는 것.

아버지에 대한 소식은 아는 것이 하나도 없다. 아직도 황궁 뇌옥에 계시는지, 아니면… 돌아가셨는지…….

풀려나셨다면 자신도 풀려났을 텐데, 자신이 아직 유배지인 천궁도에 잡혀 있다는 것은 적어도 아버지가 풀려나시지는 않았다는 말과도 같았다.

진용은 주먹을 움켜쥐었다.

갇혀 계신다면 무슨 수를 써서라도 구해낼 것이다. 그러나 만에 하나 돌아가셨다면…….

용서치 않을 것이다. 그게 누구든! 설사 하늘이라 해도!

"삶이 지옥보다 더한 고통임을 느끼게 해줄 것이다. 제발 죽여달라 할 정도로, 처절하게!"

반드시!

"아버지……."

석양에 물든 붉은 눈물이 볼을 타고 흘러내린다.

굳이 참지 않았다. 오늘만큼은 울고 싶었다.

그동안에는 그리할 수가 없었다. 울고 싶어도 참아야만 했다. 가슴이 아파도 참아야만 했고, 그리움에 목이 메여도 참아야만 했다. 그래야 견딜 수 있었으니까.

그러나 이제는 아니다. 오늘만 지나면 아버지에게 갈 수가 있다. 오늘만 지나면…….

흐르는 눈물에 그동안의 모든 고통을 모조리 쏟아냈다.

그리고 일각이 지나 석양이 하늘을 핏빛으로 물들이며 서쪽 바다로 완전히 가라앉자 그제야 천천히 신형을 돌렸다. 가슴에 쌓인 것을 쏟아내서인지 마음이 조금은 편해진 듯했다.

'차근차근……. 아버지를 구하는 일도, 구양 할아버지의 일을 처리하는 것도 서두른다고 될 일이 아니다.'

第六章
마풍(魔風), 그리고 신안을 지닌 여인

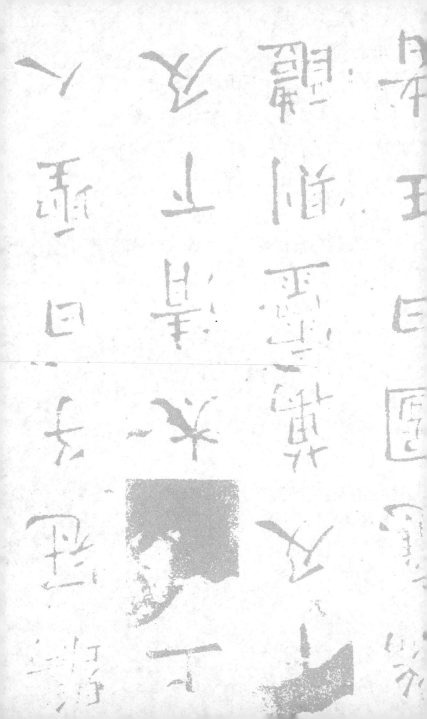

1

　죄수를 빼낸다는 것, 그것도 황궁의 양 태감이 직접 집어넣은 죄수를 빼낸다는 것은 유자형이 아무리 도주라 해도 결심하기 쉬운 일이 아니었다.

　나중에 들통이 나면 삭탈관직은 물론이고 목숨을 내놔야 할지도 모르는 일이었으니까.

　그럼에도 유자형이 구양 노인과 계약을 하고 고진용이라는 어린 죄수를 빼돌리기로 결심한 것은, 얼마 전 황궁으로부터 한 가지 소식이 전해졌기 때문이었다.

　그 소식은 그로 하여금 아무런 걱정 없이 그 일을 하게끔 만들었다. 설령 죄수를 빼돌린 것이 나중에 알려진다고 해도 그는 크게 문제될 것이 없을 거라 생각했다. 우선 당장 운송 감독관의 눈만 피할 수 있다면 말이다.

배가 들어오는 날은 매월 보름이었다. 보름만 되면 성질 사납기로 유명한 천궁도 일대의 파도가 잔잔해지기 때문이었다.

들어오는 배는 두 척, 배가 머무는 시간은 세 시진이었다. 그 시간 안에 천궁도에서 한 달간 쓸 물자가 모두 내려지고, 황궁으로 가야 할 석조 제품들이 배에 실려야만 했다.

시간에 여유가 있는 것 같아도 물건이 많다 보니 꼭 그렇지만도 않았다. 특히 이번처럼 고급 석조품이 반출될 때는 조심을 기해야 하기에 시간이 더 걸릴 수밖에 없었다.

"이봐! 조심해서 다루라고! 그거 하나 부서지면 자네 평생 벌어도 못 갚으니까 말이야!"

"그건 따로 쌓으라니까! 어이! 자네 뭐 해? 누가 그걸 그리 가져다 놓으라고 했나?"

웅성웅성. 북적북적…….

두 척의 배에서 내린 선원은 사십 명 정도였다. 그들 중 일부는 배에서 내린 물건을 한쪽에 쌓고, 일부는 선창 끝머리에 뚫린 동굴에서 석조상을 들어내고 있었다.

기다란 석조상은 나무와 넝쿨로 칭칭 감긴 채 밧줄로 동여매져 있었는데, 선원들은 석조상을 묶은 밧줄에 통나무를 끼워 맨 채 네 명이 한 몸처럼 움직이고 있었다.

한데 그들 중 유난히 눈에 띄는 사람이 하나 있다. 머리를 다쳤는지 피 묻은 낡은 천으로 머리를 감싸고서 겨우 눈과 입만 드러낸 자.

그가 같은 조원 세 명과 함께 동굴 안으로 들어가자 뒤에서 짜증 섞인 목소리가 터져 나왔다.

"이봐, 양 선장! 아무리 사람이 없다고 해도 그렇지, 저런 환자를 데려와서 어쩌자는 거야?"

"헤헤헤, 감독관님. 그래도 일은 잘하지 않습니까? 다친 곳이야 얼굴만 다쳤는데요, 뭐. 그리고 임금이 반값이니 돈도 아끼고 말입니다."

"흥! 그 돈 벌어서 금방 떼부자 되겠구먼."

감독관의 코웃음에 양 선장이라는 자가 조그마한 목소리로 말했다.

"이디 그 돈을 제가 법니까? 감독관님께서 버시는 거지요."

"응? 큼! 거…… 뭐, 나야……."

요즘처럼 황궁의 사정이 살벌하게 돌아갈 때는 최대한 몸을 사려야 한다. 자신 같은 일개 운송 감독관 정도는 황궁에서 불어오는 콧방귀에도 날아가는 수가 있으니까. 그러니 큰돈을 챙길 수 없는 요즘 작은 돈이나마 감지덕지였다. 더구나 그리 크지 않은 금액이라도 덤은 언제든지 기분 좋은 수확이었다.

"어쨌든 다음부터는 좀 제대로 된 사람을 쓰게나."

"물론 그래야 합죠. 헤헤헤, 그런데 감독관님, 묘족들을 데리고 있는 자가 있는데 그들의 임금이 싸다고 하더군요. 반도 안 된다고 하던데……"

"험! 뭐… 몸 건강하고 말썽만 피우지 않는다면야……. 어험!"

감독관의 짜증내는 소리를 뒤로하고 동굴로 들어온 사람들은 석조상을 밧줄로 묶고서 통나무를 끼웠다. 한데 그때다.

"어이구, 소변을 좀 봐야겠는데 아무 데나 볼 수도 없고…… 금방 나오게 생겼는데……. 으으음……"

소변이 마려운지 머리를 낡은 천으로 감싼 자가 안절부절 못하며 사방을 둘러본다. 동굴 안에는 군병들이 지켜보는 데다 밖에 나가 바닷가로 가기엔 너무 급하다는 표정이다.

한쪽에서 석조상 반출을 지켜보고 있던 군병 하나가 그 모습을 보더니 묘한 눈빛으로 턱짓을 했다.

"이봐! 오줌 마려우면 저쪽에 통이 있으니 그곳에 가서 싸게. 이곳은 동굴이라 아무 데나 싸면 냄새가 배니까."

"예? 예, 나으리. 감사합니다요."

잠시 후 머리를 낡은 천으로 감싼 자가 시원한 표정으로 허리띠를 묶으며 일행에 합류했다. 그러자 일행의 조장 역할을 하고 있던 덩치가 자리에서 일어났다. 그는 머리를 낡은 천으로 감싼 자를 의미심장한 눈으로 한 번 바라보고는 크게 소리쳤다.

"자, 이게 마지막이니 힘들 내자고. 가세!"

감독관이 헛기침을 하며 뒤돌아서려 할 때다.

동굴에서 네 명의 짐꾼이 마지막 석조상을 짊어진 채 밖으로 나오고 있었다. 머리를 낡은 천으로 감싼 자가 섞인 조였다.

그들을 흘겨본 감독관은 조금 전보다는 많이 풀어진 투로 불만을 늘어놨다.

"큼, 힘은 좀 쓰는군. 그래도 보기가 안 좋아."

"다음부턴 일꾼을 쓸 때 신경 좀 쓰겠습니다요, 감독관님."

"저게 마지막인가? 다 실으면 대기하도록. 도주를 만나고 올 테니까."

"걱정 마시고 다녀오십시오."

순간, 돌아서서 팔자로 걸어가는 감독관을 바라보는 선장의 눈빛에 묘한 빛이 번뜩였다.

'저놈이 백 냥짜리란 것을 알면 속이 뒤집어질 것이다, 돼지 같은 놈.'

2

뱃머리에 부딪친 파도가 포말로 부서진다.

바람을 가득 끌어안은 두 폭의 돛은 포만감으로 잔뜩 부풀려져 있다.

파도를 징검다리 삼아 날듯이 나아가는 상선의 구석. 진용은 머리를 감싼 천 조각 사이로 멀어지는 천궁도를 바라보았다.

십 년 육 개월. 삶의 반도 넘게 지낸 곳이 멀어지고 있었다.

언젠가는 벗어나리라 생각했었지만, 막상 자신의 몸이 천궁도가 아닌 선창 위에 있다는 생각이 들자 온갖 상념이 물밀듯이 몰려온다.

한데 그때다. 천궁도를 잔떨림이 이는 눈으로 바라보던 진용의 눈이 화등잔만 하게 커졌다.

저 멀리 천궁도의 절벽 위에 석상처럼 서 있는 사람이 보인다.

'할아버지!'

구양 할아버지다!

말은 담담히 잘 가라 해놓고 자신이 떠나는 모습을 보고 있다.

어쩌면 눈물을 흘리고 있을지도 모른다.

겉모습은 강해 보여도 속은 한없이 여린 분이다. 여린 마음을 내보이지 않기 위해서 수십 년을 무표정한 얼굴로 살아오신 분이다.

부모님을 죽인 형을 죽여야 한다는 강박관념을 안고 삼십 수년을 살아오셨으니 그 마음은 이미 재가 되어 있을 터였다.

"할 일이 하나 더 생긴 것 같네요, 할아버지. 제가 구해 드릴게요."

지금이라도 천궁도의 군병들을 제압할 힘이 없는 것은 아니다.

그러나 천궁도를 벗어난다 해도 도망자라는 꼬리표를 달고 다닐 수는 없다. 구양 할아버지가 굳이 자신을 몰래 빼돌린 이유가 그것이다. 하물며 자신이 강제로 구해준다고 해서 반가워할 할아버지가 아니다.

게다가 천궁도에선 할아버지를 건드릴 자가 없으니, 할아버지의 말이 사실이라면 모든 일이 끝날 때까지 할아버지에겐 천궁도가 제일 안전한 곳이었다.

"멋진 환송식을 받으며 떠나야죠. 그렇죠?"

진용은 슬쩍 손을 들어 절벽 쪽을 향해 흔들었다.

그러자 절벽 위에 서 있던 석상도 손을 흔든다, 마치 잘 다녀오라는 듯이.

"그래요. 다시 돌아올 거예요. 꼭⋯⋯."

반 시진가량이 지나자 천궁도의 모습이 까마득히 멀어졌다.

절벽 위의 석상도 이제 보이지 않는다.

옅은 안개가 천궁도를 집어삼키고 있다.

그리고 잠시 후, 천궁도가 진용의 시야에서 완전히 사라져 버렸다.

'그런데 내가 할아버지의 부탁을 들어드릴 수 있을까?'

문득 구양 할아버지와 이야기를 나누었던 닷새 전의 일이 떠오르자, 진용은 단호한 표정으로 입술을 지그시 깨물었다.

"사람을 죽여달라구요?"

진용이 의아한 표정으로 되묻자 구양 노인은 천천히 고개를 끄덕였다.

"그래, 더도 덜도 말고 한 사람만 죽이면 된다."

"강하겠군요."

그러지 않고서야 저리 어렵게 부탁할 리가 없다.

"강하지. 무척이나……. 그는… 구양무경이라는 이름을 가지고 있다."

진용은 고개를 갸웃거렸다.

어디선가 들어본 이름이다. 구양무경이라…….

'응?'

그러다 어느 순간 고개를 번쩍 들고 구양 노인을 바라보았다.

"설마, 할아버지가 말한 구양무경이 십천존 중 한 사람인 천수무적(千手無敵) 구양무경인 것은 아니겠죠?"

강호에 대해 물을 때마다 신털보가 입이 닳도록 읊어대는 이름 중 최상위에 있는 열 사람, 십천존(十天尊)! 그중 한 사람의 이름이 구양무경이다.

그뿐인가? 그는 또한 당금 천하를 삼 분하고 있다는 삼존맹(三尊盟)의 한 축인 만붕성(萬鵬城)의 주인이다.

반면에 자신은 몸뚱어리 하나밖에 없는 청춘.

피식, 웃음이 나왔다. 이름이 같다고 해서 그를 생각하다니.

'나참, 생각을 해도 꼭…… 할아버지가 아무리 나를 인정해 준다고 해도 그렇지, 설마 그런 말도 안 되는……'

그때 구양 노인이 고개를 돌려 동굴 밖을 바라보더니 나직하면서도 강한 어조로 짓이기듯이 입을 열었다.

"바로 그다."

맙소사! 진짜 그라고?

진용은 구양 노인의 옆모습을 멍한 표정으로 한참 동안 바라보다 길게 한숨을 내쉬며 물었다.

"후우, 세상에…… 할아버지, 설마 제가 그를 죽일 수 있을 거라 생각하신 것은 아니겠죠?"

"지금의 너는 안 되지만 십 년 후의 너라면 가능할 거라 생각한다."

"저를 너무 과대평가하신 거 아니에요?"

"너를 과대평가한 것이 아니고, 너의 끝을 알 수 없는 잠재력과 그가 지닌 무공의 극성이라 할 수 있는 신수백타를 믿기 때문이다. 신수백타는 네 생각보다 훨씬 강한 무공이다. 천단심법이 뒤를 받쳐 주지 못할 정도로. 훗날 너 스스로 깨우칠 날이 오면 알게 될 것이다. 다만 문제는 그가 혼자가 아니라는 것이지."

그건 그렇다. 신수백타는 분명 천고의 절기다. 구양 할아버지가 자신있게 십천존의 절기와 나란히 놓을 정도로. 더구나 구양무경의 무공과 극성이라지 않는가.

문제는 구양무경이 삼존맹의 한 축인 만붕성의 성주라는 것. 그의 주위로 다가가는 것만도 쉽지 않을 것이 자명한 일이다.

'십 년이라……'

그때다. 세르탄이 코웃음을 치며 나선다.

'흥! 까짓거, 그 인간이 얼마나 강한지 모르지만, 삼 년만 지나면 인간들 중에 시르를 당할 자가 없을걸?'

어이가 없다. 구양무경을 아는 자들이 세르탄의 말을 들었다면 어떤 반응을 보일까.

'세르탄, 구양무경이 보통 고수인 줄……. 가만?'

그때 문득 스치는 생각.

'구양무경…… 구양무백……?'

진용이 굳은 표정으로 물었다.

"그 사람하고 할아버지하고 무슨 관계인지 알 수 있을까요?"

구양 노인의 얼굴이 조금씩 조금씩 일그러져 간다. 차마 입을 열기가 어려운 듯. 공연히 물었다는 생각이 든다.

"말하기 싫으시면 안 하셔도……."

물음을 거두려는데, 구양 노인이 어느새 냉정한 표정을 되찾고 무심한 목소리로 입을 열었다.

"한때 그는 나의 형이었던 사람이다. 지금은… 아니, 그때 이후론 아니지만……."

헉! 진용의 입이 절로 벌어졌다.

"그, 그럼, 할아버지의 형을 죽여달라는 말이에요?"

"그는… 그는 나의 형이기 이전에 원수다. 부모님을 죽인 원수…… 사랑하는 사람들을 죽인 원수……."

"……."

"내가 집으로 돌아온 것은 사부님을 따라 장백에 들어간 지 이십 년 만이었다. 그러나 그때는 이미 모든 일이 끝나 있는 상태였다. 집은 폐허가 되어 있었고, 사랑하는 사람들은 모두 이 세상에 남아 있지 않았지. 후후후. 하도 기가 막혀 오열하는 나에게 한 사람이 다가왔다. 그는 어릴 적 같은 학당을 다니던 친구였다. 그 친구는 바로 옆집에 살고 있었지. 다가온 그가 불안한 눈으로 사방을 둘러보더니 조심스럽게 말하더구나, '네 형이 저지른 일이야, 네 형이! 복면을 하고 있었지만, 무너진 벽 사이로 내가 분명히 봤어!'라고."

구양 노인은 말을 멈추더니 진용을 바라보았다. 그리고 잇

새로 이지러진 목소리를 내뱉었다.

"그날로 나는 형을 찾아다녔다. 그리고 두 달 열흘 만에 형을 찾을 수 있었지. 그에게 물었다. 당신이 정말 부모님을 해쳤냐고. 그랬다면 왜 그랬냐고. 대체 왜!'

"......"

진용은 입을 꼭 다문 채 구양 노인을 바라보았다.

구양 노인의 노안에 수많은 상념이 어렸다 스러진다. 억눌린 격정이 가슴을 겹겹이 둘러싼 그물을 뚫고 새어 나오고 있는 것만 같다.

북받치는 심정을 참으려는 듯, 구양 노인은 눈을 한 번 질끈 감고는 만 근 바위를 들어올리듯 천천히 눈꺼풀을 밀어 올렸다.

그리고 분노조차 스러져 허탈하게까지 보이는 표정으로 입을 열었다.

"그가 그러더구나. 빚을 갚고 빼앗긴 것을 되찾으려 했을 뿐이라고. 허허허, 빚이라니……. 아무리 친자식이 아니라지만, 삼십 년을 키워준 양부모를 죽여야 할 정도의 빚이 대체 뭐란 말이냐?'

구양 노인은 잠시 말을 멈추고 처연한 표정으로 허공을 응시했다.

처음 보는 모습이다. 그동안 봐온 구양 노인이 아니다. 냉정한 표정 뒤에 저런 모습이 숨겨져 있었다니…….

희미하게 말을 끝맺는 구양 노인의 눈꺼풀이 파르르 떨린다.

진용은 입술을 지그시 깨물었다.

사람을 죽여야 한다는 것이 아직은 마음에 와 닿지 않는다. 그러나 상대는 삼십 년을 키워준 양부모를 죽인 자.

"십 년이 걸릴지 얼마가 걸릴지는 몰라도 최대한 노력은 하겠어요. 하지만 반드시 성공한다는 보장은 해드릴 수가 없어요."

대답은 그렇게 했지만 꼭 들어드리고 싶었다.

그리고 한편으로 생각하면, 십천존을 상대한다는 것이 어쩌면 마냥 나쁜 일만은 아닌 것 같다는 생각도 들었다. 적어도 그 정도는 되어야 의욕이 솟을 거 아니겠는가?

아버지도 그랬다.

"우리 용아라면 할 수 있을 것 같아 남겼다."

그래, 높은 곳을 향해 나아가는 거다! 나는 남자잖아!

진용은 지그시 주먹을 움켜쥐고 이제는 보이지도 않는 안개 너머의 천궁도를 바라보았다.

'할아버지, 용아는 강해질 거예요. 할아버지가 바라는 그 이상으로……'

3

　천궁도를 떠난 지 하루가 흘렀다. 이제 육지까지는 하루 거리다.

　그동안 뱃사람 누구도 진용이에게 신경을 쓰는 사람은 없었다. 분명 죄수와 선원이 바뀌었다는 것을 알고 있는 사람이 있을 텐데도 누구 하나 말을 거는 자가 없다. 이상한 일이었다.

　하기야 알아서 좋은 일이 아니니 어쩌면 의식적으로 피하고 있는지도 몰랐다.

　사실 진용이로서도 그게 오히려 편했다.

　철썩! 처얼썩!

　아침부터 조금씩 바람이 세어진다 싶더니, 정오가 되자 파도가 점차 높아진다.

　뱃머리에서 튕겨진 차가운 바닷물이 뱃전을 흥건하게 적시고, 두 폭의 돛은 요란한 소리를 내며 펄럭거린다. 행여나 배가 뒤집히지 않을까 걱정이 될 정도다.

　구석에 혼자 외떨어져 앉아 있던 진용은 찢어질 듯 펄럭이는 돛을 바라보다 선실 쪽을 향해 고개를 돌렸다.

　태평하게 선실에 처박혀 낮잠을 자던 선원들이 하나둘 모습을 보이고 있었다. 한데 분위기가 어째 이상하다. 선실을 나오는 그들의 얼굴에 긴장감이 떠올라 있다.

긴장한 표정으로 뭐라 소리치는 선원들.

진용은 자세를 바로 하고 그들의 말에 귀를 기울였다.

"갈수록 바람이 거세진다! 선장님을 불러!"

당황한 목소리. 어지간한 일로는 흔들리지 않는다는 뱃사람들이 긴장을 하다못해 당황하고 있다.

한 사람이 선장이 머무르는 선실로 들어가려 할 때다. 선장이 술기운에 붉어진 얼굴로 선실을 박차고 나왔다.

"뭐, 뭐야? 왜 이리 바람이 세진 거야?"

"글쎄 말입니다. 태풍이 올 날씨가 아닌데……."

"재수없는 소리 하지 마! 일단 돛을 반쯤 내리고 상황을 지켜보자구! 바람에 염기가 적은 걸 보니 그리 걱정할 정도는 아닌 것 같다! 일단 물건들을 밧줄로 묶어놔라!"

선장이 빠르게 외치자 선원들이 돛에 달려들었다.

바람이 너무 세다 보니 돛이 찢어지거나 돛대가 부러질 염려가 있었다. 게다가 자칫 배가 뒤집히기라도 하면 모두가 죽은 목숨인 것이다.

돛을 반쯤 내리자 날듯이 나아가던 속도가 줄어들었다.

그러나 바람은 시간이 갈수록 점점 더 거세지고, 선창을 기어오르는 파도는 금방이라도 배를 집어삼킬 듯이 혀를 날름거린다.

미처 예상치 못했던 상황에 감독관이 고개를 내밀고 고래고래 고함을 질렀다. 크게 놀라 당황한 목소리다.

"무슨 일이야? 배가 왜 이러는 거지?"

"별것 아닙니다. 그냥 바람이 좀 세게 불 뿐입니다, 감독관님."

선장의 목소리에는 확신이 없었다. 그럼에도 감독관은 선장의 말을 믿고 싶었다. 아니, 불안한 마음을 가라앉히기 위해서라도 믿으려 노력했다.

"그, 그렇지? 곧 괜찮아지겠지?"

"걱정 말고 들어가 계십시오. 위험…….."

한데 그때였다.

툭! 투두둑!

갑자기 굵은 빗방울이 떨어지기 시작했다. 어찌나 굵은지 족히 엄지손톱만 한 빗방울이다.

선장은 감독관에게 소리치다 말고 번쩍 고개를 들어 하늘을 올려다봤다. 순간 그의 입에서 경악성이 터져 나왔다.

"맙소사!"

진용이도 선장의 눈을 따라 하늘을 올려다보고 경악해 소리쳤다.

"뭐야?!"

뿌옇던 하늘이 어느새 시커먼 먹구름으로 가득 차 있었다.

한데 단순한 먹구름이 아니다.

먹물을 뿌려놓은 듯 시커먼 먹구름이 광란의 춤을 추고 있었다.

마치 화산이 폭발하며 용암을 분출하는 것마냥 미친 듯이 폭주하고 있다, 단숨에 세상을 뒤집어엎기라도 하려는 듯.

뒤늦게 하늘을 올려다본 사람들도 새파랗게 질린 얼굴로 몸서리를 쳤다.

바로 그때다. 그들 중 누군가가 겁에 질린 목소리로 소리를 질렀다.

"마, 마운(魔雲)이다!"

"마운? 저게 악마의 구름이라는 마운이라고?"

"이제 우리는 모두 죽었다! 마운이 나타났으니 마풍이 불어올 거야!"

"나는 죽기 싫어! 마누라가 내일모레 둘째를 낳는단 말이다! 안 돼! 나는 살아야 돼!"

절망의 목소리! 삶을 향한 절규조차 허망하게 들려온다.

그럴 수밖에 없다.

불길함만이 가득한 이름. 선원들이 가장 두려워하는 이름.

수십 년 만에 한 번씩 예고도 없이 찾아온다는 대폭풍, 마풍(魔風)의 서곡. 그것이 바로 마운이다!

그러고 보니 바람에 염기가 없었던 것도 바람의 근원이 마운이기 때문이었던 듯하다.

"모두 침착하게 행동해! 중심만 벗어나면 된다! 돛을 내리고 기둥을 붙잡아!"

선장이 목청껏 소리를 질러보지만 소용이 없다.

이미 공황 상태에 빠진 선원들은 넋을 놓고 엄청난 빗줄기가 쏟아지는 하늘만 올려다보고 있다. 절대 살아날 수 없다는 절망감에 빠진 표정들이다.

그나마 정신을 놓지 않은 몇 사람이 달려들어 돛을 완전히 내렸다. 그러나 이미 바람은 앞이 보이지 않을 정도의 폭풍우를 대동하고 십오 장 길이의 상선을 가랑잎처럼 날려 버리고 있었다.

이제 모든 것은 운명에 맡겨졌다!

집채만 한 파도 사이를 누빈 지 일각이 지났다.

배가 옆으로 반쯤 기울어지자 서너 명의 선원이 힘없이 내동댕이쳐진다.

이미 정신을 잃은 자들이다. 바다에 빠진 자들이 몇 명인지 알 수조차 없다. 돛은 부러지고 부러진 돛에 깔려 죽은 자도 있다.

진용은 양손의 손가락을 선창에 박고서 배와 한 몸이 되어 움직였다.

본능이었다. 놓치면 죽는다는 삶의 본능!

쿠르르릉! 떠더덩!

갑작스럽게 천둥소리가 귀청을 터뜨릴 듯 울렸다.

쏴아아아아!

쏟아지는 빗줄기도 더욱 거세진다.

쩌저저적!

먹구름이 찢어지는 소리!

사방이 시커멓게 물들었다. 그리고 어느 순간!

고오오오…….

바다가 울음을 터뜨렸다.

"아무거나 붙잡아!"

선장의 절규하는 목소리가 바람 소리와 뒤섞여 들려온다.

진용은 바다 쪽을 바라보다 눈을 부릅뜨고 벌떡 몸을 일으켰다.

거대한 물벽이 밀려오고 있었다. 바다가 우는 이유였다.

물벽은 백여 장 떨어진 곳에서 거센 바람에 반쯤 기울어진 다른 한 척의 상선을 눈 깜박할 새에 집어삼켜 버렸다, 그 배에 타고 있는 사람들까지 모두.

하지만 이쪽의 사람들 누구도 그들을 걱정할 정신이 없었다. 약간의 시간 차이만 날 뿐 이쪽 배도 같은 운명에 처하기 일보 직전인 것이다.

"젠장!"

진용은 이를 악물고 용이 그려져 있는 선실의 문짝 하나를 뜯어냈다.

찰나, 미처 어찌할 틈도 없이 거대한 물벽이 코앞에 들이닥

쳤다!

콰아아아!

"으아아아!"

"살려줘!"

순식간이었다.

배가 허공에 붕 떴다 느껴진 순간, 거대한 해일이 모든 것을 덮어버렸다.

세르탄의 떨리는 목소리가 들린 것은 그때였다.

'마, 맙소사! 차, 차원의 벽이 벌어졌다!'

숨이 멎어버릴 듯한 충격에 눈앞이 아득하다.

손에 잡혀 있던 선실의 문짝은 언제 없어졌는지조차 알 수가 없다.

소용돌이치는 탁류가 모든 것을 집어삼켜 버렸다.

혼돈의 세상.

진용은 위로 떠오르기 위해 손발을 저었다. 얼마나 깊이 가라앉았는지는 알 수 없지만 할 수 있는 데까지는 해봐야 한다.

두 손에서 뻗친 강력한 기운으로 바닷물을 밀어내자 진용의 몸이 탁류를 뚫고 위로 솟구쳤다.

한 번, 두 번, 세 번…….

"푸아악!"

가까스로 수면 위로 얼굴을 내밀었다. 하지만 수면이라 해서 안전한 것은 아니었다.

거센 광풍폭우가 얼굴을 때린다. 눈을 뜨기조차 힘겨울 정도다.

안간힘을 다해 눈을 뜨고 사면을 훑어봤다. 입이 쩍 벌어질 광경이 눈에 들어온다.

높이 십 장에 달하는 거대한 파도.

뱃사람들에게 지옥의 인도자라 불리는 삼각파도가 자신을 향해 밀려온다.

"마, 맙소사!"

절로 이 갈리는 경악성이 터져 나왔다.

콰과과과!!

아득해지는 가운데 새삼 대자연의 위용 앞에 인간은 풀이 파리만도 못하다는 생각이 들었다.

그때 들려오는 소리. 세르탄의 목소리였다.

'시르! 정신 차려!'

순간, 진용의 몸이 삼각파도의 가운데로 말려 들어갔다.

시커먼 먹구름이 파도 사이로 사라진다.

고오오오……

'으아아아! 시르! 아무 마법이라도 써봐!!'

세르탄의 겁에 질린 비명 소리에 머릿속이 터질 듯이 웅웅거린다. 덕분에 진용은 아득해지는 정신의 끄트머리를 붙잡고 혼신을 다해 입을 열었다.

"부양(浮揚:레비테이션)!"

순간, 별다른 동작이 없었음에도 가라앉던 진용의 몸이 수면 위로 빠르게 떠올랐다.

'된다!'

세르탄의 환호성이 터져 나왔다. 진용이도 바짝 정신이 들었다.

마법이 효과를 보인다. 그동안 열심히 익힌 공격 마법은 아무짝에도 쓸모가 없는데, 공격 마법을 익히느라 소홀히 했던 상용 마법이 절체절명의 순간에 도움이 되는 것이다.

잘하면 살 수 있을 것도 같다.

아니, 살 수 있다! 무조건 살아야만 한다!

진용은 폭풍우와 자신의 몸을 사정없이 내동댕이치는 파도 속에서 눈을 부릅떴다.

'세르탄! 방법을 생각해 봐!'

하나보다는 둘이 낫다. 진용은 세르탄을 닦달했다.

'플라이 마법을 쓰면…….'

'멍청아! 백 장도 못 날아가는 마법이 무슨 소용이야! 그건 힘만 빠져! 다시 생각해 봐!'

'운디네를 부르면…….'

'여기에 정령이 어디 있어, 바보야!'

멍청이? 바보?

생각 같아서는 입을 다물고 싶은 세르탄이었다. 그러나 살기(?) 위해선 참아야만 했다. 그리고 뒷머리에서 열이 솟도록 머리를 굴려야 했다.

한데 그때다. 번쩍 머리를 스치는 생각.

'시르! 어쩌면……'

세르탄은 말을 하다 말고 입을 다물었다. 그러자 파도에 휩쓸리며 서너 번 몸이 뒤집어진 진용이 빽 소리쳤다.

'어쩌면 뭐!'

또 멍청이라 할까 봐 말을 꺼내기가 망설여진다. 하지만 방법이 없다.

진용의 내공이 고갈되면 부양 마법을 펼치지 못할 것이고, 그러면 끝장이다. 그나마 진기가 남아 있을 때 할 수 있는 방법은 모두 써봐야 하지 않겠는가.

세르탄은 욕먹을 각오를 하고 입을 열었다. 아마 눈이 있다면 눈을 감고 말했을 것이다.

'저기…… 속는 셈치고 정령을 한 번 소환해 봐.'

아니나 다를까, 진용이 버럭 화를 냈다.

'마법을 펼치느라 기운 빠져 죽겠는데 장난하는 거야?'

'그게 아니고…… 아까 차원의 벽이 벌어진 것 같았거든. 혹시 모르니까……. 전에 마법사 제나도 실프를 부렸던 것 같은데……'

'차원의 벽? 제나?'

그러고 보니 조금 전 세르탄이 떨리는 목소리로 말했었다. 차원의 벽이 열렸다고. 정말 알고 그런 것인지는 모르지만.

'좋아! 한번 해보자. 그런데 세르탄, 여기서 살아나면 다른 능력 가르쳐 줄 거지?'

목숨이 간당간당한 판에 끝까지 엉뚱한 생각만 하는 진용에게 세르탄이 질린 목소리로 말했다.

'살면 한 가지 가르쳐 주지.'

'두 가지!'

'지독한…… 알았어.'

아마 불안감을 떨치기 위해서 저러는 것 같다. 진용의 머릿속에 들어 있는 세르탄만은 그 감정을 느낄 수 있었다. 하지만 아무리 그래도 두 가지는 조금 아까운 기분이 들었다.

세르탄의 그런 마음을 모를 진용이 아니었다. 어디 한두 번인가?

그래도 모른 척하고 물었다.

'물의 정령이 좋을까, 바람의 정령이 좋을까?'

'시르는 바람과 친화력이 있는 것 같아. 하지만 지금은 바람보다 물이 우선이야.'

'좋아! 그럼 일단 물의 정령이 먼저다!'

세르탄에게 약속을 얻어낸 진용은 물 위에 떠 있던 몸이 파도의 정점에 이른 순간, 절박한 심정으로 혼신을 다해 기를 모았다. 그리고 폭풍우가 사정없이 온몸을 강타하는 것에 아랑곳하지 않고 내공에 혼을 담아 소리쳤다.

"하늘과 땅, 대자연의 물을 관장하는 정령이여! 나 고진용이 그대와 영혼의 계약을 맺길 원하노라!"

순간 파도가 크게 출렁였다.

하지만 파도에 떠밀려가던 진용이 다시 파도의 계곡으로 떨어질 때까지도 물의 정령은 나타나지 않았다.

실망이 파도보다 더 크게 밀려온다. 공연히 세르탄에게 화가 날 정도다. 한데 그때다. 세르탄이 중얼거렸다.

'이계의 말로 해야 하는 것 아냐?'

아차! 그러고 보니 이계의 정령은 중원의 언어를 못 알아들을지 모른다. 진용은 다시 이계의 언어로 소리쳤다.

그래도 소용이 없었다.

행여나 하고 조금 더 기다려 봤지만, 파도만 한 번 더 크게 출렁였을 뿐이다.

아무래도 공연한 짓거리를 하는 것 같다. 정령 소환술을 시전하면 계약을 맺든 맺지 않든 정령이 반응을 한다고 했는데 이건 완전히 감감무소식이다.

진용이 실망한 채 파도에 몸을 맡기고 주위에 배의 파편이라도 있나 둘러보자 세르탄이 진용을 재촉했다.

'실프를 불러봐.'

진용이 힘없이 답했다.

'물의 정령이 없는데 바람의 정령이 있겠냐?'

'그래도 불러봐. 해보기로 했잖아. 다른 방법도 없는데……'

'하긴……'

다른 방법이 없는데 어쩌랴.

진용은 마지막이라는 심정으로 하늘을 올려다봤다. 바람은 여전하지만 엄청난 비를 쏟아 붓던 먹구름은 많이 누그러져 있었다.

공연히 하늘이 원망스럽다. 아버지를 찾아 떠나는 길을 하늘이 막을 줄 누가 알았으랴.

수십 년 만에 찾아온다는 마풍이 왜 하필이면 오늘 분단 말인가!

천궁도를 떠나는 오늘 말이다!

진용은 눈을 감은 채 거센 바람을 온몸으로 느끼며 하늘아 무너져라 혼신을 다해 소리쳤다. 당연히 이계의 언어로.

"하늘과 땅, 대자연의 바람을 관장하는 정령이여! 나 고진 용이 그대와 영혼의 계약을 맺기를 원하노라!"

그때였다.

휘이이잉!!

덮쳐들던 파도가 옆으로 휘어질 정도의 거센 바람이 불어왔다.

파도의 정점에 올라 있던 진용의 몸이 붕 허공으로 떠올라 날아갈 정도다.

진정 바람의 정령이란 말인가!

하지만…….

풍덩!

기대와 달리 진용의 몸은 건너편 파도에 처박혀 버렸다. 그제야 진용은 그 바람이 결코 바람의 정령과는 아무런 상관 없는, 단순한 돌풍이었을 뿐이라는 것을 깨달았다.

정녕 이 세상에 정령은 없는 것인가?!

없다면 새로운 방법을 찾아봐야 한다.

그래도 부양 마법 덕분에 진용의 몸은 빠르게 물 위로 떠올랐다. 그나마 부양 마법이 있기에 견디고 있다는 생각이 들자, 차라리 상용 마법을 좀 더 파고들 걸 그랬다는 후회가 들었다.

하지만 이제 와서 후회하면 뭐 할까. 진용은 떠오르자마자 파도의 흐름에 몸을 맡긴 채 몸 상태를 점검해 봤다. 두 번에 걸친 정령 소환술 때문인지 힘이 많이 빠진 것 같다. 결국 정령 소환술은 실패하고 힘만 빠진 셈이다.

진용은 세르탄을 향해 잔소리를 퍼부었다.

'뭐? 정령? 괜히 힘만 낭비했잖아!'

'이상하다…….'

'뭐가?'

'분명 뭐가 나타났던 것 같은데…….'

'나타나긴 뭐가 나타나? 앞으로 그런 멍청한 의견을 말하

려거든 입 다물어!'

　진용은 빽, 소리치고는 파도 위에서 벌렁 몸을 눕혔다. 아무래도 고개를 들고 파도를 타는 것보다는 누워서 파도를 타는 것이 힘이 덜 들기 때문이었다.

　한데 그때였다.

　"헉!"

　몸을 뒤집은 진용의 입이 자신도 모르게 쩍 벌어졌다. 짠물이 입으로 들어오는 것도 못 느낄 정도로 놀란 채.

　"뭐, 뭐야?! 쿨럭!'

　파도를 날려보낼 정도의 거센 바람이 불어오는 허공. 그곳에서 커다란 두 눈이 자신을 빤히 내려다보고 있다, 연녹색 보석처럼 빛나는 여인의 두 눈이.

　─여긴 어디죠? 그대가…… 나와 계약을 하자고 했나요?

　힘없는 목소리. 기운이 다해 쓰러지기 직전 마지막으로 내뱉는 듯 나른한 목소리였다.

　"누, 누구요? 설마 당신이?'

　─아아아…… 시간이 없어요. 차원의 벽을 빠져나오느라 기운이 다 빠졌어요. 당신이 계약을 하고자 하는 당사자가 맞나요?

　당연하지! 이렇게 거센 파도가 몰아치는 바다에 자신 말고 누가 있다고!

　진용은 왠지 불안한 기분이 들었다. 그래도 어쩌랴, 계약을 하고자 불렀으니 계약을 해야지.

"나와 계약을 맺겠습니까?"

―그래요. 당신의 마나는 생긴 것에 비해 충만하군요. 충분히 저와 계약을 맺을 수 있는 자격이 있어요.

생긴 것? 생긴 것이 무슨 상관인데? 내가 어디가 어때서!

불안감이 조금 더 커진다. 하지만 일단 마음을 먹은 터다.

"그럼 나 고진용은 바람의 정령인 그대와 영혼의 계약을 맺었음을 하늘과 땅의 신에게 맹세하겠소."

―나 실피나, 그대와 계약을 맺었음을 인정하겠어요. 그건 그렇고…… 일단 좀 쉬고 싶군요. 아! 피곤해…….

"이, 이봐요……."

―대체 여긴 어디야? 괜히 차원이 벌어지는 것 구경 나왔다 이게 뭔 꼴이람……. 그런데 애는 어디 간 거야. 분명히 나보다 먼저 빨려들었는데……?

허공에 떠 있던 여인의 모습이 흐릿하니 사라져 간다. 진용은 손을 내밀다 말고 멍하니 사라지고 있는 실피나를 바라보았다.

자신이 바람의 정령을 부른 이유는 코앞에 닥친 절체절명의 위기를 벗어나기 위해서다. 어떻게든 이 광란의 바다를 벗어나야 살 수 있을 테니까.

그런데 뭐? 피곤하다고? 괜히 왔어?

망할!

'세르탄, 원래 정령이 다 저러냐?'

'나도 몰라.'

'몰라?'

'나도 정령을 직접 보는 것은 처음이거든. 근데 어째 덜떨어진 정령 같다, 시르.'

진용은 기가 막혀 이를 부드득 갈았다.

'하나만 해도 골치 아픈데, 또…… 냐?'

그런 진용의 몸 위로 커다란 파도 하나가 덮쳐 왔다.

언뜻 덮쳐 오는 파도 속에 시커멓고 네모난 뭔가가 섞여 있는 것이 보인다. 가운데 희미한 용 그림이 그려져 있다.

순간적으로 진용의 눈이 반짝였다. 그것은 자신이 배의 선실에서 떼어낸 문짝이었다.

4

"더 세게 밀어!"

휘이잉!

바람이 진용의 등을 거세게 밀어붙인다. 그러면 진용이 타고 있는 선실의 문짝이 빠르게 앞으로 나아갔다.

진용은 스스로가 돛이 되었다.

실피나는 피곤하다며 사라진 지 만 하루가 지나서야 자신의 부름에 부스스한 모습으로 나타났다. 진용은 차마 대놓고 화는 내지 못하고 빽 소리쳤다.

"내 등을 밀어봐!"

처음에는 너무 세게 미는 바람에 날려가서 물속에 처박히고 말았다.

다시 문짝 위로 올라온 진용은 손가락을 문짝에 박아 넣고서, 허공에서 자기가 뭘 잘못했는지도 모르고 화사한 웃음을 짓고 있는 실피나를 한참 꼬나본 후 말했다.

"너무 세게 밀지 말고 물 위를 잘 미끄러지도록 밀란 말이야!"

—해보지 뭐…….

서너 번의 시행착오를 겪고 난 다음부터는 제법 속도를 내기 시작했다. 희망이 보였다.

선실의 문짝 위에서 하루를 꼬박 지낸 것을 생각하니 존댓말도 하기 싫었다. 실피나도 어영부영하는 것 같고. 그래서 진용은 명령을 내릴 때마다 반말로 했다.

실피나는 말투야 아무 상관 없다는 듯 신경도 쓰지 않았다.

대신, 자신도 반말을 했다.

—이곳의 대기는 내가 살던 곳과 너무나 달라. 주인아, 좀 쉬었다 하면 안 될까? 너무 피곤해.

한데 조금 밀더니 한다는 소리가 피곤하단다.

진용은 부글거리는 심정을 그대로 세르탄에게 퍼부었다.

'세르탄! 다시는! 다시는 정령이 어쩌고저쩌고 하지 마! 알

겠어?'

'어.'

'어디서 저런 이상한 정령이 나와 가지고 힘만 빼는 거야? 세르탄, 혹시 정령이라는 것이 다 저런 거 아냐? 하긴 네가 알면 뭘 안다고……'

'아닌데……'

그렇게 또 이틀이 지났다.

아직 육지는 보일 생각을 않고 있다. 도대체 얼마나 더 가야 육지가 나올지……. 제대로 가고는 있는 것인지…….

태양이 중천에 떠오를 때쯤, 진용에게 하도 구박을 당해서 입이 닫혀 버린 세르탄이 오랜만에 입을 열었다.

'시르, 실피나를 시켜서 주위를 둘러보라고 해.'

실피나에게 계속 밀어대라는 주문만 하고 있던 진용의 눈썹이 꿈틀거렸다.

'실피나가 그런 것도 알아볼 수 있어?'

'어.'

'그럼 왜 여태 그런 말을 하지 않았지? 설마 내가 고생하는 것을 즐기고 있었던 것 아냐?'

'아냐! 그동안에는 거리가 너무 멀어서 그랬을 뿐이야. 하지만 이제는 얼마 남지 않은 것 같으니 실피나가 찾을 수 있을 것도 같거든.'

빠르게 말하는 것이 조금 이상해 보였다. 하지만 그 말도 그리 틀린 바가 없었기에 진용은 그냥 수긍하기로 했다.

"실피나, 주위에 육지가 있나 찾아볼 수 있어?"

등을 밀던 실피나가 허공으로 떠올랐다. 푸르스름한 얼굴색만 아니라면 더없이 아름다운 여인의 모습이었다. 그녀가 옥구슬 굴러가는 목소리로 말했다.

―귀찮은데…….

진용이 벌게진 얼굴로 다시 소리쳤다.

"일단 찾아봐!"

―알았어, 성질은……. 아아…… 어째 주인을 잘못 만난 것 같아.

진용은 투덜거리는 실피나를 향해 눈을 부릅떴다.

"나도 마찬가지 심정이야, 실.피.나! 빨리 찾아보기나 해!"

실피나가 푸르스름한 옷자락을 휘날리며 사라졌다. 미처 진용의 말이 끝나기도 전이었다. 한데 진용이 고개를 내두르며 끝없이 펼쳐진 수평선을 바라볼 때였다.

'어? 시르, 저거 뭐지?'

진용은 세르탄의 목소리가 들림과 동시에 벌떡 일어섰다. 그도 본 것이다.

수평선의 끄트머리. 점 하나! 배인 듯했다.

"실피나!"

휘리리릭.

허공에 푸르스름한 기운이 뭉치더니 실피나의 모습이 나타났다.

―바빠 죽겠는데 왜 또 부르는 거야?

진용이 손으로 점을 가리켰다.

"명령을 바꾼다. 저게 밴지 가서 확인해 봐. 설마 배가 뭔지 모르지는 않겠지?"

―오호호호! 물론이지! 내가 뭐 멍청이 마족인 줄 알아?

실피나가 떠나자 세르탄이 고래고래 소리쳤다.

'저런 게으름뱅이 정령 따위가 감히 마족을 능멸하다니!'

'완전히 틀린 말도 아닌 것 같은데?'

'시, 시르!'

'아아, 없는 데서는 황제에게도 욕할 수 있는 거야. 참아, 참으라구. 설마 실피나가 마계의 대전사 세르탄이 여기에 있는 줄 알고 그랬겠어?'

더 시끄러워질까 봐 진용은 재빨리 세르탄을 달랬다.

그랬다. 아직까지 실피나는 마계의 대전사 세르탄이 진용의 머릿속에 있는 것을 모르고 있었다. 과연 그 사실을 알면 어떤 반응을 보일지…….

그러나 어쨌든 그것은 나중에 벌어질 일, 진용은 그보다 지금 당장 세르탄이 중얼거리고 있는 말에 더 관심이 갔다.

'하긴 정령왕도 아니고 저런 덜떨어진 중급 정령을 상대해 봐야 내 체면만 구기지. 가만? 중급 정령이 말을 할 줄 알던가? 거 이상하네……?

'중급 정령이라고? 중급 정령은 말을 잘 못하나 보지?'

'응. 적어도 영적으로 연결된 상급 정령 정도는 되어야 말을 할 수 있다고 들었거든. 좌우간 좀 이상한 정령인 것만은 분명해.'

'하긴 내가 봐도…… 세르탄이나 실피나나…….'

'응? 뭐?'

'콩이나 팥이나 깍지 속에서 나오는 건 마찬가지라고.'

'글쎄, 그게 무슨 뜻이냐니까?'

세르탄이 진용의 중얼거림을 제대로 알아듣지 못하고 집요하게 파고들 때다. 때마침 실피나가 옷자락을 휘날리며 돌아왔다.

─주인아! 배가 맞아. 인간들이 타고 있다! 근데 싸우고 있어!

"뭐? 몇 척이나 되는데?"

─둘.

"그래? 그럼 밀어!"

5

실피나의 말대로 배는 두 척이었다.

출렁이는 물결을 헤치고 좀 더 가까이 다가가자 두 척의 배

이름이 보였다.

노란 깃발을 매단 배는 비룡호, 붉은 깃발을 매단 배는 해웅호라 쓰여 있었다. 두 척의 배는 수십 개의 갈고리로 연결이 되어 있었다.

'비룡호? 가운데 룡(龍) 자가 들어가는 배는 대부분이 해룡선단의 배라고 신털보가 그랬는데.'

일단 실피나는 들어가 쉬라고 하고 더 가까이 가보았다.

고함 소리와 병기 부딪치는 소리가 갈매기 울음소리와 어울려 묘한 화음을 일으키며 들린다.

"으악!"

"죽어라, 이놈들!"

"개새끼들! 에라이! 같이 죽자!"

보고 있는 사이 배 위에서 서로 엉킨 두 명의 선부가 떨어져 내렸다. 파란 바다 한가운데서 사람의 비명 소리를 듣자 묘한 기분이 들었다.

망망대해에서 사람들을 본다는 것만 해도 눈물이 나올 것처럼 반가운 반면, 천궁도를 떠나자마자 폭풍을 만난 것도 모자라 이제는 싸우고 있는 자들을 찾아가야 한다는 것이 어이가 없을 지경이었다.

그래도 어쩌랴. 이대로 떠다닐 수는 없지 않은가 말이다.

"좋아! 일단 가보자구!"

한창 싸움이 벌어지고 있는 비룡호의 옆으로 가까이 다가
갔을 때다. 진용의 눈에 바다 위를 오락가락하는 매끈한 물체
가 보였다. 물고기의 지느러미 같기도 한 그것은 십여 개가
넘는 듯했다.

　물속을 바라보았다. 시커먼 그림자가 유영을 하고 있었다.
　'뭐지? 엄청나게 큰 물고기 같은데…….'

　그때 진용의 의문을 풀어주려는 듯 배 위에서 고함과 함께
허리에 동강 난 칼이 박힌 선부 하나가 비명을 지르며 떨어져
내렸다.

　풍덩!

　바닷물이 솟구치며 사방으로 비산했다. 순간!

　촤악!

　갑자기 물속에서 시커먼 물고기가 입을 벌리고 선부를 향
해 솟구쳤다. 햇빛에 반사된 물고기의 이빨은 잘 갈린 도검과
도 같았다.

　선부의 허리를 순식간에 낚아챈 물고기가 다시 물속으로
몸체를 처박자, 그제야 진용은 천궁도의 사람들이 말하던 바
다의 무법자가 생각났다.

　'맞아! 상어다!'

　상어의 이빨에 걸린 선부의 몸은 단 한 번에 반쯤 잘려 버
렸다. 상어가 머리를 한 번씩 흔들 때마다 뿜어진 핏물이 파
란 바닷물을 시뻘겋게 물들였다.

또 다른 상어가 선부의 머리를 물고 곤두박질쳤다. 순식간이었다. 눈 깜짝할 사이에 선부의 몸체가 사라져 버린 것이다.

진용은 자신의 주위를 도는 지느러미를 바라보며 몸서리를 쳤다. 만일 자신이 바다에 떠 있었을 때 저 상어들이 달려들었다면 어떻게 되었을까? 영문도 모르고 상어에게 물렸다면?

자신의 신체는 칼날에도 손상을 입지 않을 정도니 상처는 나지 않았을 테지만, 그래도 상어의 이빨에 씹힌다면…….

진용의 몸이 부르르 떨렸다. 상어에게 으드득 씹힌다는 가정을 하자 당장 지금 있는 곳을 떠나고 싶었다.

때마침 상어 한 마리가 진용이 타고 있는 문짝을 배회했다.

진용이 잔뜩 긴장한 채 상어를 노려볼 때였다.

촤아악! 우지직!

상어가 하얀 이빨을 드러내고는 문짝의 한쪽 귀퉁이를 씹어 뜯었다. 그러자 톱에 잘린 듯 한 자가량의 나무판이 잘려 나갔다.

등줄기가 오싹한 광경!

마침내 놈들이 공격하는 것인가?

그런 한편으론 마음 한구석에선 거꾸로 오기가 솟는다.

감히 자신이 타고 있는 문짝을 썩은 이빨로 물어뜯다니!

그때다. 자신을 얻었는지 상어 한 마리가 다시 달려든다.

조금 전에 달려든 놈인지 아닌지는 알 수 없다. 분명한 것은 놈도 상어라는 것.

　촤아악!

　튀어 오른 상어가 입을 쩍 벌리더니 조금 전에 씹은 곳을 다시 물었다. 순간!

　진용은 발을 뻗어 상어의 주둥이를 냅다 후려갈겼다. 공력이 잔뜩 실린 일퇴였다.

　퍼억! 갑작스런 충격에 상어가 풀쩍 뛰어오른다.

　첨벙! 요란한 물소리와 함께 나가떨어진 상어가 허연 배를 내밀었다.

　"뭐야? 별거 아니잖아?"

　'이빨만 그럴싸한 놈이네.'

　세르탄의 말대로 이빨만 아니면 그다지 두려울 것이 없을 것 같았다.

　그때 주위에 빠른 물살이 일더니, 두 마리의 상어가 배를 뒤집은 자신의 동료를 향해 달려드는 것이 보였다. 조금도 망설임없는 공격이었다. 저들에겐 동료도 뭣도 없었다.

　그 모습을 보고 세르탄이 빈정거렸다.

　'독한 놈들이네. 하긴 인간들 중에는 저보다 더 독한 놈들도 많은 것 같던데…….'

　진용이 한마디 했다.

　'마족은 더 많은걸?'

틀린 말은 아닌지 세르탄이 입을 다물었다.

그런데 놈들 중 한 마리가 동료를 잡아먹은 것으로도 모자랐는지 진용에게로 곧장 달려들었다, 입을 쩍 벌리고 톱날 같이 하얀 이빨을 드러낸 채.

하지만 이제는 상어의 기세에 주눅 들 진용이 아니었다.

진용은 놈이 코앞까지 다가오기를 기다렸다가 놈이 입을 떡 벌리자 콧등을 주먹으로 강하게 후려쳤다.

뻑! 일격에 놈의 눈이 몽롱하게 풀렸다. 비스듬히 기울어지는 머리에서 하얀 빛이 뻔쩍인다. 상어의 이빨이었다.

진용은 고개가 기울어진 상어의 하얗게 빛나는 이빨을 양손으로 잡고서 힘껏 뜯어버렸다.

우두둑! 꽈직!

어찌나 세게 잡아 뜯었는지 턱뼈 부러지는 소리마저 들렸다.

이빨 뜯기고 눈이 몽롱하니 풀린 상어는 더 이상 바다의 무법자가 아니었다. 그저 자기 동료들의 식사 거리일 뿐. 눈 깜짝할 새에 서너 마리의 상어가 놈을 끌고 바다 속으로 들어가버렸다.

"별것도 아닌 놈들이 어디서 이빨을 들이대!"

상어 두 마리를 가볍게 처리하고 나니 마음이 조금은 느긋해졌다.

진용은 손 안에 든 상어의 이빨을 바라보고는 피식 웃음을 지었다.

"기념으로 가져가야겠군."

진용은 상어의 이빨을 품속에 집어넣고서 고개를 들어 두 척의 배를 바라보았다. 어느덧 배가 코앞이었다.

배 위에서는 아직도 싸움이 한창이었다. 오히려 갈수록 비명 소리가 더욱 잦아지고 있었다.

'어디, 이제 올라가 볼까?'

가볍게 문짝을 차고 오른 진용은 선체에 손가락을 박고 매달렸다. 일단 상황을 살펴보기 위함이었다.

귀를 기울일 필요도 없이 고함 소리, 병기 부딪치는 소리, 비명 소리, 온갖 소리가 실감나게 들려왔다. 싸움이 절정으로 치닫고 있는 듯 느껴졌다.

'이거 올라갈 수도 없고, 조금 더 기다려 봐?'

아래를 내려다보니 자신이 의지했던 선실 문짝이 해류를 따라 떠내려가고 있었다.

그리고 배의 주위를 배회하며 먹이가 떨어지기만을 기다리고 있는 상어들도 보였다. 십여 마리나 됐다.

한주먹 거리도 안 되는 놈들 같은데도 놈들의 자그마한 눈과 마주치면 오싹한 기분이 들었다.

진용은 잠시 아래를 내려다보다가 슬며시 몸을 끌어 올려 선상을 살펴보았다. 순간 진용의 눈이 홉떠졌다.

'헛!'

바로 앞에서 시뻘건 혈안이 자신을 노려보고 있었다. 이미 죽어 있는 자의 눈이었다.

후다닥 고개를 돌려 다른 곳을 바라보았다.

수십 명이 뒤엉킨 채 난전(亂戰)이 벌어지고 있었는데, 바닥에는 이미 십수 명이 쓰러져 있었다. 쓰러진 자들은 움직이지 않는 것이 대부분 목숨이 끊어진 듯했다.

어찌나 싸움이 험악한지 제대로 죽은 자가 없었다.

사지 중 하나가 잘린 자는 부지기수였다. 배가 터져 창자가 흘러나와 죽은 자도 있었다.

그뿐이 아니다. 보고 있는 중에도 도끼가 박힌 머리에선 뇌수가 흘러나온다. 목이 반쯤 잘려 대롱거린다.

그들에게서 흘러나온 핏물이 흔들리는 배를 따라 이리저리 쏠리고 있다.

생지옥이 눈앞에 펼쳐져 있다.

눈뜨고 볼 수 없는 참혹한 광경!

진용의 눈가가 가늘게 떨렸다. 구역질이 날 것만 같았다. 이가 저절로 악 다물렸다.

'지독하군! 강호라는 곳도 저럴까?

그럴지도 몰랐다. 어쩌면 지금 보고 있는 참혹함이 강호의 한 단면일지도…… 강호에 혈풍이 불면 수백, 수천의 목숨이 이슬처럼 사라진다 하지 않던가 말이다.

'후! 지옥이 따로 없군. 사람 사는 곳이 지옥이라더니……'

진용은 흔들리는 마음을 가라앉혔다.

언젠가는 자신도 뛰어들어야 하는 곳이 강호가 아니던가. 이 정도에 흔들려서 무엇을 하겠다고…….

잠시간의 시간이 지나자 격동하던 마음이 조금씩 가라앉았다. 생각보다는 빠른 반응이었다. 게다가 피가 역겹기는 해도 두렵지는 않았다.

건곤흡정진혼결이라는 마공을 익혔기 때문일까?

어쨌든 진용은 마음이 가라앉자 싸우는 자들의 실력을 가늠해 봤다.

싸우고 있는 자들 중에는 제법 고수라 부를 수 있는 자도 있었지만, 대부분이 삼류무인에 불과한 자들이었다.

진용이 고수라 판단한 자들은 선실 입구에서 격렬한 공방을 벌이고 있었다.

그들의 주위로는 누구도 다가가지 않고 있었다. 날벼락을 맞고 싶지 않기 때문일 것이다, 칼에는 눈이 없으니까.

휙! 탁!

누가 날린 것인지는 몰라도 한 자루 작살이 날아와 진용이 있는 앞쪽의 선벽에 꽂혔다.

그때 제법 강한 기운이 부딪치는 소리가 울림과 동시, 갈색 무복을 입은 한 사람이 진용이 있는 쪽으로 비칠거리며 물러섰다.

그는 상대가 거세게 몰아붙이자 거친 숨을 몰아쉬며 욕을 퍼부었다.

"이 해적 같은 놈들! 네놈들이 감히 우리 해룡선단을 건드리다니! 두고 봐라, 이놈들! 본단에서 절대 가만두지 않을 것이다!"

"흥! 곧 뒈질 놈이 말이 많구나!"

갈의인의 상대는 청의를 입은 자였다. 그는 역팔자로 치켜 올라간 눈을 희번덕거리며 갈의인을 향해 피 묻은 귀두도를 휘둘렀다.

단숨에 갈의인의 목을 잘라 버릴 것 같은 칼바람이 그의 귀두도에서 일었다. 도첨에서는 핏방울이 흩날리고 있었다.

갈의인도 만만치 않았다. 그는 면이 넓은 장검을 들어 삼검을 내치며 청의인의 도격을 무산시키고는 재빨리 몸을 뒤틀어 한 바퀴를 굴렀다.

순식간에 두 사람의 위치가 바뀌었다. 이제는 청의인의 등이 진용의 눈앞에 놓였다.

갈의인은 자신을 천궁도에서 빼낸 해룡선단의 사람.

청의인은 그의 말에 의하면 해적이나 다름없는 자.

쓰윽!

진용은 손을 뻗어 청의인의 등을 검지로 찍고는 옷자락을 움켜쥐었다.

청의인은 벼락이라도 맞은 것처럼 몸을 부르르 떨고는 대경한 목소리로 외쳤다.

"웬 놈이야?!"

진용은 아무런 대꾸도 하지 않고 청의인의 옷자락을 잡자마자 왹 잡아당겼다. 미처 반발할 틈도 없이 청의인의 몸이 바다를 향해 날았다.

순간, 허공에 붕 뜬 청의인이 바다를 보더니 비명을 질렀다.

"아, 안 돼!"

입을 쩍 벌린 상어 떼가 그를 기다리고 있었다.

불쌍한 마음이 없는 것은 아니었다. 하지만 청의인의 귀두도에 묻은 시뻘건 선혈만 봐도 그의 손에 몇 사람은 죽었을 터. 인과응보였다.

청의인을 바다에 던져 버린 진용은 바로 갑판으로 올라섰다. 갑자기 싸우던 적이 사라진 것에 어이가 없는지 갈의인이 멍청한 표정으로 진용을 바라보았다. 눈이 마주치자 진용이 어색하게 웃으며 말했다.

"해적은 상어밥으로도 아깝지요."

"누, 누구……?"

"그게 문젠가요? 아직 싸움이 끝나지 않았는데."

"아!"

그제야 갈의인은 자신의 장검을 움켜쥐고 다시 싸움판으로 뛰어들었다. 그러면서도 힐끔 진용을 돌아보는 것은 잊지 않았다.

그가 씩 웃는다. 진용도 씨익 웃어줬다.

진용은 갈의인이 싸움판에 뛰어들자 가만히 서서 주위를 둘러보았다. 솔직히 무엇을 먼저 해야 할지 막막한 기분이었다.

'이거 무작정 뛰어들어서 다 때려잡을 수도 없고……'

자신이 해룡선단을 위해 손을 썼으니, 적이 되는 자들은 자신을 해룡선단과 한패라 생각할 터였다. 문제는, 누가 어느 편인지를 분간할 수가 없다는 것이었다.

그때 누군가가 진용에 의해 청의인이 바다에 빠진 것을 봤는지 진용을 가리키며 소리쳤다.

"저놈이 향주님을 바다에 빠뜨렸다! 저놈을 죽여!"

"모가지를 따버려!"

"작살로 꿰어 매달아!"

그러더니 멀뚱히 서 있는 진용을 향해 각종 병기를 든 자들 대여섯 명이 한꺼번에 달려들었다.

검을 든 자, 도를 든 자, 낫을 든 자, 갈고리를 든 자, 양손에 손도끼를 든 자. 모두가 해왕방의 사람들이었다.

사방에서 적이 달려들자 진용의 입가에 하얀 웃음이 걸렸다.

다행이었다, 스스로 알아서 달려들다니!

일단 달려드는 자들은 다 때려잡을 생각이었다. 그게 누구든!

혹시라도 달려드는 자들 중에 해룡선단의 사람이 있을지도 몰랐다. 하지만 지금 상황에서는 어쩔 수 없었다, 머리가 나쁘면 손발이 고생하는 수밖에.

작정을 한 진용이 움직이기 시작했다.

좌측에서 날아오는 예기를 느끼고 몸을 비틀었다.

공격해 오는 자들의 움직임은 느리기만 했다. 최소한 진용이 느끼기에는 그랬다. 마치 자신이 피할 때까지 기다려 주는 것만 같았다.

자신의 감각이 너무 예민해서 그런 것이었지만, 진용이 느끼기에는 모든 것이 너무 느리게만 느껴졌다.

'너무 느려.'

스쳐 가는 적의 무기의 중동을 잡아채 당기고 주먹을 날렸다.

퍽! 맨 먼저 달려들던 자가 갈고리를 놓치고 일 장 밖으로 나가떨어지더니 눈을 까뒤집었다.

단 한 방이면 족했다.

의외의 상황에 달려들던 자들이 주춤거리자 진용이 먼저 그들 사이로 한 발을 내딛었다. 그리고 마침내, 신수백타가 펼쳐졌다!

검날을 잡아채 부러뜨리고 주먹으로 한 방!

찍어오는 도끼의 자루를 꺾어 도끼의 넓은 면으로 한 방!

목을 베려는 자의 낫을 든 팔목을 부러뜨리고 무릎으로

한 방!

한 바퀴 휘돌며 내지른 발차기에 퍽퍽!

춤사위가 펼쳐지자 순식간에 여섯 명의 적들이 쓰러졌다. 어떤 자는 그 자리서 뒤로 넘어지며 까무러치고, 어떤 자는 앞으로 꼬꾸라진 채 게거품을 물며 바들바들 떨었다.

아무리 공력을 조금밖에 끌어올리지 않았다 하더라도, 신수백타는 삼류무사들이 감당해 낼 수 없는 무공이었다. 손가락으로 부러뜨릴 수 있는 갈대를 도끼로 내려친 거와 같았다.

너무도 허망한 결과에 신수백타를 펼친 진용 자신이 머쓱할 정도였다.

어쨌든 죽지는 않았어도 여섯 명이 숨 두어 번 쉴 시간에 무너져 버렸다.

너무도 갑작스러운 상황. 피를 뒤집어쓴 채 싸우던 자들이 슬금슬금 진용의 곁에서 떨어지려 싸움터를 뒤로 물렸다.

해룡선단의 사람들조차도 아직 진용이 적인지 아군인지 모르고 있는 판이었다.

그런 와중에도 멋모르고 진용에게 달려드는 사람들이 있었다. 대부분이 해왕방의 사람들이었지만, 개중에는 간혹 해룡선단의 사람들도 있었다.

진용은 선교(船橋) 쪽으로 걸어가며 달려드는 자들은 그들이 누구든, 일단 모두 쓰러뜨리고 봤다.

그에겐 적도 아군도 없었다. 그저 달려드는 자가 적일 뿐!

잠깐 사이에 상황이 묘하게 변했다. 진용에게 당한 해왕방 무사들의 숫자가 열 명을 넘어가자 해왕방에 기울었던 싸움이 거꾸로 급격히 해룡선단 쪽으로 기울기 시작했다.

"해왕방 놈들을 모두 죽여!"

"상어밥으로 만들어 버려라!"

"이놈들! 우리에게 저런 고수가 있는 줄 몰랐지!"

졸지에 진용은 해룡선단의 숨겨진 고수가 되었다. 웃을 상황이 아닌데도 웃음이 나왔다.

그러다 더 이상 덤벼드는 자들이 없자 웃음을 지우고 선교 쪽으로 다가갔다.

진용이 다가가는 선교에서는 두 사람이 치열한 격전을 벌이고 있었다. 여기저기 찢어진 남의를 걸친 중년인은 해룡선단의 사람인 듯했고, 눈이 세모꼴로 독사와 같은 눈매를 지닌 초로인은 해웅호라는 배를 타고 온 자 같았다.

무엇 때문인지 해룡선단의 사람으로 보이는 중년인은 선교의 선실 문 앞에서 떠나려 하지 않고 있었다. 그가 본격적으로 힘을 쓴다면 조금 더 나은 상황이 될 수 있을 것 같은데도.

차창! 떠덩!

그때 남의중년인과 독사 눈매의 초로인이 강맹한 일격을 나누고 뒤로 물러섰다.

힐끔 독사 눈매의 초로인이 진용을 흘겨보았다.

다된 밥에 재를 뿌린 자였다. 해룡선단의 이인자를 잡을 절호의 기회였거늘. 저 새파랗게 젊은 놈, 단 한 놈에 의해 모든 게 틀어졌다. 믿을 수 없게도 저 한 놈에게 향주인 복소양이 당하고, 십여 명의 수하가 한순간에 당했다. 그리고 상황이 역전되었다.

'제기랄! 도대체 저런 괴물 같은 놈이 어디서 나와서는!'

중년인도 곤혹스런 마음은 마찬가지였다. 그러나 한 가지만은 분명했다. 밀리던 상황이 한순간에 뒤집어졌다.

중년인은 이를 악물고 검을 고쳐 쥐었다.

기회가 왔다! 이제 끝장을 내야 할 때다!

한데 그때였다.

"초정명! 다음에 보자!"

독사 눈매의 초로인이 한 소리 외치고는 잽싸게 뒤로 물러나더니, 신형을 날려 건너편의 배로 넘어갔다.

진용은 굳이 움직이지 않았다. 중년인이 움직이지 않는데, 자신이 먼저 움직여 아무런 위협도 되지 않는 적을 치겠다고 설칠 이유가 없었다.

독사 눈매의 초로인이 해웅호로 넘어가자, 살아남은 해왕방의 무사들도 부리나케 그의 뒤를 따라 해웅호로 넘어갔다.

비룡호의 무사들 몇몇이 그들을 쫓긴 했지만, 그렇다고 해웅호까지 넘어가지는 않았다.

순식간에 갈고리가 걸혀졌다. 거센 해류가 빠르게 두 배의

간격을 벌렸다. 무사들이 거친 숨을 몰아쉬는 사이 배의 간격
은 오 장까지 벌어졌다.

초정명이 건너편을 향해 외쳤다.

"언제고! 이 빚을 꼭 갚을 것이다, 소가야!"

건너편에서 독사 눈매의 초로인 소정봉이 코웃음을 쳤다.

"흥! 그러기 전에 해룡선단이 먼저 사라질 게다! 어리석은
놈!"

초정명은 아무런 대꾸도 하지 않고 소정봉을 잡아죽일 듯
이 노려봤다. 그러다 이를 부드득 갈고는 천천히 주위를 훑어
보았다. 갑판이고 어디고 온통 시신에서 흘러나온 피로 뒤덮
여 있었다.

"적의 시신은 바다에 던지고, 본단 형제들의 시신은 한쪽
으로 모아라. 그리고 적들 중 살아 있는 놈들은 모두 묶어 선
창에 처넣어라!"

"예, 선장님!"

명이 떨어지자 살아남은 무사와 선부들이 빠르게 움직였
다.

싸움은 끝났다. 그러나 그 피해가 너무나 컸다. 동료들 중
죽은 자가 열이 넘었다. 부상자는 굳이 셀 것도 없었다. 오히
려 부상을 당하지 않은 사람을 세는 것이 빨랐다.

모두가 말을 잊은 채 시신들을 정리하고 진용에게 당해 쓰
러진 자들을 묶어 선창에 집어넣었다. 시신과 포로들이 정리

되자 서너 명이 두레박으로 바닷물을 퍼 올려 바닥을 씻어냈다. 일사불란하게 움직인 덕에 선상은 빠르게 정리가 되어갔다.

전에도 이런 경험이 있었는지 그들의 표정은 말 그대로 무표정이었다. 그러나 진용은 그들의 무표정이야말로 슬픔의 또 다른 표현임을 알 수 있었다. 동료의 시신을 바라보는 눈빛들이 울고 있었던 것이다.

침묵은 그리 길지 않았다. 어느 정도 선상이 정리되자 초정명이 진용을 바라보았다.

"나는 이 배의 선장인 초정명이라 하네. 그대는 뉘신가?"

바다에서 느닷없이 나타난 사람. 나타남과 동시 절망적인 상황을 바꿔놓은 사람. 낡은 옷을 입고 나이는 스무 살 전후로 보이지만, 지닌바 무공만큼은 자신조차 파악하기 힘든 사람.

궁금하지 않을 수가 없었다.

진용은 대답 대신 저 멀리 떠서 상어들의 노리개로 전락한 선실의 문짝을 가리켰다.

"고진용이라 합니다. 저걸 타고 표류하던 중이었지요."

초정명의 눈에도 상어들이 물어뜯고 있는 선실의 문짝이 보였다.

한데 표류?

그때였다. 삐걱, 선실의 문이 열리며 나직하면서도 영롱한 목소리가 들렸다.

"그분의 말이 맞아요. 그분은 그걸 타고 있었어요, 아버지."

진용의 고개가 천천히 돌아갔다.

한 여인이 거기에 있었다, 창백한 안색으로 신비한 눈을 들어 자신을 바라보고 있는 여인이.

"괜찮으냐?"

"예, 아버지. 한데 많은 분들이 죽어서……."

"하아, 어쩔 수 없는 상황이었으니 어쩌겠느냐. 그런데 네가 그 사실을 어찌 안단 말이냐?"

그녀가 확신처럼 말한 데는 이유가 있었다.

그녀는 절망적인 상황에서 두려움을 누르고 선실의 나무판에 난 틈으로 상황을 살펴보고 있었다, 행여나 도움이 될 것이 있을까 싶어서.

그러던 중 바다에서 초라한 나무판을 타고 배로 다가오고 있던 진용을 봤던 것이다.

"선실 벽의 갈라진 틈으로 저분이 다가오는 것을 봤어요."

그녀는 초정명의 물음에 답하며 신비하도록 맑은 눈을 들어 진용을 바라보았다. 두 사람의 눈이 마주쳤다.

진용은 중년인이 왜 선실의 앞을 벗어나지 못했는지 이해할 수 있었다. 아버지가 딸을 놔두고 어디로 간단 말인가.

한데 이상하다. 뱃사람들은 여자를 배에 잘 태우지 않는다

했는데…….

진용이 뚫어질듯 바라보자 여인의 눈빛이 살짝 흔들렸다. 그녀가 물었다.

"그런데 왜 표류를 하고 있었던 건가요?"

꼬로록.

한심한 생각이 들었다. 하지만 몸이 그리 말하니 어쩌랴. 표류하며 먹은 것이라곤 뇌전으로 구운 물고기 한 마리가 다였으니.

물고기를 굽는 데 뇌전의 능력을 쓴다고 세르탄에게 한 소리까지 듣지 않았던가. '일단 먹고 살아야지!' 라는 한마디로 뭉개 버리기는 했지만.

어쨌든 진용은 순순히 대답했다.

"제가 타고 있던 배가 뒤집히는 바람에……."

초정명이 긴장한 목소리로 물었다.

"배가? 어떤 배였는데 뒤집혔단 말인가?"

진용은 초정명이 왜 긴장하는지 짐작할 수 있었다.

잠시 망설였다. 그가 여인의 능력을 알았다면 망설이지도 않았을 테지만, 모르는 이상은 그러지 않을 수 없었다. 자신이 타고 있던 배는 해룡선단의 배가 아니었던가.

진용이 망설이자 여인이 바다를 바라보며 조용히 입을 열었다.

"공자가 타고 있던 선실의 문짝에는 한 마리 용이 그려져 있어요. 그렇다면 저 문은 신룡호의 선실에 달려 있던 것이 맞을 거예요."

그녀는 입을 쩍 벌리고 있는 진용을 향해 다시 고개를 돌리고는 물었다.

"공자께선 신룡호에 타고 계셨나요? 뒤집힌 배가 신룡호였나요?"

신룡호라면 자신이 찾고 있는 배가 아닌가!

초정명은 딸의 능력을 알기에 일말을 의심도 하지 않고 놀란 눈을 크게 떴다.

"뭐라고? 신룡호가 뒤집혔다고?"

진용도 경악한 눈으로 초연향을 바라보았다.

대체 어떻게 저 문짝에 그려진 용 문양을 알아봤단 말인가? 희미해서 가까이 있어도 잘 보이지 않거늘!

그가 어찌 알까, 신안신녀라 불리우는 그녀의 능력을.

그녀에겐 두 가지 특별한 능력이 있었다. 그중 하나가 눈이 밝다는 것이다. 과장하지 않고, 그녀는 십 리 밖에서 날아가는 새의 부리에 뭐가 물렸는지를 정확히 볼 수 있었다. 그리고 두 번째 능력은 사람의 마음을 헤아리는 눈을 가졌다는 것이다, 진실과 거짓을 가리는 눈.

그녀의 그런 능력을 잘 아는 해룡선단의 사람들은 그녀를 신안신녀라 불렀다. 그리고 뭘 찾을 때마다, 진실을 가려야 할 때마다 그녀를 초빙했다. 그녀가 지금 배에 있는 이유도 그러한 능력이 필요했기 때문이었다.

　사실 딸의 그러한 능력을 누구보다 잘 알면서도, 초정명은 항해를 나서며 그녀를 태우려 하지 않았었다. 딸의 안전이 걱정되었기 때문이다.

　하지만 그녀가 고집을 부렸다. 자신이 꼭 필요할 거라며.

　그런데 지금, 그녀만의 능력이 한 가지 사실을 밝혀낸 것이다.

　신룡호가 뒤집혔다!

　딸의 말을 들은 초정명은 진용을 노려보았다.

　구룡상방의 삼대세력 중 하나인 해룡선단의 배는 모두 오십이 척. 그중 먼바다를 항해할 수 있을 정도의 큰 배는 열두 척 정도였다.

　해룡선단의 이인자인 초정명은 그 열두 척의 대형 상선 중에서도 가장 최근에 건조된 비룡호의 총책임자였다.

　그는 어제 아침 들어온 소식에 의아함을 금할 길이 없었다.

　천궁도에 들어간 두 척의 배가 사라졌다!

　천궁도는 순풍을 타면 이틀 거리다. 오래 걸린다 해도 삼 일이면 된다. 그러니 오고 가는 데 길어야 육 일이면 충분하다. 그런데 칠 일이 지나도록 아무런 소식이 없다고 하지를 않는가.

결국 해룡선단의 단주인 육대호의 명으로 긴급회의가 열렸다. 그리고 그 자리에서 초정명은 자신이 직접 조사단을 이끌겠다고 나섰다. 사라진 두 척의 배를 이끈 책임자가 자신의 절친한 친구였던 것이다.

결정이 나자마자 그는 비룡호와 두 척의 배를 이끌고 나와 순풍을 타고 동쪽으로 달렸다. 그리고 하루가 지나도록 천궁도의 항로를 수색했지만 아무것도 발견하지 못했다.

하는 수 없이 세 척의 배는 흩어져 찾기로 했고, 자신은 더 남쪽으로 내려가 거슬러 올라가는 길을 택했다. 만일의 경우 사고가 났다면 남쪽으로 해류를 타고 흘러내려 갔을 거라는 생각 때문이었다. 그러다 만난 것이, 하필이면 숙적이라 할 수 있는 해왕방의 배였던 것이다.

'저자가 신룡호를 타고 있었다고?!'

의혹이 구름처럼 일었지만 일일이 따져 물을 수도 없었다. 어쨌든 상대는 자신들을 구해주지 않았던가. 게다가 무공 또한 그 깊이를 정확히 알 수도 없다. 공연한 적을 만들 필요는 없는 일. 자세한 것은 나중에 알아볼 기회가 있을 터였다.

그때 진용이 여전히 놀라움이 가득한 눈으로 여인을 바라보다 천천히 입을 열었다.

"맞습니다. 저는 신룡호를 타고 있었지요, 뒤집히기 전까지는."

"선원은…… 아닌 것 같은데……?"

마풍(魔風), 그리고 신안을 지닌 여인 297

물론 아니다. 그렇다고 '나 죄수였소!' 라고 말할 수도 없다. 진용은 일단 둘러댔다.

"임시 선원이었습니다."

초정명이 눈을 빛내며 다시 물었다.

"그런데 이상하군. 최근에 폭풍우도 없었는데 왜 신룡호가 뒤집혔단 말인가?"

진용이 동그래진 눈으로 되물었다.

"무슨 말씀입니까? 며칠 전 엄청난 폭풍우가 몰아쳤는데."

"뭣이? 그게 사실인가?"

눈을 부릅뜬 초정명은 물론이고, 선상을 정리하던 사람들도 모두가 놀란 표정으로 자신을 바라본다.

이상한 일이다. 이들은 아무것도 모르고 있다.

진용은 사람들에게 간단하게 그때 당시의 상황을 설명했다.

"마운이 몰려들고 엄청난 태풍이 불었습니다. 두 척의 배는 순식간에 뒤집혀 버렸고요. 어떻게 할 시간도 없었죠."

"마운?! 그럼 마풍이 불었단 말이야?!"

둘러서 있던 모든 사람이 경악한 표정으로 눈을 크게 떴다.

배가 마풍을 헤치고 빠져나온다는 것은 죽어 지옥에 간 사람이 다시 살아 나온다는 거와 마찬가지로 불가능에 가까웠다. 차라리 해적을 만날지언정 마풍은 만나지 말라는 말이 있을 정도가 아니던가.

초정명이 멍한 표정으로 입을 다물고 있자 여인이 나섰다.

"바다를 표류한 지 족히 사흘은 되었겠군요."

여인의 목소리에 진용의 고개가 절로 돌아갔다.

아름다운 눈이 영롱한 빛을 발하며 바라보고 있었다.

티 하나 없는 순백의 한가운데 깊숙이 자리 잡은 흑옥(黑玉) 같은 눈동자.

'진짜 신비하고도 예쁜 눈이군.'

'예쁘긴! 재수없는 눈이야, 시르……'

'마족이 언제 저런 눈을 보기나 했어?'

'꼭… 선계에 사는 선녀의 눈 같아. 재수없어!'

'…뭐가 어째?

과연 마족다운 이유다.

세르탄의 말에 어이가 없어진 진용은 여인의 눈을 똑바로 바라보며 고개를 끄덕였다.

"예, 그래서 말씀인데…… 먹을 것 좀 부탁합니다."

진용이 너무 빤히 바라봐서인지 언뜻 여인의 얼굴에 희미한 노을이 어린다. 그녀가 노을 진 얼굴로 말했다.

"아버지, 일단 이분에게 먹을 것을 주고 쉬라 하세요. 고마움도 표하지 못했는데, 물어보는 것은 그 다음에 해도 될 것 같으니까요."

그제야 정신을 차린 초정명은 힘없는 목소리로 명을 내렸다.

"이분 공자에게 먹을 것을 가져다주게. 옷도 한 벌 찾아보고."

그리고 진용을 항해 말했다.

"어쨌든 고마웠네. 공자가 아니었다면……. 후… 좀 쉬시게. 내 조금 있다 찾아가겠네. 좀 더 자세한 이야기를 듣고 싶군."

초정명은 온몸에서 기운이 빠져나가는 것만 같았다.

친구가 죽었다. 마풍을 만났다면 기정사실일 것이다. 게다가 수하마저 잃었다.

'친구여……'

누군가가 자신의 손을 잡는다. 부드럽기 그지없는 손. 딸이다. 바라보니 딸의 눈에 이슬이 맺혀 있다.

그는 딸의 손을 부드럽게 쥐고 고개를 끄덕였다.

'그래, 네가 무사한 것으로 위안을 삼으마.'

그는 안개가 잔뜩 낀 눈으로 바다를 바라보며 처연한 미소를 지었다.

'바닷사람이 바다에서 죽는 것은 당연한 일이라고, 그렇게 입에 달고 살더니……. 그래, 잘 가게. 내세에서나 보세.'

간단하게 차려준 음식을 먹고 옷을 갈아입었다.

진용은 그제야 자신이 살았다는 것이 실감났다. 머릿속의 세르탄이 눈앞에 있으면 껴안고 싶을 정도였다.

'시르… 이제 확실히 산 것 같다. 그지?'

자신의 마음을 알았는지 세르탄이 목메인 음성으로 진용을 불렀다. 진용은 와중에도 자신이 약속을 잊지 않고 있음을 분명하게 말했다.

'세르탄, 두 가지야. 잊지 마.'

'지독한……!'

세르탄의 감격에 찬 기분을 싸늘하게 식히는 데 부족함이 없는 말이었다.

이각이 지나지 않아 초정명이 딸과 함께 진용을 찾아왔다.

두 사람은 보다 많은 상황을 알고 싶어했지만, 진용으로선 딱히 할 말이 없었다.

그저 '천궁도를 떠난 다음날 마풍을 만났다. 엄청난 해일에 두 척의 배가 순식간에 뒤집어졌다. 대부분의 사람들이 죽었을 거다'. 그 말만을 할 수 있을 뿐이었다.

초정명도 포기한 듯 한숨을 쉬고 고개를 저었다.

"후, 그래. 고진용이라고 했나? 공자는 이제 어찌할 생각인가?"

"배에서 내리면 꼭 해야 할 일이 있습니다."

반드시 해야 할 일이.

"음, 어쩌면 본단에서 신룡호의 일에 대해 물어볼지 모르네. 협조를 해주었으면 하네만… 해주겠나?"

어느 정도는 짐작했던 일이다. 그나마 자신이 이들을 도와준 데다, 자신의 무공이 강하니 더 이상 심한 추궁을 안 하는 것일 뿐.

진용은 고개를 끄덕였다. 아는 것은 이미 다 말한 상황, 거리낄 이유가 없다. 뒷일은 도착해서 생각하면 된다.

"그렇게 하지요."

진용이 순순히 대답하자 한쪽에 조용히 앉아 있던 초정명의 딸이 물었다.

"저는 초연향이라고 해요. 무공이 대단하신 것 같던데, 어느 문파의 제자 분이신가요?"

'초연향? 이름도 예쁘군.'

"문파라고 할 것까지는 없고, 그냥 할아버지에게서 배웠을 뿐이오."

초연향은 물끄러미 진용을 바라보았다.

잘 해야 스무 살? 옷을 갈아입자 사람이 달라졌다. 거지 중에 상거지 같던 사람이 옷 하나 갈아입고 머리 좀 정리했다고 풍기는 분위기가 저렇게 달라지다니…….

그녀의 눈에 비친 진용은 그녀에게 가벼운 충격을 던져 주고도 남았다.

약간 마른 체격이긴 하지만, 선이 굵어 인상적인 얼굴이다. 특히나 반쯤 감겨 있는 것처럼 보이는 두 눈은 그 깊이를 헤아리기조차 힘들 정도다, 자신의 신안으로도.

그리고… 자꾸만 자신의 감각을 자극하는 정체를 알 수 없는 그 무엇.

'대체 이 공자는 누굴까? 이런 고수가 일개 선원일 리는 없는데. 으음…….'

진용을 계속 바라보면서 초연향의 놀람은 커져만 갔다.

자신의 신안을 정면으로 바라보고도 흔들리지 않는 사람이 있다니……. 그뿐이 아니다. 오히려 신안이라 불리는 자신의 눈이 흔들리지를 않았는가 말이다.

그녀가 자신의 능력을 자각한 이후 처음으로 겪는 일이었다.

그런데 이상하다.

계속 바라보고 있으니 가슴이 쿵쿵 소리를 내며 뛰는 것처럼 느껴진다. 얼굴도 후끈 달아올라 열기가 솟는 것만 같다.

'내가 왜 이러지?'

처음으로 느껴본 이상한 감정에 그녀는 어쩔 줄을 몰랐다.

결국 그녀는 심장 뛰는 소리가 너무 크게 나지 않는지, 얼굴이 빨개지지 않았는지 걱정이 되어서 자리를 일어나야만 했다.

"저, 저는 그만……. 쉬세요. 아버지, 그만 나가요."

"그래, 우리도 그만 가서 쉬자꾸나. 그럼 편히 쉬게나."

"예? 예…….'

두 부녀는 엉거주춤 대답을 하는 진용을 뒤로하고 방을 나갔다. 그제야 진용은 안도의 숨을 내쉬며 가슴을 쓸어내렸다.

"후우, 왜 이렇게 가슴이 뛰지? 들킬까 봐 혼났네."

하지만 진용이 미처 모르는 것이 있었다. 자신의 빨개진 얼굴.

세르탄이 말했다.

'시르, 어디 아퍼? 머리에서 열나는 것 같은데?'

바다를 하루 더 탐색한 비룡호는 결국 아무것도 찾지 못하자 선수를 육지 쪽으로 돌렸다. 그리고 하루, 육지가 보이기 시작했다.

진용은 선창으로 나가 깊이 침잠된 눈으로 바다를 띠처럼 두른 육지를 바라보았다. 육지가 보이자 세르탄이 더 좋아했다.

'시르, 오오! 육지다!'

하지만 진용은 대답을 할 수가 없었다.

마침내 육지다. 아버지가 계신 곳. 아버지의 숨결이 배어 있는 곳이 저 어딘가에 있다.

아버지를 생각하자 전신이 가늘게 떨린다.

살아 계실까? 아니, 살아 계셔야 한다. 살아 계셔야…….

"용아가 가요, 아버지……!"

진용의 입술을 비집고 낮은 으르렁거림이 새어 나왔다.

해안선을 따라 반나절을 더 가자 양쪽에 우뚝 솟은 두 산이 굽어보는 가운데로 넓은 만(灣)이 보였다.

비룡호는 거침없이 만 안쪽으로 들어갔다. 백 리 정도를 더 들어갔을까, 산동 동남쪽 천혜의 항만인 교주만(膠州灣)의 안쪽에 자리 잡은 포구가 옅은 안개 사이로 모습을 드러내기 시작했다.

한때 동쪽의 신라와 고려의 상인들이 제집처럼 드나들었다는, 산동제일의 포구 교주포구였다.

포구에 들어서자 해룡선단의 사람들이 마중 나와 있었다. 아마도 초정명이 미리 보낸 전서구를 받고 궁금함을 이기지 못한 듯하다.

초정명과 초연향을 비롯해 선원들이 진용을 둘러싼 채 배에서 내리자 어깨가 떡 벌어진 홍안의 흑염노인이 십여 명의 사람을 대동한 채 다가왔다.

흑염노인, 그는 해룡선단의 단주로 교수해룡(鮫狩海龍)이라 불리는 육대호였다.

"다녀왔습니다, 숙부."

초정명의 나직한 인사에 육대호는 고개를 끄덕였다. 그리고 아무런 말도 없이 손을 들어 초정명의 어깨를 두드렸다.

"너무 상심 말아라. 너는 최선을 다했다. 그거면 되었다.

아까운 사람들이 죽긴 했다만, 바닷사람이 바다에서 죽는 것은 당연한 일이다. 그리고 양 선장의 일은, 어쩌겠느냐, 마풍이 불었다는데."

"숙부, 저는 그것도 모르고 편한 잠을 잤었지요. 친구가 사경을 헤매던 그 시간에 말입니다. 그것이 가슴 아플 뿐입니다. 게다가 조사를 한답시고 나가서 형제들만 열 명을 넘게 잃었으니⋯⋯."

"후우, 놈들의 발호가 더욱 거세지는 것 같아 큰일이구나. 한데 두 척의 배를 순식간에 삼킬 정도의 마풍이라 했더냐?"

육대호는 한쪽에 조용히 서 있는 진용을 한 번 바라보고는 조용히 물었다.

"향아가 확인했느냐?"

초정명도 고개를 끄덕였다.

"예, 향아도 고 공자가 거짓을 말하는 것 같지는 않다고 했습니다."

"그래?"

그는 천천히 고개를 끄덕이고는 진용을 향해 입을 열었다.

"그대가 도와주었다 하니 해룡선단의 단주로서 정말 고맙게 생각하네. 하나 고마운 것은 고마운 거고, 그대에게 들을 말이 있네. 일단 장원으로 돌아가서 좀 더 이야기를 나눠보고 싶네만."

진용은 무심한 눈으로 육대호를 바라보았다.

제법 강한 자다. 그러나 자신보다 강한 자는 아니다. 그렇다고 쉽게 대할 수 있는 자도 아니다. 노련함이 몸에 배어 있는 자다.

'하긴 저 정도 되니 해룡선단을 이끌고 있는 것이겠지.'

"그렇게 하지요, 선장님과 약속을 했으니."

초연향을 바라보았다. 조마조마한 마음으로 바라보고 있던 그녀가 안도의 숨을 내쉬고 있었다. 그런 그녀의 눈에는 고맙다는 눈빛이 담겨 있었다.

"하지만 거기까집니다, 제가 해줄 수 있는 것은."

'눈 하나만큼은 정말 예쁜 여자야. 그렇지 세르탄?'

'흥! 재수없는 눈이라니까, 시르.'

하긴 선녀의 눈을 닮아서 재수없다고 말하는 마족에게 뭔 말을 기대할까.

아마 너한텐 시뻘건 눈이 어울릴 거야.

第七章

동행(同行)

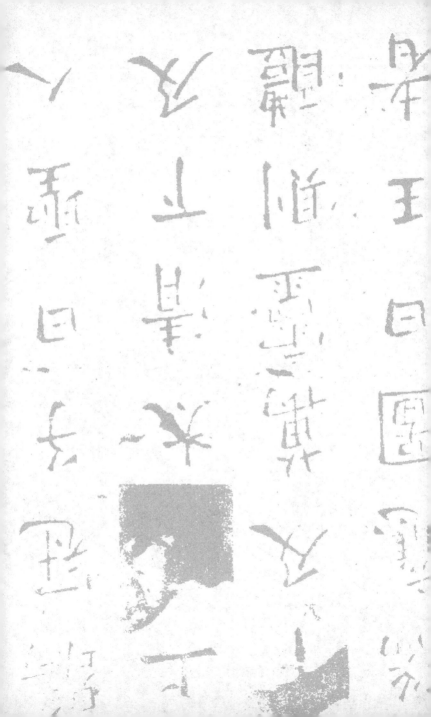

1

　대전 안에는 육대호를 비롯해 초정명과 초연향, 그리고 곽
천중과 세 명의 무사, 그 외에 해룡선단의 주축을 이루는 세
명의 간부가 서 있었다.

　진용은 중앙에 서서 주위를 둘러보았다. 모두가 먹이를 바
라는 참새 새끼들처럼 궁금증 가득한 눈으로 바라보고 있었
다.

　저렇게 별 볼일 없어 보이는 자가 어떻게 해왕방의 무사들
을 물리쳤을까? 그런 눈빛이다.

　특히 무사들로 보이는 자들은 금방이라도 검을 뽑아 들고
비무를 청할 것만 같다.

둘러보던 중 초연향과 눈이 마주쳤다. 진용은 배에서 초연향의 신안에 대해 언뜻 들은 말이 생각났다.

남들이 못 보는 곳을 볼 수 있고, 진실을 가려낸다 했던가?

그런데 바로 그 신안 때문에 작은 문제가 생겼다. 거짓으로 인해 일이 벌어지는 것은 두렵지 않지만 귀찮은 것은 싫었다.

어느 순간 진용의 눈이 번뜩였다. 한 가지 방법이 떠오른 것이다.

'세르탄, 초 소저의 신안을 가릴 만한 마법으로 뭐가 좋을까?'

'흥! 저런 여자의 눈 정도야 마안(魔眼)을 조금만 익혔어도……'

'마안?'

'아, 아니, 그게 아니고… 맞아! 시르도 일루전 이미징이라는 환각 마법을 익혔잖아! 저 여자의 눈에 잠시 환각을 심어주라고.'

환각을 심어 판단을 흐리게 만든다? 그것도 괜찮은 방법 같다. 하지만……

'흠. 마안이 나을 것 같은데……'

'아니라니까?!'

'하긴…… 지금 당장 배워서 써먹을 순 없겠지? 할 수 없지, 나중에 배우는 수밖에.'

'커, 커, 컥……'

뒷골이 당겨온다. 아무래도 세르탄의 혈압이 조금은 올라간 것 같다.

진용은 속으로 회심의 미소를 지으면서도, 그럴수록 더 가라앉은 눈빛으로 초연향을 바라보았다. 내공을 두 눈에 끌어올린 채.

'그대의 눈에 진실과 거짓이 하나로 보이리니, 환각(幻覺: 일루전 이미징)!'

언뜻 진용의 눈에서 밝은 빛이 뿜어지는 듯했다. 마법의 빛이었다.

그러나 워낙 짧은 순간이어서 초연향의 눈동자는 미처 진용의 눈빛이 지닌 의미를 생각할 겨를도 없이 허공에 고정되어 버렸다.

그때 육대호가 물었다.

"흠, 그러니까 마운이 몰려오고 마풍이 불었다?"

"그렇습니다."

"순식간에 두 척의 배가 침몰되었단 말이지?"

"거대한 해일이었습니다. 높이만도 십 장이 훨씬 넘었지요."

"그런 상황에서 자네만 살아남았다는 말이군."

진용은 두어 번 고개를 끄덕였다.

"솔직히 운이 좋았습니다. 마침 선실의 문이 제 손에 잡혀 있었으니까요."

"선실의 문짝이 마풍을 이겨냈다니……. 거참, 정말 오직 문짝에만 의지하고 살아남았단 말인가?"

"물론이지요. 그 상황에 그것 말고 또 의지할 게 뭐가 있었 겠습니까?"

태사의에 깊숙이 등을 파묻고 있던 육대호가 초연향을 바 라보았다. 초연향이 고개를 끄덕였다. 진실이란 말.

육대호가 더 이상 질문을 하지 않자 한쪽에 서 있던 청삼중 년인이 중얼거리듯 말했다.

"그 정도의 해일이었다면 충분히 두 척의 배 정도는 삼킬 수 있었겠지. 하나…… 바다에 정통한 사람들도 살아 나오지 못한 곳에서 바다에 처음 간 사람이 살아났다? 선실의 문짝 하나에 의지한 채? 비록 부단주께서 인정할 정도의 고수라 해 도 나는 그 말을 믿지 못하겠군."

청삼중년인, 해룡선단의 양대 무력 중 수룡당의 당주 곽천 중의 말에 대전 안에 있던 사람들이 일제히 진용을 바라보았 다. 그들의 가장 큰 의문도 그거였다.

바다는 고수 하수를 가리지 않는다. 물론 어느 정도는 인정 하지 않을 수 없다. 하지만 마풍이라면 이야기가 달라진다. 마풍에 대항해 살아난 사람에 대해 들어본 적이 있던가?

진용은 담담한 표정으로 사람들을 둘러보았다.

이들에게 자신이 마법을 익혔다고 말하면 어떤 표정을 지 을까? 미쳤다고 하겠지?

보여주면? 그야 당연히 사술을 쓴다며 죽이려들걸?

그럼 정령을 불러낼까? 그것도 그렇다. 아마 대낮에 귀신이 나타났다며 당장 난리를 피울 것이 분명한 일. 안 봐도 눈에 선하다.

이런저런 생각을 하다 보니 문득 웃음이 나온다. 자신의 능력은 이들이 이해할 수 있는 것이 아니다. 이해할 수 없는 것을 억지로 이해시킬 필요까지 있을까?

피곤하게 뭐 하러 그딴 짓을 해!

세르탄이라면 분명 그렇게 말할 것이다.

한데 그때다. 진용이 자신도 모르게 웃음을 짓는 순간, 몇 사람이 진용의 입가에 가늘게 떠오른 웃음을 보았다. 그리고 그중에는 곽천중도 끼어 있었다. 그가 가볍게 바닥을 구르며 소리쳤다.

쿵!

"지금 이곳이 어떤 곳인 줄 알고 감히 웃는 것인가?!"

진용이 말했다, 웃음을 지우고 무심한 말투로.

"사람의 말을 사람이 믿지 못하니 우스울 수밖에."

무심히 흘러나오는 진용의 말에 곽천중의 뒤에 있던 세 명의 무사 중 한 사람이 앞으로 나왔다.

"감히 당주님께 그따위로 말을 하다니!"

그가 나오는데도 누구 하나 말리지 않는다. 도대체 어느 정도의 실력이기에 초정명이 인정한다는 것인지 궁금하다는 표정들이다. 눈빛이 격하게 흔들린 초연향의 엉덩이만 의자에서 들썩거렸을 뿐.

진용은 놀라 어쩔 줄 모르는 초연향을 보며 속으로 고졸한 미소를 지었다. 무공을 모르는 그녀가 나서서 막기에는 이미 늦은 상황.

'눈이 예쁜 아가씨, 당신이 할 일은 없을 것 같군요. 이들은 내 실력을 알고 싶어 안달이 난 상태라오.'

진용이 그녀에게서 눈을 떼고 고개를 돌렸을 때다.

"대체 어느 정도의 실력을 지녔기에 그리 거만한지 한번 보자!"

이 장의 거리를 순식간에 좁히며 진용의 앞에 당도한 무사는 오른발을 들어 진용의 가슴을 걷어찼다.

아니, 걷어차려 했다. 하나 마치 바람에 밀리듯 진용의 몸이 주르륵 두 자나 밀려났다.

무심코 보면 무사의 발에 맞아 밀려난 것처럼 보인다. 하지만 대전에 있는 사람들 중 몇 사람은 일류고수였다. 그들은 진용이 아무런 타격도 받지 않았다는 것을 알아봤다.

그들의 눈이 놀람으로 커질 때다. 진용을 걷어차려다 실패한 무사가 벌게진 얼굴로 소리쳤다.

"이런 미꾸라지 같은 놈이!"

파앙!

동시에 빠르게 발을 휘둘러 진용의 머리를 후려찼다.

강력한 힘이 실린 회양각에 바람이 부서지는 소리가 들린다.

뜻밖의 강수!

"위험해요!"

깜짝 놀란 초연향이 자신도 모르게 소리치며 벌떡 일어섰다.

하지만 이미 무사의 발은 진용의 머리에 다가가 있었다. 그때다.

덥석!

"흡!"

짤막한 신음! 동시에 대전이 침묵에 잠겼다.

무사의 발목이 진용의 손에 잡혀 있었다. 문제는 진용이 한 치도 움직이지 않았다는 것.

그 광경에 곽천중은 눈을 부릅떴다.

자신의 수하인 장운호의 회양각에는 적어도 천 근의 힘이 담겨 있다. 맞으면 허벅지 두께의 통나무도 부러질 정도의 힘이다. 한데 그런 회양각이 한 손에 붙잡혔다. 상대에게 조금도 타격을 주지 못한 채.

'나라 해도 불가능한 일이다! 과연!'

곽천중이 잠시 머뭇거린 순간, 곽천중의 뒤에 서 있던 또 다른 두 명의 무사가 빠르게 몸을 날렸다. 곽천중이 말릴 시간도 없이!

"놓아라!"

그중 하나가 일성 대갈과 함께 진용의 가슴을 향해 일직선으로 검을 뻗었다.

다른 하나는 동료의 발을 잡고 있는 진용의 팔을 향해 칼을 휘둘렀다. 금방이라도 새파란 검광 도광에 가슴이 뚫리고 팔목이 잘릴 것만 같은 상황.

그 순간, 진용의 몸이 잘게 흔들렸다. 찰나!

진용의 손발이 뿌옇게 흐려지는가 싶더니 검이 부러지는 소리가 들리고,

땅!

벼락이라도 맞은 듯 두 사람이 일시에 튕겨졌다.

콰광!

"크억!"

"커흡!"

일장, 일퇴였다.

하나 뭐가 어떻게 되었는지 제대로 볼 수조차 없는 빠름이었다.

진용이라는 젊은이의 손에 들린 부러진 검편. 쓰러져 버둥거리는 두 사람.

곽천중은 눈앞의 광경에 실핏줄이 도드라지도록 주먹을 움켜쥐었다. 생각했던 것보다 더하다.

'강하다! 그의 움직임을 제대로 보지 못했다. 어찌 저럴 수

가…….'

힐끔 육대호를 바라보았다.

이곳에서 자신보다 강한 사람은 오직 육대호뿐이다. 한데 그의 표정도 굳어 있다. 잘게 떨리는 눈. 역시 그도 놀란 듯하다.

잘 봐줘야 스물 정도의 나이, 그럼에도 저자는 자신들조차 감지하지 못했던 고수다. 믿을 수 없게도. 초정명의 말은 결코 과장이 아니었던 것이다.

"곽 당주, 자네가 시험해 보게."

때마침 귀를 울리는 육대호의 전음.

곽천중은 눈짓으로 화답하고는 한 걸음 앞으로 나섰다.

"대단하군. 저 세 사람은 그리 약한 사람들이 아니거늘……."

세 사람이 덤벼들었다 나가떨어지고, 곽천중이 육대호에게 전음을 받아 나선 시간은 두어 번 숨 쉴 짧은 시간 동안이었다.

그 짧은 시간, 진용에게 발목을 잡힌 채 얼굴이 일그러진 장운호는 미칠 것만 같았다. 자신을 구하려던 두 명의 동료가 순식간에 꼬꾸라졌다. 한데 그 상황에서 발조차 빼내지 못했다.

거미줄에 걸린 파리가 된 심정이다. 이제는 자신의 상관마저 나서고 있으니 어떻게든 지금의 상황을 벗어나야 하거늘.

"이익! 크읍!"

억지로 움직이면 발목이 으스러지는 것만 같다. 도대체 어떻게 이런 일이 벌어졌는지 실감이 나지 않는다.

"움직이면 뒷일은 나도 책임질 수 없습니다."

무심하게 흘러나오는 목소리. 장운호는 등에 식은땀이 흐르는 것을 느끼고 부르르 몸을 떨었다. 한데 그때,

똑! 쩽그랑!

진용이 손에 들린 검편의 끝을 가볍게 꺾었다.

바싹 마른 수수깡이 부러지듯 힘없이 부러진 검날. 그걸 본 장운호의 안색이 창백하게 질려 버렸다.

진용의 무력시위에 곽천중이 침중한 목소리로 입을 열었다.

"놓아주고 이야기하세."

진용은 곽천중을 일견하고는 다시 진땀을 흘리고 있는 장운호를 바라보았다.

"함부로 발을 놀리면 다음에 부러지는 것은 검날이 아닐 겁니다, 명심하시길."

발목을 놓아주자 장운호는 절룩거리며 뒤로 물러섰다. 그리고 곽천중이 한 걸음 더 앞으로 나섰다.

"자넨 누군가?"

"이미 제 이름은 말씀드렸습니다만. 설마 처음부터 다시 시작하자는 것은 아니겠지요?"

곽천중의 가느다란 눈썹이 꿈틀거렸다.

"나는 친구들이 호양도(豪洋刀)라 부르는 곽천중일세. 지금은 상단의 호위무사를 하고 있지만, 강호의 칼밥을 먹은 지 이십 년이 넘었지. 강호를 오래 돌아다닌 사람들이 하는 말이 있네. 때론 말보다 칼이 더 정직하다고."

곽천중은 스스로를 안정시키려는 듯 조용히 입을 열며 오른손을 허리춤의 도파에 올려놓았다.

진용은 그런 곽천중을 바라보며 눈을 빛냈다. 그리고 남보다 훨씬 큰 주먹을 한 번 쥐었다 폈다.

손가락 사이를 지나는 바람의 크기가 느껴진다.

최고조에 이른 감각.

'좋아! 어차피 시작한 것. 이 기회에 내 실력을 알아봐야겠군.'

상대는 상단의 호위무사들을 이끄는 자. 비록 대문파의 고수들에 비해서는 조금 떨어지는 실력이겠지만, 간접적으로라도 자신의 실력을 가늠할 수 있을 터였다.

진용은 결심을 굳히고는 양손에 슬며시 내공을 흘려 넣고 한 발을 내딛었다, 도발하듯이.

그때다! 진용의 자세를 눈여겨보던 곽천중이 왼손 엄지로 도격을 튕겨내고!

츠릉!

찰나 간에 두 자 세 치 길이의 도를 빼 든 그가 앞을 향해 한줄기 호선을 그렸다.

길게 이어진 도영이 진용의 허리 어름을 사선으로 베어간
다.

진용은 번갯불처럼 갈라 쳐오는 곽천중의 도를 무심히 바
라보다가, 허리를 비틀며 오른손을 뻗어 손가락을 튕겨냈다.

따랑!

맑은 음파가 울리더니 사선으로 그어져 내리던 도의 궤적
이 비틀렸다.

한순간, 곽천중의 얼굴이 와락 일그러졌다.

강력한 힘이 실린 쾌도가 단지 손가락 하나에 튕기면서 방
향이 틀어졌다. 게다가 도신을 통해 전해진 짜릿한 충격. 파
르르 손이 떨릴 정도다.

손가락 하나에 자신의 쾌도가 밀리다니!

"최선을 다해야겠군."

곽천중은 굳은 표정으로 도에 내공을 불어넣었다. 은은한
아지랑이가 도신에서 피어오른다. 그걸 본 사람들의 입에서
경탄성이 터져 나왔다.

"도기다!"

하지만 곽천중의 얼굴에는 그 어떤 자부심도 보이지 않았
다.

그는 단 일격으로 확실히 느끼고 있었던 것이다. 눈앞의 젊
은이가 결코 자신의 아래가 아니라는 것을. 도기를 일으킨다
해도 승부를 장담할 수 없다는 것을.

"이번에는 쉽지 않을 것이다."

씹어뱉듯이 말을 뱉은 그는 기합성을 내지르며 다시 도를 휘둘렀다.

"다시 받아봐라! 타앗!"

좌에서 우로, 우에서 좌로, 아래서 위로, 위에서 아래로. 번쩍 하는 사이에 네 번의 칼질이 연달아 이어졌다. 십자호격!

열십자로 그어진 도의 잔상이 그대로 진용의 전신을 덮쳐든다.

진용은 이를 지그시 깨물었다. 그리고 성큼, 물러서기는커녕 오히려 자신의 몸을 사등분할 것처럼 밀려오는 도기에 한 발을 밀어 넣었다.

이때라는 듯 곽천중의 도가 방향을 틀며 십여 개의 도영을 그려냈다.

그와 동시! 진용의 몸이 기묘하게 틀어지는가 싶더니, 희뿌연 양손이 허공을 한 바퀴 휘저었다.

흐릿한 손 그림자가 도신을 덮어간 순간,

떠더더덩!

부서진 도기의 파편이 사방으로 흩어지고,

"흡!"

곽천중이 신음을 들이켜며 급박하게 뒤로 물러섰다.

"헛! 저런!"

놀람의 탄성이 주위에서 터져 나온다. 두어 수 만에 승부가 갈릴 줄은 아무도 예상치 못했던 일.

그러나 진용은 곽천중을 더 이상 공격하지 않고 무심히 바라보기만 했다.

신수백타를 본격적으로 펼칠 필요도 없었다. 간단한 몸동작과 판타지 중 파공지만으로 상대의 도를 무용지물로 만들어 버렸다. 그렇다면 어렵지 않게 상대를 제압할 수 있을 듯했다.

그러나 지금은 싸워 제압하는 것이 문제가 아니다. 싸우는 것은 겁날 것 하나도 없다. 문제는 싸워봐야 아무런 이득이 없다는 것.

"더 하시겠다면 마다하지는 않겠습니다만, 아마 각오를 하셔야 할 것입니다."

조용히 울리는 무심한 목소리가 귓전을 파고든다.

곽천중은 창백하게 일그러진 표정으로 자신의 손을 내려다봤다.

가늘게 떨리고 있는 손은 자신의 손이 아닌 것만 같다. 도를 쥔 손아귀는 찢어져서 피가 흐르고 있다.

당하고도 믿을 수가 없다. 도기가 어린 칼을 맨손으로 튕겨 이런 충격을 주다니. 자신의 도세를 가볍게 흘려 버린 그 기묘한 몸놀림은 또 뭐란 말인가.

'으음……. 망신도 이런 망신이 없군.'

죽음을 각오하고 덤비면 승산이 있을까?

아니다. 상대는 자신이 감당할 수 있는 자가 아니다. 더 해 봐야 망신만 더할 뿐.

뚝뚝 떨어지는 핏방울을 바라보던 곽천중은 고개를 흔들 며 천천히 도를 도집에 집어넣었다. 그리고 피로 범벅된 손을 들어 육대호를 향해 포권을 취했다.

"단주, 공연히 해룡선단의 이름에 누만 끼쳤습니다. 아무 래도 당주 직을 더 수행하지 못할 것 같습니다."

육대호는 고개를 가로저었다.

"무슨 소린가? 그대들이 약해서 진 것이 아니야. 상대가 너 무 강했을 뿐이지."

"단주……."

"수하들을 데리고 가서 치료를 받도록 하게. 공연히 욕심 을 부려서 자네만 다치게 했군."

곽천중은 이를 악물었다. 그러나 자신이 할 수 있는 일은 그뿐이다. 패장이 무슨 말을 하랴.

"예, 단주."

세 명의 수하를 데리고 곽천중이 나가자 육대호는 진용을 바라보았다. 망설이는 눈빛.

'끝까지 몰아붙여야 하나, 아니면 여기서 끝내야 하나?'

육대호의 눈빛이 흔들렸다.

진용은 그런 육대호를 바라보며 무심한 표정으로 다시 입 을 열었다.

"제가 한 말을 믿든 안 믿든, 그건 여러분들의 자유. 더 이상 할 말이 없다면 이만 가볼까 합니다."

더 이상의 대화는 무의미했다. 진용은 자신의 할 말만 내뱉고는 미련없이 돌아섰다.

진용의 단호한 행동에 육대호가 일어서며 풀어진 표정으로 입을 열었다. 상황은 이미 끝났다. 남은 것은 화해뿐.

"지금까지 벌어진 일은 자네가 이해하도록 하게. 자네가 우리 입장이었어도 이리할 수밖에 없었을 거야. 도움을 준 고마움에 보답은 못하고 몰아붙이기만 해서 미안했네."

적대감이 배어 있지 않은 말투. 대전에 팽팽하던 긴장감이 일시에 풀어졌다.

'다행이군, 피를 보기 싫었는데.'

진용 역시 속으로 안도의 숨을 내쉬며 육대호를 돌아다보았다.

"현명한 판단을 내려주시니 다행이군요. 그럼 이만……."

한데 그때다. 문득 드는 생각.

천궁도를 떠나기 전날 밤 신털보에게 물었었다.

"강호에 나가 정보를 얻으려면 어떻게 해야 합니까?"

"그야 개방이나 하오문을 찾아가야지요. 뭐, 쉽지는 않을 것입니다만……. 아! 차라리 상인들을 찾아가 보십시오. 그들에게 적당한 대가만 줄 수 있다면 정보를 얻을 수 있을 것입니다요. 어찌면 그게 개방이나 하오문을 찾아가는 것보다 쉬울지도 모르겠습니다. 뭐, 무슨 대가를 치를 것인지는 가봐야 알겠습니다만."

진용이 자신을 바라본 채 머뭇거리자 육대호가 물었다.
"할 말이 있나? 있으면 해보게."
멍석까지 깔아진 마당, 진용이 입을 열었다.
"한 가지 물어볼 것이 있습니다."
"음? 뭔가?"
"해룡선단은 구룡상방의 삼대기둥 중 하나라 하더군요."
"맞네."
"제가 아는 대로라면, 거대 상단의 정보력은 매우 대단해서 나라의 정보력에 비할 정도로 뛰어나다고 하던데……."
"흠, 어느 정도는 사실이라 할 수 있지."
"그럼 말씀드리지요. 필요한 정보를 좀 얻고 싶습니다만."
"필요한 정보?"
육대호가 잠시 대답을 못하자, 마법의 후유증 때문에 눈두덩을 문지르며 앉아 있던 초연향이 육대호를 향해 말을 건넸다.
"육 조부님, 일단 저분이 원하는 정보를 먼저 알았으면 싶어요. 불가능한 요구라면 어차피 소용없는 일이겠지만, 도움을 준 것을 생각하면 들어드릴 수 있는 부탁은 들어드렸으면 해요."

일리가 있다 생각했는지 육대호가 고개를 끄덕였다.

"그건 네 말이 맞다. 자네도 들었지? 그래, 자네가 알고 싶다는 정보는 뭔가?"

진용은 초연향에게 가볍게 고개를 끄덕여 고마움을 표하고는 조용한 음성으로 자신이 원하는 바를 말했다.

"아는 사람에게 듣자 하니 구룡상방은 황궁에 상당한 물품을 납품한다고 하더군요. 해서 드리는 부탁입니다만, 황궁에 관련된 몇 가지 정보를 알고 싶습니다."

진용이 꺼낸 말에 육대호는 미간을 찌푸렸다. 반면, 초연향은 눈을 빛내며 진용을 응시했다.

'황궁에 관한 정보? 그럼 혹시 행선지가 북경 쪽?'

정보를 알고 싶다기에 강호에 대한 정보를 말하는 줄 알았다. 한데 그게 아니다.

조금은 의외의 일에 육대호는 신중을 기해 답해야만 했다.

황궁은 상인들이 가장 조심해서 상대해야 하는 곳.

"그게 얼마나 위험한 일인지 설마 모르지는 않겠지? 자네가 비룡호에 큰 도움을 준 것을 모르는 바는 아니지만, 자네가 바라는 정보는 자칫 본 선단에 큰 위험을 안길 수도 있다네."

"황궁에 있는 몇 사람의 행방에 관해 알고 싶을 뿐입니다. 정 알려주기 어려운 정보라면 저도 굳이 강요하지는 않겠습니다. 판단은 단주께서 하시지요."

"으음……."

진용의 말에 육대호는 침음성을 흘렸다. 그때 초연향이 나섰다.

"조부님, 마침 저분 공자께 부탁할 일이 있어요. 고 공자께서 그 일을 도와주신다면 저희도 정보를 드리도록 해요. 물론 정보의 중요도에 따른 서로 간의 조건이 맞아야 하겠지만요."

"음?"

육대호가 초연향을 바라보았다. 그러다 무슨 생각이 났는지 눈을 크게 뜨고 말했다.

"혹시…… 그 일 때문이냐?"

"예."

초연향이 담담하게 대답했다. 육대호는 떨리는 눈빛으로 초연향을 바라보고는 고개를 끄덕였다.

"네가 그리 생각한다면…… 그래, 그리하거라."

그러자 초연향이 진용을 바라보았다.

"들으셨지요? 부탁을 들어주신다면 저희도 정보를 드리겠어요. 물론 부탁한 일에 대한 대가는 따로 드릴 거구요."

"부탁할 일?"

"무리한 부탁은 하지 않겠어요. 마음에 들지 않으시면 나중에 거부하셔도 됩니다."

진용은 잠시 생각을 해보았다. 뜻밖의 좋은 기회였다. 나오자마자 황궁의 정보를 얻을 수 있다니. 그러나 북경으로 가는 길을 늦출 수도 없는 일.

"그 일을 나중에 하면 안 되겠습니까? 제가 급히 해야 할 일이 있습니다만……."

"혹시 그 일이 북경 쪽으로 가서 하실 일이 아니신가요?"

진용은 속으로 놀라움을 금치 못했다.

황궁에 대해 물어봤으니 북경을 생각하는 것은 그리 어려운 일이 아니다. 그러나 확신처럼 결정짓는 것 또한 쉽지가 않다. 그러나 저 여인은 확신을 하고 부탁을 하지 않는가.

"그렇다면 공자께서는 걱정하지 마세요. 저희가 부탁하려는 일도 북경으로 가면서 하는 일이니까요. 공자의 시간을 많이 빼앗지는 않을 거예요."

2

진용에게 배정된 방은 후원의 조용한 곳에 위치해 있었다. 후원은 장원과 붙어 있는 듯하면서도 정작 안채 쪽으로는 곧바로 접근하기가 쉽지 않은 묘한 위치였다. 아마도 진용을 완전히 믿을 수 없기에 배정한 방인 듯했다.

그러나 진용은 이 방이 마음에 들었다. 그의 방 뒤로 송림과 잡목이 우거진 작은 야산이 있기 때문이었다.

어스름이 물러가고 아침 햇살이 서서히 동편 하늘에 모습을 보일 즈음, 진용은 새벽부터 나와 한 시진째 시전하고 있던 신수백타를 멈추고 호흡을 가다듬었다.

"후으으읍……."

긴 호흡에 전신 모공이 활짝 열린다. 열린 모공을 통해 쏟아져 들어오는 신선한 기운. 왠지 기분 좋은 하루가 시작될 것만 같다.

웃통을 벗고 펼쳐서인지 옅게 뿜어져 나오는 열기가 실바람에 식는 기분도 좋기만 하다.

"흠, 대륙이라 그런가? 바다가 가까운데도 뭔가가 다른 것 같아."

몸속을 노닐던 기운이 단전 깊숙이 가라앉자 진용은 바람에 흔들리는 파란 떡갈나무 이파리에 눈을 두고 입을 열었다.

"대체 나에게 시킬 일이 뭔지 모르겠군."

궁금하지 않을 수 없는 일이다. 하지만 혼자 끙끙대 봐야 무슨 소용이 있을까.

"아침에 보자 했으니 만나보면 알겠지."

진용은 벗어놓았던 윗옷을 걸치고 돌아서서 십여 장 밖을 바라보았다. 그곳에서 조심스럽게 움직이는 인기척이 느껴지고 있었다.

사실 조금 전부터 느꼈던 인기척이었다. 하지만 장원이 옆이니 그러려니 했다. 그런데 조금씩 조금씩 자신에게 다가오는 것이 여간 신경 쓰이는 것이 아니었다.

"누구지?"

이곳은 장원의 후원을 통해서만 올라올 수 있는 곳. 아마 적은 아닐 것이다.

그런데 왜 저리 조심스럽게 움직이는 것일까. 한 발, 한 발 옮기는 걸음이 극히 조심스럽고 숨소리조차 죽이고 다가온다. 사람의 기운을 느끼지 않았다면 작은 짐승의 움직임이라 해도 믿을 정도다.

잠시 후.

부스럭!

낙엽이 밟히는 소리가 나더니, 장원에서 야산으로 이어진 길 가장자리의 도토리나무 가지가 흔들리며 동그란 얼굴이 쏙 위로 올라왔다.

"헤헤, 일찍 나오셨네요?"

잘해야 열서넛 정도 되어 보이는 소녀였다. 그녀는 커다란 눈에 호기심을 가득 담고 진용의 위아래를 재빨리 훑어봤다.

"무슨 일이지?"

그녀는 진용이도 알고 있는 소녀였다.

"저는 향 언니의 동생인 상아라고 해요. 와! 오빠 괜찮게 생겼다!"

어제 후원으로 올 때 자신을 훑어보며 당돌하게 이름을 밝혔던 소녀. 그녀는 초연향의 동생인 초연상이었다.

"언니가 모셔오래요."

"언니? 그러니까 초 소저가 이렇게 이른 아침에 너를 보내서 나를 불렀단 말이냐?"

초연상의 표정이 묘하게 변했다.

"헤헤헤, 뭘 그렇게 따져요? 누가 오든 목적만 같으면 되지."

아마 초연향이 보낸 것이 아니라 자신이 자청해서 온 것 같다.

초연상이 진용을 묘한 눈빛으로 바라보며 말했다.

"이상하게 생각하실 것 없어요. 아침 식사 하시기 전에 말할 게 있어서 부르는 거니까요."

누가 뭘 이상하게 생각한다고 저런 눈빛이란 말인가. 어째 위험한 소녀라는 생각이 드는 것은 자신만의 착각인지…….

"이렇게 일찍 말이냐?"

"우리는 해가 뜨면 하루를 시작하거든요. 뭐, 그렇게 이른 시간도 아니에요."

"좌우간 알았다. 곧 가마."

"이곳의 지리를 잘 알아요?"

당연히 모른다.

진용이 머뭇거리자 초연상이 새초롬한 표정으로 입을 열었다.

"알지도 못하면서 아는 체하기는, 누가 남자 아니랄까봐……. 날 따라와요."

"그, 그래."

3

"호위 임무요?"

"맞아요."

초연향의 방에 들어가 앉자마자 차를 따라주더니 하는 이야기가 호위를 맡으란다.

'그랬나? 그래서 나에게 알맞은 일이 있다 한 것인가?'

호위 임무라면 자신이 말한 도의에 어긋나는 일도 아니지 않는가.

어쩌면 잘된 일이다. 산동 끝에서 북경까지는 수천 리 길. 길도 모르고 가진 것도 없는 진용으로선 손해 볼 것이 없는 계약이었다.

"자세한 것을 알고 싶군요."

초연향은 당연히 진용이 승낙할 줄 알았다는 듯 준비한 말을 쏟아냈다.

"태산에서 구룡상방의 금지옥엽인 하 언니가 돌아가신 대부인의 백일제를 올리고 있어요. 아마 며칠 후면 태산을 떠나 북경으로 가게 될 것 같아요. 그런데 구룡상방에서 저희 해룡 선단에 호위무사의 파견을 요청했어요. 최근 강호의 상황이 심상치 않아 북경에서 데려온 인원만으로는 위험할 것 같다는 이유로 말이에요."

"나처럼 정확히 알려지지 않은 사람에게 그렇게 중요한 사람의 호위 임무를 맡겨도 되겠습니까?"

초연향이 진용을 물끄러미 바라보았다. 그리고 씁쓸한 웃음을 지으며 말했다.

"저도 같이 가게 될 거예요."

"초 소저도?"

"하 언니가 저를 보자는군요. 저를 별로 좋아하는 분이 아닌데…… . 어쨌든 일이 그렇게 됐으니 저는 저의 눈을 믿는 수밖에 없어요. 공자를 잘못 봤다면 저 역시 무사하지 못하겠죠."

자신의 신안을 믿는다는 말.

한데 차를 따르는 초연향의 손이 잘게 떨린다.

왜? 뭐가 불안한 걸까? 저 씁쓸한 웃음, 뭔가를 눈치 채고 있는 듯한 표정. 하 언니라는 말을 할 때는 눈빛마저 흔들렸었다.

"가고 싶지 않으신가 본데, 굳이 가야 할 필요가 있습니까?"

그녀의 눈빛이 더욱 크게 흔들렸다, 따르던 찻잔에 찻물이 넘칠 정도로.

"저희 해룡선단은 근래 들어 해왕방의 견제로 많은 손실을 입었어요. 언제 북경의 총단에서 질책이 떨어질지 모르는 상황이죠. 비록 조부님은 말을 하지 않고 계시지만……."

그래서 총단의 금지옥엽인 하 언니라는 여인의 요구를 거절할 수 없다는 뜻?

'흠, 눈만 예쁜 줄 알았더니 마음도 예쁘군.'

'쳇, 눈만 미운 줄 알았더니 마음도 약하군.'

'쯔쯔쯔. 세르탄, 마음 좀 곱게 써. 누가 마족 아니랄까 봐.'

'마족보다 더한 인간도 있는데 뭐!'

'그게 누군데?'

'……'

대답을 하면 가만있을 진용이 아니다. 세르탄도. 이제 그 정도쯤은 짐작할 수 있었다.

세르탄이 말이 없자, 진용은 뒤통수를 톡톡 쳤다.

'세르탄, 누구냐니까? 혹시……?'

'뒤, 뒤통수 치지 마! 어, 어지러워!'

때마침 초연향이 입을 열어 세르탄의 위기(?)를 구해줬다.

"사실 저희 해룡선단에는 고수가 그리 많지 않아요. 해왕방과의 싸움으로 적지 않은 고수를 잃었기 때문이죠. 부탁이에요. 도와주세요."

커다란 눈에 언뜻 이슬이 맺힌 듯 보인다. 진용은 자신도
모르게 고개를 끄덕였다.

"물론 제가 할 수 있는 일이라면……."

초연향의 방을 나오며 진용은 피식 웃음이 나왔다.

'흣, 눈물 한 방울에 당황하다니. 여인의 눈물만큼 무서운
무기가 없다는 옛말이 생각나는군.'

밖을 나오자 기다렸다는 듯 초연상이 다가왔다.

그녀는 진용의 위아래를 쓰윽 훑어보고는 턱에 손을 괴고
말했다.

"흠, 별다른 일은 없었던 것 같고……."

무슨 뜻이지?

'크크크…….'

세르탄이 기분 나쁘게 웃는 것으로 봐선 그냥 하는 말은 아
닌 것 같은데…….

4

아침을 먹고 나자 초연향이 다시 진용을 부르더니 한 벌의
옷을 건네줬다.

"이 옷을 입으세요."

한데 그녀가 건네준 옷은 서생들이나 입을 법한 옷이다.

"이 옷을 입으라고요?"

"고 공자는 무기를 쓰지 않죠?"

"그거야……."

"당분간 고 공자는 함부로 자신의 무위를 드러내선 안 돼요. 아주 급박한 경우가 아니라면 말이죠. 그러니 이 옷과 이 옷에 맞는 신분이 당신에게는 가장 잘 어울린다 할 수 있어요."

"서생이…… 되란 말인가요?"

"진짜 서생이 되라는 것이 아니니 너무 걱정할 필요는 없어요. 그런데 설마 천자문도 모르는 것은 아니겠죠?"

뭐? 감히 대고가장의 장손을 어찌 보고!

진용이 어깨를 떡 펴고 말했다.

"험! 이래 봬도 족히 수천 권의 책을 읽었습니다."

"풋!"

어? 웃어?

"정말입니다!"

초연향이 여전히 웃음을 지우지 않은 얼굴로 말했다.

"알겠어요. 누가 뭐라 했나요?"

그러면서도 어째 믿을 수 없다는 표정이다. 하긴 스물도 안 된 나이에 이 정도 강한 무공을 익히려면 밤낮을 무공에 매달려도 요원한 일이다. 하니 수천 권의 책을 읽었다는 말이 믿기지 않을 수도 있는 일. 충분히 오해할 만하다.

진용이 나직하면서도 무거운 목소리로 말했다.

"공자 왈(孔子曰)! 불환인지불기지(不患人之不己知)요, 환부
지인야(患不知人也)니라. 남이 나를 알아주지 않음을 걱정하
지 말고 내가 남을 알지 못함을 탓하라 했지요. 굳이 알아달
라고는 않겠습니다. 그러나 의심하려 하지는 마십시오. 외진
산야라 해서 잡초만 자라는 것은 아닙니다."

비록 고가장이 산야는 아니었지만, 아버지는 천하의 그 누
구보다 고대 문자에 정통했었다, 그로 인해 어려움을 당해야
했을 정도로.

게다가 천궁도의 구양 할아버지는 또 어떠하던가.

진용이 논어의 글귀를 들어 초연향의 불신을 질책함과 동
시에 자신이 논어 정도는 꿰고 있다는 것을 알리자, 초연향은
붉어진 얼굴로 고개를 숙였다.

"미안해요. 의심하려 한 것은 아니었는데……."

군자는 여자와 다투지 않는다 하지 않던가.

진용은 더 이상 뭐라 하기도 그랬다. 그런데 그녀가 한마디
를 더 한다.

"그렇다고 그렇게 면박을 주기예요?"

커다란 눈에 눈물까지 글썽이며.

"그, 그게 아니고… 내가 진짜로 수천 권의 책을 읽었다 이
말이지요."

"알았어요. 고 공자 똑똑하다는 거, 명심할게요."

누가 누구에게 뭐라 하는지, 상황이 거꾸로 되었다. 새삼 여자와의 싸움이 쉽지 않다는 것이 깨달아진다. 천궁도에서 신털보에게 들을 때만 해도 코웃음 쳤었는데.

진용은 하는 수 없이 문사복을 집어 들었다.

"이 옷만 입으면 됩니까?"

"건(巾)도 쓰세요!"

속으로 싱글벙글하며 방을 나서는 진용을 보고 세르탄이 빽 소리쳤다.

'어휴! 시르가 그렇게 간사할 줄은 몰랐다.'

'세르탄, 사람은 자신의 감정을 너무 숨겨도 안 되는 법이야.'

'그래도 그렇지, 머리 좀 빗겨줬다고 너무 좋아하는 거 아니야? 뭐라 할 땐 언제고.'

건를 쓰려면 머리가 단정해야 한다며 초연향이 머리를 빗겨줬다.

순전히 진용에게 빗이 없어서였다. 남이야 어떻게 생각하던가 말던가.

초연향이 뒤로 돌아가 자신의 머리를 빗겨주자 아리한 향이 코끝을 간지럽혔다. 순간, 진용은 자신의 심장이 이렇게 크게 뛸 수도 있다는 것을 처음으로 알았다.

'세르탄도 좋았으면서 뭘 그래.'

'내, 내가 언제!'

'그럼 침 삼키는 소리는 왜 낸 거야?'

5

점심을 먹고 초연향을 찾아가자 두 사람이 진용을 기다리고 있었다.

한 사람은 당연히 초연향이었고, 다른 한 사람은 삼십 중반 정도로 되어 보이는 검을 든 무사였다.

커다란 키, 평범해 보이는 얼굴에 눈매가 날카로운 그는 가볍지 않은 말투로 진용에게 자신을 소개했다.

"유량이라 하네. 강호의 친구들은 파랑검이라 부르지."

초연향이 유량에 대해 보충 설명을 해줬다.

"유 대협은 본래 황산검문의 제자였던 분이에요. 우리 선단에선 다섯 손가락 안에 드는 고수죠. 강호의 경험이 풍부해서 많은 도움이 되리라 생각하고 있어요."

진용은 초연향의 설명을 들으며 유량을 향해 허리를 숙였다. 언젠간 강호에 나가야 할 터. 그때를 위해 강호의 생활을 배워두는 것도 나쁘지 않을 듯했다.

"고진용이라 합니다."

"곽 당주님을 이겼다는 말을 들었네. 함께 임무를 맡게 되어서 반갑군."

"저 역시, 많은 가르침을 바랍니다."

한데 문사복 차림에 문사건까지 쓰고 허리를 숙이니 진짜
문사처럼 보인다. 그 모습에 초연향이 웃음을 참느라 얼굴이
붉어졌다.

"밖에서 우리와 함께 갈 무사들이 기다리고 있어요. 고
공자께서 원하는 정보는 일단 가면서 말씀드릴게요. 하지
만 제가 알고 있는 정보는 단편적인 것뿐이니, 보다 더 정
확한 정보를 아시려면 북경의 총방에서 알아보셔야 할 거
예요."

"그들이 순순히 말해주겠습니까?"

"제가 특별히 부탁을 해보겠어요. 지금은 그 정도 답변밖
에 드리지 못해 죄송해요."

이들에게서 큰 기대를 한 것은 아니었다.

북경에 가면 굳이 이들에게 손을 벌리지 않아도 종 숙부
에게서 알아볼 수 있을 테니까, 숙부에게 별다른 일만 없다
면.

그럼에도 이들과 계약을 맺은 것은 종 숙부의 안전을 확신
하지 못하기 때문이었다. 아버지를 빼내기 위해 무던히 노력
했을 숙부를 그들이 가만 놔두었을까?

모른다. 지금 상황에선 아무것도 확신할 수가 없다.

'숙부와 숙모, 송 누님이 무사해야 할 텐데…….'

밖에서 대기하고 있던 무사는 총 다섯 명이었다. 그들은 초연향이 타고 갈 마차를 준비해 놓고 있었다. 그들 중 두 명은 진용도 아는 사람들이었다.

장운호와 왕이문.

바로 자신에게 덤벼들었다 일격에 꼬꾸라졌던 수룡당의 무사들이었던 것이다.

그들은 문사복을 입은 진용을 괴물 바라보듯 바라보았다. 그러다 진용이 그들을 향해 말을 걸자 절도있게 대답했다.

"몸들은 괜찮나요?"

"예! 고 공자!"

힘에는 힘이 강호의 법칙이라더니, 지나치지만 않는다면 자주 써먹어도 괜찮을 듯했다.

진용과 초연향이 마차로 들어가자 유량이 묵직한 목소리로 출발을 알렸다.

"갈길이 멀다. 출발하자!"

＊　　　＊　　　＊

"향아가 출발했습니다, 숙부님."

"음, 그 아이에게 미안한 마음뿐이구나."

"잘…… 견딜 겁니다. 똑똑한 아이니까요."

말은 그렇게 했지만, 초정명은 가슴이 찢어지는 고통에 입술을 깨물었다.

'미안하다, 향아야. 정말 미안하다.'

『마법 서생』 2권에 계속…